Le chagrin entre les fils

**Du même auteur
chez le même éditeur**

Là où dansent les morts
Le Vent sombre
La Voie du fantôme
Femme-qui-écoute
La Voie de l'ennemi
Porteurs de peau
Le Voleur de temps
La Trilogie Joe Leaphorn
La Mouche sur le mur
Dieu-qui-parle
Le Garçon qui inventa la libellule
La Trilogie de Jim Chee
Coyotte attend
Le Grand Vol de la banque de Taos
Les Clowns sacrés
Moon
Un homme est tombé
Le Premier Aigle
Blaireau se cache
Le Peuple des ténèbres
Le Cochon sinistre
L'Homme squelette
Le Vent qui gémit
Rares furent les déceptions

Tony Hillerman

Le chagrin
entre les fils

Traduit de l'anglais (États-Unis)
par Pierre Bondil

Collection dirigée par
François Guérif

Rivages/noir

Retrouvez l'ensemble des parutions
des Éditions Payot & Rivages sur
www.payot-rivages.fr

Titre original : *The Shape Shifter*

© 2006, Tony Hillerman
© 2007, Éditions Payot & Rivages
pour la traduction française
© 2008, Payot & Rivages
pour l'édition de poche
106, boulevard Saint-Germain – 75006 Paris

ISBN : 978-2-7436-1887-2

Ce livre est dédié à Anne Margaret, Janet Marie, Anthony Grove junior, Steven August, Monica Mary et Daniel Bernard, cités dans l'ordre chronologique de leur arrivée qui a illuminé nos vies.

Note du traducteur

Le lecteur américain est tout aussi ignorant que le lecteur français des mœurs et coutumes des Indiens Navajo. Nous avons donc décidé de respecter le choix de l'auteur, qui a disséminé ici et là dans son roman les informations nécessaires à en assurer la bonne compréhension, et de ne pas alourdir le texte d'une quantité de notes explicatives et de termes en italique. Toutefois, il nous a semblé utile de faire figurer en fin d'ouvrage un glossaire qui devrait permettre au lecteur qui en éprouverait le besoin d'avoir une meilleure vue d'ensemble de cette civilisation et de ses voisines. Les mots suivis d'un astérisque dans la traduction pourront renvoyer à ce glossaire. Nous avons en outre établi une carte des territoires concernés.

Par ailleurs, certaines particularités orthographiques (accords, majuscules notamment) se retrouvent dans le texte de Tony Hillerman ; et des termes d'origine indienne peuvent présenter des différences d'un livre à l'autre : quelques lignes extraites du remarquable ouvrage de Harry Hoijer, *A Navajo Lexicon*, University of California Press 1974, permettront aisément de comprendre pourquoi (extrait consacré aux noms, les verbes étant environ dix fois plus nombreux en navajo).

N 102 táščìžìì 'swallow (the bird)'.
N 103 -tášŁòh 'hair of arms and legs'.
N 104 táčééh 'sweathouse'.
N 105 -táál : hàtáál 'chant ; ceremony'. see S 139.
N 106 tááláhòòyàn 'Awatobi ruin'. táálá- ? ; hòòyàn, N 303A.
N 107 -tààł- : hàtààł 'singer (in ceremonies)'. Lit. 'one who sings' ; see S 139.4 E 5.
N 108 tạ̀žìì 'turkey'. See S 147.1.

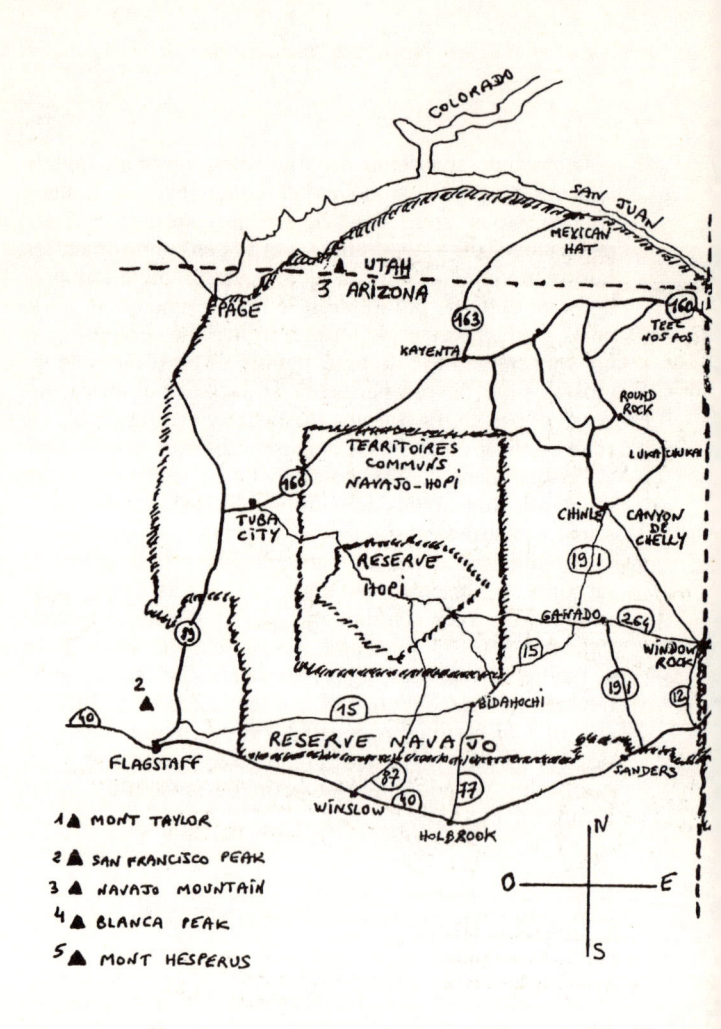

1 ▲ MONT TAYLOR
2 ▲ SAN FRANCISCO PEAK
3 ▲ NAVAJO MOUNTAIN
4 ▲ BLANCA PEAK
5 ▲ MONT HESPERUS

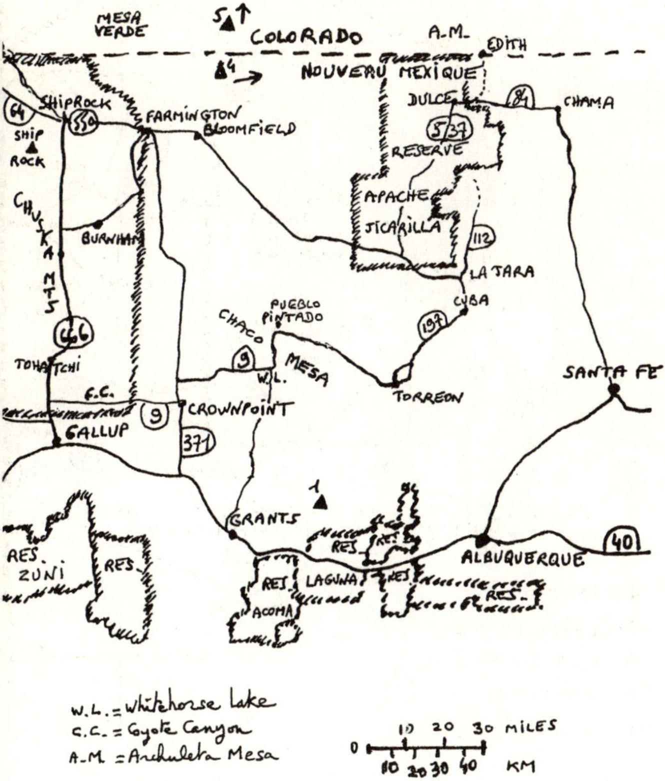

MESA VERDE
5
COLORADO
A.M.
EDITH
4
NOUVEAU MEXIQUE
64
SHIPROCK
550
FARMINGTON
BLOOMFIELD
DULCE
84
CHAMA
537
SHIP ROCK
RESERVE
APACHE
JICARILLA
CHUSKA MTS
BURNHAM
112
LA JARA
CUBA
PUEBLO PINTADO
CHACO MESA
197
666
TOHATCHI
9
W.L.
TORREON
SANTA FE
C.C.
9
CROWNPOINT
GALLUP
371
1
GRANTS
RES.
RES.
RES.
ZUNI
RES.
RES.
LAGUNA
RES.
RES.
ACOMA
ALBUQUERQUE
40
W.L. = Whitehorse Lake
C.C. = Coyote Canyon
A.M. = Archuleta Mesa
0 10 20 30 MILES
10 20 30 40 KM

1

L'ancien lieutenant Joe Leaphorn immobilisa son pick-up[1] à une centaine de mètres de l'endroit où il avait eu l'intention de se garer, coupa le moteur, observa la maison mobile du sergent Jim Chee et réfléchit à nouveau à la tactique qu'il devait adopter. Il voulait être certain de ce qu'il pouvait leur dire, de ce qu'il ne devait pas leur dire et de la manière dont il devait s'y prendre afin de n'offenser ni Bernie ni Jim. Telle était la difficulté. Il allait commencer par remettre à celui qui ouvrirait la porte le grand panier tressé rempli de friandises, de fruits et de fleurs que le professeur Louisa Bourebonette leur avait composé comme cadeau de mariage, puis il maintiendrait la conversation sur ce qu'ils pensaient de Hawaii où ils avaient passé leur voyage de noces, et leur présenterait ses excuses puisque des obligations les avait empêchés, Louisa et lui, d'assister au mariage. Ensuite, il les harcèlerait de questions sur leurs projets d'avenir, demanderait si Bernie avait toujours l'intention de reprendre du service à la Police Tribale Navajo. Elle saurait qu'il connaissait déjà la réponse, mais plus il

1. Le *pick-up truck*, omniprésent dans les États de l'Ouest, est un camion léger, en général monté sur un châssis d'automobile, dont l'arrière ouvert autorise tous les transports. *(N.d.T.)*

parviendrait à retarder le moment où à leur tour ils l'assailleraient d'interrogations, mieux cela vaudrait. Peut-être réussirait-il à l'éviter complètement. Il y avait peu de chances. Son répondeur avait été submergé d'appels en provenance de l'un ou de l'autre. Des tonnes de questions. Pourquoi ne les avait-il pas recontactés pour leur fournir des détails au sujet de la notice nécrologique sur laquelle il avait souhaité qu'ils se renseignent ? En quoi cela l'intéressait-il ? N'avait-il pas définitivement tourné le dos au travail d'enquête ainsi qu'il l'avait prévu ? Était-ce une vieille affaire qu'il souhaitait résoudre en guise d'ultime cadeau d'adieu à son ancien métier ? Ainsi de suite.

Louisa lui avait soumis le choix entre deux solutions. Y aller sans détours, leur faire jurer de garder le secret et leur raconter toute la vérité, rien que la vérité. Ou leur dire simplement qu'il ne pouvait pas leur en parler parce que c'était absolument confidentiel.

– N'oublie pas, Joe, avait-elle insisté, qu'ils sont tous les deux au beau milieu de cet épouvantable réseau de commérages que vous entretenez, dans la police. Ils vont entendre parler des meurtres, de cet échange de coups de feu et de tout le reste, et le temps que ça devienne un récit de deuxième, de troisième et de quatrième main, tout cela va prendre un aspect beaucoup plus horrible que dans l'exposé que tu m'en as fait.

Elle s'était interrompue un moment, avait secoué la tête et ajouté :

– Si pareille chose est possible.

Deux suggestions tentantes, mais pas plus réalistes l'une que l'autre. Chee et Bernie étaient tous deux des policiers assermentés (ou Bernie le serait à nouveau dès que les papiers officiels seraient signés) et il n'ignorait pas qu'en leur racontant tout il les mettrait dans une position intenable d'un point de vue éthique. Un peu la même que celle dans laquelle il se trouvait lui-même, ce à quoi il n'avait vraiment pas envie de penser pour l'instant.

Il décida de réfléchir plutôt à Chee et à Bernie, commença par la façon dont elle semblait déjà exercer une influence civilisatrice sur le sergent, à en juger par les jolis rideaux blancs qu'il voyait aux fenêtres de la maison mobile et, plus spectaculaire encore, par la belle boîte aux lettres bleue et blanche au motif floral remplaçant l'ancienne, en fer-blanc rouillé, qui avait toujours par le passé abrité le courrier de Chee. Même s'il n'y avait pas eu beaucoup de gens pour lui écrire, songea Leaphorn.

Il redémarra et entama la lente descente vers l'habitation. Au même instant, la porte s'ouvrit. Sur le seuil apparut Bernie qui lui adressa un signe de la main, et Chee, juste derrière elle, le visage éclairé d'un immense sourire. Arrête de t'inquiéter, se dit Leaphorn. Tu vas adorer ce moment. Et il ne se trompait pas.

Chee prit le panier en donnant l'impression de n'avoir aucune idée de ce qu'il devait en faire. Bernie le récupéra, déclarant qu'il répondait exactement à leurs désirs, que c'était extrêmement gentil de leur part, à Louisa et à lui, que le tressage du panier était magnifique, que son étanchéité avait été parfaitement exécutée avec de la résine de pin pignon et qu'ils le garderaient précieusement de nombreuses années. S'ensuivirent les échanges de poignées de main, les accolades, puis ils entrèrent boire du café et bavarder. Leaphorn maintint la conversation aussi longtemps qu'il le put sur le voyage à Hawaii, écoutant Bernie lui exposer quelles dispositions elle avait prises pour réintégrer la police tribale, évaluer ses chances d'être placée sous les ordres du capitaine Largo et affectée à Teec Nos Pos, ce qui serait pratique pour eux à la condition que Chee reste à Shiprock.

Il en alla donc ainsi. Le café fut bu, les gâteaux grignotés, il y eut quantités de sourires et de rires, des descriptions exubérantes de baignades dans la houle froide, très froide du Pacifique, le récit d'un incident ridicule à l'aéroport de Honolulu au cours duquel un membre de l'Agence de la sécurité du territoire trop zélé avait été giflé par une dame âgée qu'il fouillait au corps, l'avait emprisonnée entre ses bras avant de recevoir un nouveau coup, porté par le mari, un ancien colonel du corps des Marines décoré à maintes reprises. Avec pour conséquence que le chef local de l'Agence avait voulu placer le colonel en détention, et qu'un responsable de l'aéroport qui était, lui, un rescapé de la guerre de Corée, avait présenté ses excuses à l'épouse du colonel et asséné aux deux énergumènes de l'Agence de sécurité un sermon public, à haute et intelligible voix, sur l'histoire des États-Unis. Le tout dans la joie, la simplicité et la bonne humeur.

Mais à ce moment-là, le sergent Chee demanda :

– À propos, lieutenant, Bernie et moi nous demandons bien ce qui a suscité votre intérêt pour la notice nécrologique de Totter. Et pourquoi vous ne nous avez jamais rappelés. Nous aurions été tout à fait prêts à vous aider en poursuivant nos recherches.

– Ah, merci. Je savais que vous l'auriez fait, mais j'ai une vieille connaissance qui habite justement là-bas, à Oklahoma City, et qui s'est plus ou moins portée volontaire pour s'en charger. Aucune raison d'embêter encore une fois les jeunes mariés que vous êtes. D'après ce que je constate, vous avez décidé de vous installer ici, non ? C'est un endroit magnifique, juste sur la rive de la San Juan.

Mais cette tentative pour détourner la conversation échoua.

– Et qu'est-ce qu'il a découvert ? voulut savoir Bernie.

Leaphorn haussa les épaules. Vida sa tasse de café, la poussa vers elle, laissant entendre qu'il en désirait une autre.

– Oh, ça n'allait pas bien loin, répondit-il. C'est du très bon café que vous nous avez fait là, Bernie. Je parie que vous n'avez pas appliqué la vieille formule de Jim, « trop peu de grains, trop longtemps sur le feu ».

Chee lui adressa un sourire forcé mais ne releva pas la pique.

– Allez, lieutenant, arrêtez de jouer l'obstruction. Qu'est-ce que vous avez appris ? Et qu'est-ce qui vous a tellement intéressé, au début ?

– Vous êtes un homme marié, désormais, répondit Leaphorn en lui tendant sa tasse vide. Le moment est venu d'apprendre à bien recevoir vos invités.

– Pas de café tant que vous n'aurez pas cessé de faire de l'obstruction, répondit le sergent.

Leaphorn poussa un soupir, réfléchit un instant.

– Eh bien, confessa-t-il, en fait, la notice nécrologique était fabriquée de toutes pièces. M. Totter n'était pas mort dans cet hôpital d'Oklahoma City, et il n'avait pas été enterré dans le cimetière de l'Administration des Anciens Combattants.

Il se tut et eut un haussement d'épaules.

– Continuez. Pourquoi cette notice nécrologique ? C'est quoi, l'histoire ?

Bernie prit la tasse dans la main de Leaphorn.

– Attendez que je sois revenue avec le café. Je veux l'entendre.

– Pourquoi ce faux décès ? insista Chee. Qu'est-il arrivé à Totter ?

Leaphorn médita. Jusqu'où pouvait-il aller ? Il s'imagina Chee et Bernie, à la barre des témoins, avec le représentant du ministère public qui leur rappelait leur serment de dire la vérité ou la sanction qu'ils encouraient pour faux témoignage. « Quand en avez-vous entendu parler pour la première fois ? Qui vous l'a dit ? Quand vous l'a-t-il dit ? Il ne travaillait donc plus à la Police Tribale Navajo ? Mais n'avait-il pas conservé le statut de représentant des forces de l'ordre de deux ou trois comtés, en Arizona et au Nouveau-Mexique ? »

– Alors ? insista Chee.

– J'attends le retour de votre femme avec le café. Question de politesse. Vous avez des leçons à prendre.

– Me voilà, annonça Bernie qui lui tendit sa tasse. Et je suis très impatiente. Qu'est-il donc arrivé à M. Totter ?

– À dire vrai, nous l'ignorons, répondit Leaphorn avant d'observer un temps d'arrêt. Nous n'en sommes pas sûrs, en tout cas.

Il s'interrompit à nouveau, brièvement.

– Laissez-moi formuler ça autrement. À dire vrai, nous croyons savoir ce qu'il est advenu de Totter, mais nous n'aurions jamais réussi à en apporter la preuve.

Chee, qui était resté debout jusque-là, approcha une chaise et s'assit.

– Hé, fit-il, je suis prêt à parier que ça va devenir intéressant.

– Je vais chercher d'autres petits gâteaux, dit Bernie en se levant d'un bond de sa chaise. Ne commencez pas sans moi.

Ce qui donna à Leaphorn environ deux minutes pour décider de la façon dont il allait s'y prendre.

– C'est une histoire longue et compliquée, débuta-t-il, qui vous donnera peut-être à tous les deux l'impression que je suis devenu sénile. Il faut que je remonte très loin en arrière en vous rappelant nos récits des origines *, quand il y avait, dans les trois premiers mondes, tant de méchanceté, de désir de richesses et de manifestations du mal que le Créateur les a détruits. Souvenez-vous aussi de la façon dont Premier * Homme a introduit tout ce mal dans le quatrième monde qui est le nôtre.

Chee avait l'air interloqué. Et impatient.

– Comment cela peut-il avoir un rapport avec la notice nécrologique de Totter ?

Leaphorn eut un petit rire.

– C'est une question que vous vous poserez probablement encore quand j'en aurai terminé. Mais pendant que je vous en parle, gardez présente à l'esprit la façon dont nos Jumeaux * Héroïques ont tué ce monstre malfaisant, sur la Montagne Turquoise, dont ils ont essayé de débarrasser notre quatrième monde de tous les autres maux, et souvenez-vous de ce nom que nous utilisons parfois pour les pires de nos sorciers *. Une version se traduit en anglais par *porteurs-de-peau* *. Une autre donne *Ceux-qui-Changent-de-Forme*.

– Il arrive que ça corresponde mieux, confirma Chee. La dernière fois que quelqu'un m'a parlé d'un porteur-de-peau qui harcelait ses moutons, c'était une femme et elle m'a raconté que quand elle est rentrée dans son hogan * pour y prendre son fusil, le sorcier l'a vue revenir et il s'est changé en chouette avant de s'envoler.

– Ma mère m'en a parlé, intervint Bernie. Il ressemblait à un loup et a pris l'apparence d'un oiseau.

– Bon, pensez-y quand je vous parlerai de Totter.

Chee eut un petit sourire.

– D'accord, dit-il. C'est promis.

– Moi aussi, renchérit Bernie qui semblait prendre tout cela un peu plus au sérieux. Vous pouvez commencer.

Leaphorn s'empara d'un petit gâteau, trempa les lèvres dans sa tasse de café.

– Pour moi ça a débuté pratiquement au moment où vous profitiez de votre séjour à Hawaii. J'ai reçu un appel me disant que j'avais du courrier au bureau, alors j'y suis allé pour voir de quoi il s'agissait. C'est ça qui m'a entraîné dans cette histoire.

Il mordit dans le gâteau en se souvenant qu'il avait dû ranger son pick-up sur le parking réservé aux visiteurs. Les premières gouttes de pluie tombaient.

– Il y a eu un énorme éclair au moment où je me suis garé. Si j'en avais su autant que votre mari sur notre mythologie navajo *, Bernie, j'aurais compris aussitôt que le monde des esprits exprimait sa colère. J'y aurais vu un mauvais présage.

Chee ne s'était jamais tout à fait habitué aux taquineries de Leaphorn concernant sa volonté d'être à la fois membre de la police tribale et shaman * instruit dans les règles, apte à diriger les rites * guérisseurs.

– Allez, lieutenant, dit-il. Vous nous avez dit que les premières goutes de pluie tombaient. Qu'il y avait des éclairs. Qu'est-ce qui s'est passé après ?

– Un énorme éclair au moment où j'arrivais, répondit-il en souriant. Et quand j'en aurai fini de mon récit, tout du moins de ce que je peux vous en dire, je crois que vous allez être d'accord avec moi : c'était un très mauvais présage.

2

Onze jours plus tôt...

Le grondement du tonnerre fut tel que l'ancien lieutenant Joe Leaphorn hésita un moment avant de descendre de son pick-up sur le parking des visiteurs. Il posa un regard attentif sur les nuages qui s'amoncelaient dans le ciel, à l'ouest, tout en entrant dans le bâtiment de la Police Tribale Navajo. La fin de l'automne, pensa-t-il. La saison de la mousson presque terminée. De très beaux nuages de brouillard au-dessus de la chaîne des Lukachukai, ce matin, mais rien pour annoncer une pluie femelle vraiment bénéfique. Juste un bruyant orage mâle. Ce serait bientôt la saison de la chasse, médita-t-il, ce qui aurait autrefois signifié beaucoup de travail pour lui. Maintenant, il pouvait prendre les choses en douceur, rester assis au coin du feu. Laisser les policiers plus jeunes traquer les braconniers et partir à la recherche des citadins qui donnaient l'impression de se perdre tout le temps dans les montagnes.

Il poussa un soupir en franchissant le seuil. Ces pensées auraient dû être agréables, mais ce n'était pas le cas. Il se faisait l'impression d'être... euh... au rancart.

Personne dans l'entrée. Très bien. Il se hâta de pénétrer dans le bureau. Très bien là aussi.

Personne à l'exception de la jolie jeune femme hopi * qui assurait l'accueil, et elle ne lui prêtait aucune attention, bavardait au téléphone.

Il ôta son couvre-chef, attendit.

– Une petite minute, dit-elle dans l'appareil avant de se tourner vers lui : Bonjour, monsieur. En quoi puis-je vous aider ?

– Le capitaine Pinto m'a demandé de venir chercher mon courrier.

– Votre courrier, répéta-t-elle d'un air étonné. Et vous êtes ?

– Joe Leaphorn.

– Leaphorn. Oh, oui. Le capitaine m'a dit que vous alliez peut-être passer.

Elle fouilla dans un tiroir de son bureau, en sortit une enveloppe marron, lut l'adresse. Le regarda.

– Lieutenant Joe Leaphorn. C'est bien vous ?

– C'était moi. Dans le temps.

Il la remercia, emporta l'enveloppe à son camion, y monta en se sentant plus anachronique encore que tout à l'heure, quand il avait dépassé les places de parking réservées aux véhicules de la police pour se garer dans la section des visiteurs.

Les coordonnées de l'expéditeur avaient quelque chose de prometteur. Société de Sécurité l'Esprit Tranquille, avec une adresse à Flagstaff, Arizona. Le nom inscrit dessous était Mel Bork. Bork ? En tout cas ce n'était pas, cette fois, le courrier publicitaire qu'il avait l'habitude de recevoir.

– Bork ?

Il avait prononcé ce nom à haute voix au moment où le souvenir lui revenait. Avec un sourire. Oh, oui. Un jeune homme maigre, nommé Bork, qui était devenu son ami alors qu'ils étaient des semi-novices venus des États de l'Ouest, il y avait longtemps, très longtemps. Des jeunes policiers sortis de leur campagne et envoyés dans l'Est pour apprendre, à l'Académie du FBI, quelques-unes des règles qui régissent le travail des représentants de la loi. Et son prénom, mais oui, avait été Melvin.

Il déplia son couteau suisse, ouvrit l'enveloppe et en déversa le contenu. Une page de papier glacé prélevée dans un magazine, à laquelle une lettre était fixée. Il libéra la lettre qu'il posa à côté.

La page venait de *Luxury Living*. L'essentiel en était occupé par une photo représentant une vaste pièce haute de plafond avec une immense cheminée, des bois de wapiti de taille impressionnante accrochés au-dessus, un grand mur d'étagères couvertes de livres d'un côté, une porte vitrée de l'autre. La porte coulissante donnait sur un jardin entouré d'un mur et, au-delà, sur les montagnes avec leur capuchon de neige. Leaphorn les reconnut. Les monts San Francisco que dominait le pic Humphreys. Cette vue lui apprit que la demeure présentée dans *Luxury Living* était située un peu au nord de Flagstaff. Le mobilier assorti paraissait cher et luxueux. Mais l'attention de l'ancien lieutenant fut détournée de ces considérations par une flèche tracée à l'encre sur l'image. Elle pointait en direction d'une couverture tissée accrochée à côté de la cheminée. Sous le trait, on lisait :

Salut, Joe. Ce ne serait pas la tapisserie dont tu n'arrêtais pas de me parler ? Et si oui, quelle conséquence cela peut-il avoir sur notre vieille affaire d'incendie criminel ? Tu t'en souviens ? Celui pour lequel les vénérables juges ont conclu à un sinistre dû à l'imprudence. Et vise un peu ce trophée ! Les gens qui connaissent ce type me disent que c'est un fou de chasse.

Plus d'infos dans la lettre jointe.

Leaphorn la mit en attente pendant qu'il étudiait la photographie. Elle lui rappelait effectivement la couverture qu'il avait décrite à Bork : un grand rectangle dans les tons noir, gris, rouge, avec des bleus et des jaunes tous partiellement encerclés par la représentation de Homme Arc-en-Ciel. Elle semblait exactement identique au souvenir qu'il en avait. Il remarqua le symbole associé à Maii', l'esprit Coyote*, qui s'appliquait à changer l'ordre en chaos, ainsi que d'autres, représentant les armes que Tueur-de-Monstres et Né-de-l'Eau avaient volées au Soleil pour mener leur combat afin de préserver le Dineh* des maux qui l'avaient suivi depuis le monde inférieur. Mais la photo imprimée était bien trop petite pour qu'il distingue certains détails supplémentaires qui l'avaient impressionné quand il avait vu la tapisserie originale dans la salle d'exposition du comptoir d'échanges de Totter, avant que celle-ci ne brûle. Il se souvenait qu'il avait repéré de discrètes références à des soldats armés de fusils, par exemple, et de minuscules points blancs, regroupés ici et là, dont quelqu'un qui travaillait à la galerie lui avait fourni l'explication : la tisserande les avait fabriqués en insérant des fragments de plumes. Ils représentaient de grands pesos en argent, la monnaie utilisée dans l'Ouest montagneux au milieu des années 1860. Et donc, ils symbolisaient l'appât du gain qui est la cause première de tous les maux dans le système des valeurs navajo.

Et c'était cela, bien sûr, le sujet de cette célèbre et ancienne couverture. Un thème qui en faisait une sorte de transgression remplie d'amertume de la tradition navajo. Le Dineh enseigne à ses membres que pour connaître *hozho**, la paix et l'harmonie, ils doivent apprendre à pardonner, une variation du principe que prêchent les chrétiens *belagaana** dans leur Notre-Père, mais qu'ils semblent beaucoup trop souvent omettre de respecter. Et la couverture n'encourageait assurément pas cet oubli des offenses du passé. Elle perpétuait le souvenir des pires cruautés jamais infligées aux Navajos : la Longue * Marche, la captivité, la misère, l'épouvantable bilan en vies humaines qui leur avait été imposé par l'irrépressible et féroce soif d'or et d'argent de la culture blanche, et la solution finale qu'elle avait tenté d'appliquer pour se débarrasser de la présence gênante du Dineh.

Mais est-ce que cette image, déchirée dans un magazine, pouvait représenter la même couverture ? Elle en donnait l'impression. Néanmoins ça paraissait peu vraisemblable. Leaphorn gardait le souvenir du moment où il avait examiné, sur le mur de la salle d'exposition, la couverture encadrée protégée par sa vitre poussiéreuse. Il gardait le souvenir que quelqu'un lui avait alors parlé de son ancienneté et de sa valeur historique. S'il s'agissait d'un cliché antérieur à l'incendie, comment était-elle passée du comptoir d'échanges de Totter au mur de cette somptueuse maison située juste en dehors de Flagstaff. L'autre possibilité était qu'elle ait été retirée de la salle d'exposition avant le sinistre. Les meubles de la pièce ainsi que différents objets suggéraient qu'il s'agissait d'une photographie récente. Impression confirmée par un tableau, de toute évidence moderne, accroché sur un autre mur.

Il posa la page du magazine sur le siège du véhicule en repensant à un autre lointain et désagréable souvenir, associé au lendemain du feu, que faisait resurgir cette photo. Le visage courroucé de Grand-Mère Peshlakai qui le foudroyait du regard par la fenêtre de sa voiture de patrouille tandis qu'il essayait de lui expliquer pourquoi il lui fallait partir : il devait obéir au capitaine Skeet qui exigeait sa présence chez Totter.

– Il s'agit d'une affaire fédérale, lui avait-il expliqué. Il y a eu un incendie, samedi, au comptoir d'échanges de Totter. Un homme a péri carbonisé, et maintenant le FBI pense que la victime est un meurtrier qu'ils recherchent depuis des années. Un homme très dangereux. Les agents fédéraux sont très excités.

– Il est mort ?

Leaphorn avait acquiescé.

– Dans ce cas, il ne va pas s'enfuir, avait-elle conclu en le regardant avec colère. Celui que je veux que vous arrêtiez, lui, il s'enfuit avec mes seaux de résine de pin pignon.

Leaphorn avait tenté de lui expliquer. Mais Grand-Mère Peshlakai était une des vieilles femmes importantes du Kin Litsonii, son clan * de la Maison Jaune. Pour elle, c'était un affront fait à sa famille. À l'époque, Leaphorn était jeune et il avait abondé dans son sens : les problèmes rencontrés par les Navajos vivants devraient être aussi importants que la volonté d'apprendre le nom d'un *belagaana* mort. Aujourd'hui qu'il était beaucoup plus âgé, il continuait de penser qu'elle avait eu raison.

Sa plainte concernait le vol de deux anciens seaux de saindoux, économiques par la contenance, remplis de résine de pin pignon. Ils avaient été volés dans son abri de tissage à côté de son hogan. Elle avait expliqué que la perte était beaucoup plus significative qu'elle ne devait en donner l'impression à un jeune policier qui n'avait jamais connu le rude labeur des journées consacrées à récolter cette résine.

– Et maintenant que je ne l'ai plus, comment nous allons imperméabiliser nos paniers ? Comment nous faisons pour qu'ils retiennent l'eau et qu'ils aient cette jolie couleur qui incite les touristes à les acheter ? Il est trop tard dans l'année pour que la sève coule. Nous ne pouvons plus en récolter. Pas avant l'été prochain.

Elle avait refoulé sa colère et prêté l'oreille, avec la courtoisie traditionnelle des Navajos pendant qu'il s'efforçait de lui expliquer que l'individu décédé dans l'incendie était probablement l'un de ceux qui figuraient au sommet de la liste des criminels les plus recherchés par le FBI. Un individu extrêmement malfaisant et très dangereux. Quand il en avait eu terminé, piètrement dans son souvenir, elle avait hoché la tête.
– Mais il est mort. Il ne peut plus nuire à personne. Notre voleur à nous est vivant. Il a notre résine. Deux seaux pleins. Elandra...
   De la tête elle avait montré sa petite-fille qui se tenait derrière elle et souriait à Leaphorn.
– ... Elandra l'a vu partir. Dans une grosse voiture bleue. Par là... en direction de la grand-route. Vous autres policiers, vous êtes payés pour attraper les voleurs. Vous pourriez le trouver, je pense, et nous rapporter notre résine. Mais si vous perdez votre temps à vous occuper de ce mort, son *chindi* * s'attaquera peut-être à vous. Et si c'était quelqu'un d'aussi méchant que vous le dites, il s'agit forcément d'un très, très mauvais *chindi*.
   Leaphorn avait soupiré. Grand-Mère Peshlakai avait évidemment raison. Et le genre de meurtrier récidiviste qui se trouvait tout en haut de la liste des criminels les plus recherchés par le FBI, s'il se référait au souvenir des histoires racontées dans le hogan par son grand-père maternel, devait avoir un *chindi* redoutable. Dans la mesure où cette représentation du fantôme endossait toutes les caractéristiques maléfiques qui ne pouvaient suivre le défunt lors de son ultime et grande aventure, elle appartenait à cette variété que tout Navajo traditionaliste préfère éviter. Mais, *chindi* ou pas, le devoir l'appelait. Il était parti, plantant là Grand-Mère Peshlakai et son regard empli de ressentiment. Il se souvenait,

aussi, de la dernière théorie qu'elle avait avancée. Avait-elle des soupçons quant à la personne qui avait eu une raison de lui voler sa résine de pin pignon ? Elle était restée silencieuse un long moment, avait hésité, regardé autour d'elle pour s'assurer que sa petite-fille n'était pas à portée d'oreille.

– On dit que parfois les sorciers en ont l'usage. Que parfois un porteur-de-peau peut la convoiter.

C'était une variante, nouvelle pour lui, de la légende des sorciers. Dans son souvenir, il avait exprimé le doute que pareille représentation tribale, la plus abominable liée à la sorcellerie, puisse conduire une voiture. Elle l'avait observé un moment d'un air renfrogné avant de secouer la tête :

– Qu'est-ce qui vous fait penser ça ?

Une question à laquelle, sur le coup, il n'avait pas trouvé de réponse. Et après toutes ces années, il ne le pouvait toujours pas.

Il soupira, prit la lettre :

Cher Joe

Si ma mémoire est fidèle te concernant, tu as dû regarder la photo attentivement, étudier la tapisserie, et tu essayes maintenant de déterminer quand le cliché a été pris. Tu sais, il n'y a que quelques années que le vieux Jason Delos a acheté cette vaste demeure, sur son versant de montagne non loin de Flagstaff. Telle que je me rappelle ton histoire, cette célèbre couverture ancienne « maudite » dont tu m'as parlé a été réduite en cendres lors de l'incendie du comptoir d'échanges il y a bien longtemps. Et pourtant, elle est là, comme neuve, à poser devant l'objectif. Nous étions d'accord, tu t'en souviendras, pour conclure que cette affaire allait plus loin qu'il ne semblait, qu'il s'agissait peut-être d'un authentique crime et non pas seulement d'un accident dû à l'imprudence de quelqu'un qui avait trop bu ou à tout un tas de récits impliquant des sorciers.

Quoi qu'il en soit, j'ai pensé que cela allait t'intéresser de la voir. Moi-même, je vais essayer d'en apprendre plus. Voir si je peux découvrir où le vieux Delos a acquis la couverture, etc. Si ça t'intrigue, passe-moi un coup de téléphone et je te tiendrai au courant quand j'aurai appris quelque chose. Et si jamais tu viens dans le Sud-Ouest, du côté de Flagstaff, je t'invite à déjeuner et nous pourrons nous raconter mutuellement comment nous avons réussi à survivre à ces machins de l'Académie du FBI.

En attendant, porte-toi bien,
Mel.

Sous la signature se trouvait une adresse à Flagstaff ainsi qu'un numéro de téléphone.

Oh, se dit Leaphorn. Après tout, pourquoi pas ?

3

L'ancien lieutenant se gara sur l'allée de sa maison à Window Rock, coupa le moteur, sortit le téléphone portable de la boîte à gants et entreprit de composer le numéro de Mel Bork. Parvenu à la cinquième touche il s'interrompit, réfléchit un moment, reposa l'appareil là où il le rangeait. Il avait l'étrange sensation que cet appel pourrait s'avérer important. Il s'était toujours efforcé de ne pas passer, sur ces petits téléphones de gosse, des appels qui pouvaient être sérieux, expliquant pareille manie au professeur Louisa Bourebonette, qui partageait son logement, en prétextant que les téléphones cellulaires avaient pour fonction de relayer des bavardages d'adolescents et que les adultes n'accordaient pas l'attention voulue à ce qui transitait par leur intermédiaire. Elle avait ri de cette idée, lui en avait quand même acheté un et insisté pour qu'il le garde dans son camion.

Il posa son vieux combiné sur la table de la cuisine, se versa une tasse de café qui restait du petit déjeuner et fit le numéro. Il était précédé du code de Flagstaff, ce qui, selon les normes en vigueur dans l'Ouest montagneux, était juste au bout de la rue pour lui, mais la conversation allait s'apparenter à un grand bond en aveugle dans le passé. Cette vieille affaire le tarabustait depuis trop longtemps. Peut-être Bork avait-il mis le doigt sur quelque chose. Peut-être qu'en apprenant ce qu'il était advenu de cette ancienne et célèbre tapisserie il ferait disparaître le petit pois gênant oublié sous le matelas, si pareille expression imagée s'appliquait en l'occurrence. Peut-être cela viendrait-il, d'une façon ou d'une autre, étayer son intuition selon laquelle l'incendie qui avait effacé le « Bandit de Big Handy » de la liste des criminels les plus activement recherchés par le FBI avait été plus complexe que tout le monde n'avait voulu l'admettre. Bork, se rappelait-il, avait partagé ses vues en ce sens.

À ce souvenir, il repensa à la hargne de Grand-Mère Peshlakai, à sa colère indignée. S'il décidait d'effectuer un petit voyage à Flagstaff pour s'entretenir avec Bork et renouer les liens avec son passé, il pourrait par la même occasion faire le détour pour se rendre dans la région où elle habitait. Peut-être ferait-il halte à son hogan pour voir si elle était toujours en vie, découvrir si quelqu'un avait réussi à appréhender le voleur qui avait pris la fuite avec ses deux grands seaux de résine de pin pignon. Pour voir si elle était disposée à lui pardonner, à lui et aux conceptions des *belagaana* relatives à l'application des lois.

Il posa la lettre et la page du magazine sur la table, à côté du téléphone, scruta la photo tout en prêtant l'oreille à la sonnerie de l'appareil de Bork et en tentant de se rappeler quel était le prénom de sa femme. Grace, pensait-il. Il étudia la photo de plus près. Ses yeux avaient dû l'induire en erreur, mais il était clair qu'elle ressemblait beaucoup à la vieille couverture telle qu'il en conservait le souvenir. Il secoua la tête, soupira. Sois raisonnable, s'exhorta-t-il. Si célèbre que cette ancienne tapisserie soit devenue, quelqu'un avait probablement essayé d'en exécuter une copie. La photo devait correspondre à cette tentative de copie. Il désirait néanmoins s'en assurer.

Puis, alors que le répondeur venait de s'enclencher, une voix de femme s'interposa. Elle semblait agitée. Et inquiète.

– Oui, dit-elle. Oui ? Mel ? D'où est-ce que tu...

Leaphorn lui octroya un moment pour achever sa question. Elle n'en fit rien.

– Joe Leaphorn au téléphone. Je souhaiterais parler à M. Bork.

Silence. Puis :

– Mel n'est pas là. Je suis Mme Bork. De quoi s'agit-il ?

– J'ai reçu une lettre de lui. Nous nous sommes connus il y a des années, quand nous étions à Washington. Tous deux étudiants à l'école de formation du FBI. Il m'a envoyé une photo en me demandant de le contacter pour en parler.

– Une photo ! Celle qui représente cette fichue couverture, c'est ça ? Il m'a dit qu'il allait l'envoyer à quelqu'un. L'image qu'il a découpée dans la revue ?

– Oui. Il voulait se renseigner dessus et...

– Vous êtes le policier. Le policier navajo. Je m'en souviens maintenant.

– Euh, pour être tout à fait exact, je...

– Il faut que je parle à un policier. Il y a eu un coup de téléphone menaçant. Et, euh... Je ne sais pas quoi faire.

Leaphorn réfléchit, aspira à fond. Attendit une question. Aucune ne vint.

– Est-ce que ce coup de téléphone était à propos de la photographie ? demanda-t-il. Pour menacer Mel à cause de la couverture ? Qui était-ce ? Qu'est-ce qu'il a dit ?

– Je ne sais pas, répondit Grace Bork. Il n'a pas dit son nom. Un message sur le répondeur. Une voix d'homme, mais je ne l'ai pas reconnue.

– N'effacez pas la bande, conseilla Leaphorn.
– Je vais vous la faire écouter. Ne quittez pas.

Il entendit le bruit que faisait le micro du combiné en cognant contre du bois, suivi d'un écho dont il gardait le lointain souvenir : la voix de Bork enregistrée sur son répondeur.

« Je ne peux pas vous répondre actuellement. Laissez-moi un message. »

Puis un silence, un murmure, et une autre voix masculine, plus grave :

« Monsieur Bork, j'ai un conseil d'ami très sérieux à vous donner. Vous feriez bien de retourner vous occuper de vos affaires. Cessez d'essayer de déterrer des ossements anciens. Laissez-les reposer en paix. Si vous continuez à les déranger dans leur tombe, ils vont en jaillir d'un bond pour vous mordre. »

Un silence. Puis un petit rire :

« Et vous ne serez plus qu'un tas d'ossements identique. »

La bande s'arrêta avec un déclic.

– Qu'est-ce que je dois faire ? interrogea Mme Bork.
– Cet appel est arrivé quand ?
– Je ne sais pas.
– Est-ce que Mel l'a entendu ?
– Non. À mon avis, soit il a été enregistré après son départ, soit Mel n'a pas remarqué qu'il y avait un message sur le répondeur. Je crois qu'il m'en aurait parlé, s'il l'avait écouté. Et maintenant, j'ignore où il est. Il n'est pas rentré depuis avant-hier. Je n'ai aucune nouvelle de lui.

Grace Bork donnait désormais l'impression d'être en proie à l'angoisse.

– Il n'a pas dit où il allait ?
– Pas de manière précise, non. Il m'a simplement dit qu'il allait vérifier la provenance de cette couverture, celle de la photo. Qu'il avait contacté quelqu'un par téléphone... dans une galerie d'art ou un musée,

je crois. Je crois qu'il allait voir l'homme qu'il avait appelé. Ou déjeuner avec lui. Je l'attendais pour le dîner et je suis inquiète depuis. Ça n'est pas du tout dans sa manière, ça, jamais. De partir précipitamment et... de ne pas appeler ni rien.

Mel avait expliqué à son épouse que cette histoire de couverture lui rappelait ce qui s'était passé lors d'un incendie dans lequel un homme avait péri, et qu'il en avait discuté avec Leaphorn quand ils étaient tous les deux à l'Academie du FBI.

– Il semblait très excité par cette histoire, ajouta-t-elle. Je suis inquiète. Extrêmement inquiète. Il a un téléphone portable. Pourquoi ne m'appelle-t-il pas ?

Leaphorn repensa à la demande pressante de Louisa pour qu'il ait en permanence un de ces appareils à portée de main dans son véhicule.

– Madame Bork, d'abord, sortez cette bande de votre répondeur et rangez-la dans un endroit sûr. Prenez-en soin. Est-ce que Mel l'a toujours sur lui, ce téléphone portable ?

– Il y en a un dans sa voiture. Je l'ai appelé je ne sais combien de fois mais il ne répond pas.

– Je suppose qu'à son travail il est en contact avec la police de Flagstaff, ou avec les hommes du shérif. Est-ce qu'il a quelqu'un qui travaille avec lui, pour ses enquêtes, et qui pourrait vous aider ?

– Juste une employée qui tient ses registres. Elle répond au téléphone quand il est en déplacement.

– Si vous avez un ami qui travaille dans les forces de l'ordre, je crois que vous devriez l'appeler et lui exposer la situation.

– J'ai appelé le sergent Garcia hier soir. Il m'a dit qu'à son avis je ne devais pas me faire de souci.

Leaphorn fit mentalement l'inventaire des policiers qu'il connaissait dans la région haute, aride et essentiellement déserte des Four * Corners.

– S'agit-il du Garcia qui travaille pour le shérif, par chez vous ? Kelly Garcia, je crois. C'est un ami ?
– De Mel ? Il me semble que oui. Un peu, au moins, en tout cas. Il leur arrive plus ou moins de travailler ensemble sur certaines affaires, je crois.
– Dans ce cas, je le rappellerais. Dites-lui que Mel n'est toujours pas rentré et qu'il ne répond pas à son téléphone portable. Dites-lui que vous en avez discuté avec moi. Dites-lui que, pour moi, il devrait écouter l'enregistrement que vous m'avez fait entendre.
– Oui.
– Et s'il vous plaît, tenez-moi au courant si vous apprenez quelque chose. Ou si je peux faire quoi que ce soit.

Il lui dicta le numéro de téléphone de son domicile. Réfléchit un instant, haussa les épaules :
– Et je vous donne celui de mon portable, si je ne suis pas chez moi.

Elle répéta les deux numéros.
– Encore une chose, insista-t-il. A-t-il mentionné un nom ? Je veux dire, le nom de quelqu'un qu'il pensait aller voir ? Ou celui du musée où il se rendait ?
– Oh, grand Dieu. Euh, il a peut-être dit Tarkington. C'est l'un des endroits où on trouve des objets d'artisanat indien à Flagstaff. Gerald Tarkington, il me semble.
– Je crois que je connais. Quelqu'un d'autre ?
– Probablement le musée Heard, à Phoenix, compléta-t-elle d'un ton hésitant. Mais c'est pure conjecture. Il a travaillé pour eux, il y a longtemps. Et, monsieur Leaphorn, je vous en prie, appelez-moi.
– Je le ferai.

Il avait le vague sentiment que cette promesse le contraindrait à lui annoncer de mauvaises nouvelles. Un message qu'au cours de sa carrière il avait dû délivrer beaucoup trop souvent.

4

En raison de son âge, Leaphorn n'ignorait rien de la sagesse qui consiste à apprendre tout ce que l'on peut sur la personne que l'on désire interroger avant de lui poser la première question. Ainsi, avant d'appeler la galerie Tarkington à Flagstaff, il composa un numéro à peine éloigné de quelques rues, à Shiprock, pour s'adresser à Ellen Klah, au musée Navajo.

– Tarkington ? Tarkington, répéta-t-elle. Oh, oui. Bon, voyons. Qu'est-ce que vous pouvez bien avoir à faire avec ce personnage ?

– J'ai des informations à obtenir de lui. Je veux découvrir s'il sait des choses concernant une très vieille couverture.

– Une affaire douteuse ? Délictueuse ?

– Je ne sais pas, répondit-il d'un ton maussade. C'est juste parce qu'elle a réapparu. Et elle ressemble énormément à une autre qui a, paraît-il, brûlé dans l'incendie d'une salle d'exposition, il y a des années.

– Je parie que cela cache une escroquerie à l'assurance.

– J'espère que non. Il s'agit du feu qui a ravagé la petite salle d'exposition du comptoir d'échanges de Totter. Vous vous souvenez ?

– Bien sûr que je m'en souviens. La couverture qui a été détruite ce jour-là n'était pas cette vieille, très vieille tapisserie narrative ? Celle que les gens appellent *Le Chagrin tissé* ? À moins que ce soit *Le Chagrin entre les fils* ? Quelque chose comme ça, en tout cas. (Elle rit). Cela correspondrait bien à ce que les gens racontent sur elle. Vous savez. Qu'elle est née de tous les chagrins de la Longue Marche, et que partout où elle passe, elle est accompagnée d'ennuis. Je parie que cette fois, c'est une escroquerie à l'assurance. Et Tarkington est suspect, complice ou quoi ?

– Vous avez un sacré temps d'avance sur moi, Ellen. Il n'y a ni crime présumé ni rien. Je veux seulement m'entretenir avec lui de ce qui a pu arriver à cette couverture si elle n'a pas effectivement brûlé.

– Je lis beaucoup de choses ces temps-ci, dans l'*Albuquerque Journal,* sur l'enquête menée par le jury de mise en accusation à propos de couvertures navajo. Il y en a trois. Très anciennes. Elles sont censées valoir dans les deux cent mille dollars si on additionne leur valeur. C'est à ça que vous vous intéressez ?

– Non, non. Rien d'aussi passionnant. Je veux seulement vous demander si Tarkington vous paraît être la personne à qui je devrais aller parler... disons, si une vieille couverture célèbre avait été détruite, si on en possédait des photos et si on voulait engager une tisserande pour en réaliser une copie. Comment vous vous y prendriez, vous ? Qui pourrait se charger de ça ? Ce genre de chose.

– Écoutez, Tarkington est dans le circuit depuis longtemps. Pour moi, il est aussi bien placé que n'importe qui pour vous répondre. S'il y a une question d'éthique en arrière-plan, je doute fort qu'il s'en soucie beaucoup, d'après ce que j'ai entendu dire. Mais est-ce que nous parlons de la couverture appelée *Le Chagrin entre les fils* ? Celle qui a été tissée par cette femme, après son retour de Bosque Redondo, et qui est pleine de choses servant à rappeler aux gens toutes les morts et les souffrances qui ont été causées à l'époque ? C'est de cette tapisserie que vous parlez ?

– Je crois que ça doit être celle-là. Ça y ressemble, à vous entendre.

– Les couvertures dont il est question dans cette action en justice portent toutes des noms, déclara Mme Klah qui semblait légèrement mécontente.

– Je ne le connais pas, son nom. Je ne sais même pas si elle en avait un. Je me souviens seulement que c'était une grande tapisserie élaborée. Je l'ai vue encadrée sous verre, accrochée au mur dans la salle d'exposition de Totter, près de Round Rock, il y a des années de ça. Et je me souviens qu'il y avait une histoire qui allait de pair. Un de Ceux-dont-la-Main-Tremble * ou je ne sais quel shaman lui aurait jeté un sort.

– Ah, fit Mme Klah. Encadrée sous verre, hein ? Je m'en souviens. C'était elle. C'était *Le Chagrin entre les fils*. Eh bien, dites donc !

– En tout cas, vous pensez que Tarkington pourrait m'apprendre quelque chose, c'est ça ?

Elle rit.

– Si vous lui promettez que cela ne lui causera pas d'ennuis. Et ne lui coûtera pas d'argent.

Leaphorn appela donc le numéro de Tarkington, tomba sur un répondeur lui conseillant soit de laisser un message, soit, si son appel était motivé par les affaires, de contacter le numéro de la « galerie du centre-ville ».

Il composa le deuxième, se plia à la sollicitation de la secrétaire qui avait pris son nom, attendit « une petite minute » avant d'entendre une voix masculine grave et rauque :

– Joe Leaphorn ? Il y avait un lieutenant Joe Leaphorn qui travaillait à la Police Tribale Navajo. C'est vous ?
– Oui. Vous êtes monsieur Tarkington ?
– Lui-même.
– Je cherche à entrer en contact avec un certain Mel Bork. Son épouse m'a dit qu'il était venu vous voir pour une histoire que nous désirons vérifier. J'ai pensé que vous sauriez peut-être où je peux le joindre.

Ces paroles furent suivies d'un silence. Puis d'un soupir.

– Mel Bork ? C'était quoi, l'histoire dont vous parlez ?
– Elle concernait une couverture navajo.
– Ah, oui. La magique, mystique couverture tissée pour commémorer le retour du Dineh de son lieu de déportation, à Bosque Redondo. Pleine de trucs et de machins qui avaient pour but d'évoquer les conditions de souffrance et de famine dans lesquelles s'était déroulées la captivité de la tribu et la Longue Marche pour rentrer au pays. Elle aurait été commencée dans les années 1860, achevée beaucoup plus tard. C'est ça ?
– Oui, confirma Leaphorn avant d'observer le silence.

Il avait remarqué que le ton de son interlocuteur était sarcastique, attendit que ce dernier ajoute quelque chose, prit le temps de décider de la façon dont il allait mener la conversation.

– Bon, fit Tarkington. Qu'est-ce que je peux faire pour vous ?
– Pouvez-vous me dire où Bork allait quand il vous a laissé ?
– Il n'a pas précisé.

Leaphorn attendit. À nouveau en pure perte.

– Vous n'en avez aucune idée ?

– Écoutez, monsieur Leaphorn, je crois que ce ne serait peut-être pas une mauvaise idée que nous en parlions, mais pas au téléphone. Où êtes-vous ?
– À Window Rock.
– Et si vous passiez à la galerie demain ? Ça vous serait possible ? Pour un déjeuner tardif, peut-être ?

Leaphorn réfléchit à ce qu'il avait de prévu pour la journée du lendemain. Absolument rien.

– C'est entendu, dit-il.

5

Parti tôt, Leaphorn roulait avec un lever de soleil criard dans son rétroviseur. Il prit la Route Navajo 12, rejoignit l'Interstate 40, adopta l'allure mesurée (mais légale) de cent vingt kilomètres à l'heure, et laissa le flot des véhicules en excès de vitesse le dépasser en fonçant vers l'ouest. Il atteindrait Flagstaff avec assez d'avance pour trouver la galerie d'art de Tarkington, et la route lui donnerait le temps de réfléchir à ce dans quoi il mettait les pieds.

La première étape consistait à réfléchir à l'enregistrement que Mme Bork lui avait fait écouter, et à la faible quantité de choses qu'il avait apprises de sa bouche au cours de leur brève conversation. Ce qui ne prit pas longtemps.

Elle s'était rappelé qu'en voyant la photographie son mari était devenu tout excité. Il lui avait relaté ce vieil incendie criminel en lui disant que Leaphorn et lui en avaient parlé à Washington il y avait de nombreuses années. Puis il avait passé deux, peut-être trois coups de téléphone. Elle n'avait pas entendu à qui il avait parlé. Après la dernière conversation, il lui avait crié quelque chose, à propos de la galerie de Tarkington, l'avait peut-être avertie qu'il rentrerait tard et lui avait demandé de répondre à ceux qui appelleraient qu'il serait de retour au bureau le lendemain. Puis il était parti au volant de sa voiture. Rien de tout cela n'était d'un grand secours.

Le temps qu'il atteigne la sortie de Sanders, dans l'Arizona, l'ancien lieutenant décréta que c'était l'heure de boire un café et quitta l'autoroute pour s'arrêter à un self afin de voir s'il pourrait y apprendre quelque chose. Le vieux comptoir d'échanges, tout proche, était réputé pour le travail de ses tisserandes navajo. La Nation Navajo avait acheté des terres situées le long de la voie principale de la Compagnie ferroviaire de Santa Fe et s'en servait pour reloger les cinq cents familles de la tribu contraintes de quitter la vieille réserve * commune navajo-hopi. Les tisserandes qui se trouvaient au nombre des réfugiés avaient inventé de nouveaux motifs que l'on avait pris l'habitude de désigner sous l'appellation de couvertures des Nouvelles Terres, et un négociant de Sanders était devenu une sorte d'autorité concernant ce style particulier et les couvertures en général. Si Leaphorn pouvait le trouver, il avait l'intention de lui présenter la photo de la vieille tapisserie afin de découvrir ce qu'il saurait sur elle.

La serveuse qui lui apporta son café devait avoir dix-huit ans et n'avait jamais entendu parler de tout ça. L'homme qui tenait la caisse connaissait le négociant de réputation et conseilla à Leaphorn de trouver Austin Sam, qui avait été candidat au Conseil * Tribal et semblait connaître pratiquement tous les gens qui habitaient sur le territoire relevant du bâtiment * administratif des Nouvelles Terres. Mais il ignorait où on pouvait trouver M. Sam. Et Leaphorn l'ignorait également.

Il se mêla donc de nouveau au flux rugissant de la circulation sur l'Interstate 40, sans être plus informé qu'auparavant. À midi moins dix environ, après avoir pénétré dans Flagstaff, il trouva la galerie d'art Tarkington et se gara sur le parking. Un grand gaillard à la barbe grise, vêtu d'une veste de lin blanc cassé, se tenait sur le seuil où il l'attendait en souriant.

– Lieutenant Leaphorn, dit-il. Vous êtes en tous points semblable aux photos de vous que j'ai vues. Vous avez fait toute la route depuis Window Rock ce matin ?

– Oui, confirma l'ancien policier tandis que Tarkington le faisait entrer dans le magasin.

– Dans ce cas, rafraîchissez-vous si vous le souhaitez, l'invita le négociant en lui montrant les toilettes. Ensuite nous pourrons parler en déjeunant.

Quand Leaphorn ressortit après s'être arrosé la figure d'eau, il vit que le déjeuner leur était servi dans un petit renfoncement voisin de la salle d'exposition. Une jeune fille, que Leaphorn identifia comme étant probablement hopi, versait de l'eau glacée dans les verres sur une table mise avec beaucoup de soin. Tarkington était déjà installé, un exemplaire de *Luxury Living* ouvert à la page de la photographie devant lui.

– À moins que vous désiriez manger quelque chose de spécial, nous pourrions déjeuner ici. Sandwichs et fruits uniquement. Est-ce que cela vous conviendrait ?

– Bien sûr, répondit Leaphorn en s'asseyant et en soupesant ce que ce changement pouvait signifier.

Visiblement, il indiquait que Tarkington devait considérer leur discussion comme importante. Pourquoi, dans le cas contraire, prendrait-il la peine de donner à Leaphorn le rôle d'invité, avec le désavantage psychologique que cela implique. Mais ça équivalait à un vrai gain de temps. Même si Leaphorn n'en manquait pas.

La jeune fille lui tendit un sympathique plateau couvert de sandwichs d'une belle diversité préparés avec grand soin. Il en prit un qui contenait jambon, fromage et salade. Elle lui demanda s'il souhaitait du café. Il répondit par l'affirmative et elle le lui versa à l'aide d'un récipient en argent. Tarkington assista à toute l'opération en silence, prit un sandwich à son tour et leva son verre d'eau à la santé de l'ancien policier.

— On passe aux choses sérieuses maintenant? proposa-t-il d'un ton interrogatif. Ou on discute de tout et de rien en mangeant?

— Eh bien, je suis venu pour tenter de trouver un vieil ami, mais cela ne m'empêche pas d'avoir faim.

— C'est Melvin Bork que vous cherchez, c'est ça? Le détective privé?

Leaphorn hocha la tête. But une gorgée de café. Excellent. Regarda son sandwich, en préleva une petite bouchée. Très bon aussi.

— Pourquoi venir le chercher ici?

— Parce que sa femme pense qu'il avait l'intention de vous poser des questions sur une couverture. Je me trompe?

— Oh, c'est exact, il est venu, répondit Tarkington qui souriait d'un air amusé. Il y a trois jours. Il avait un exemplaire d'une de ces revues immobilières haut de gamme, avec une photo représentant cette couverture. C'était celle-ci.

Il posa le doigt sur l'image en souriant à son hôte.

Leaphorn hocha la tête.

— Il m'a demandé si j'avais vu une couverture qui lui ressemblait et je lui ai répondu que oui. Une tapisserie très similaire a brûlé dans un incendie, il y a des années. Extrêmement regrettable. Il s'agissait d'une célèbre œuvre narrative. Célèbre dans le cercle des gens qui adorent les couvertures vraiment anciennes, et surtout parmi les illuminés qui sont fous des objets d'artisanat auxquels adhèrent des récits à faire peur. Et c'est le cas pour celle-là. Des récits incroyables. Pleins de morts, de famines, tout ça.

Il sourit à nouveau à Leaphorn, se saisit de son verre, fit s'entrechoquer les glaçons.

– Et c'était également un magnifique témoignage du talent de l'artiste. Une vraie splendeur. Bork m'a demandé de regarder attentivement la photo publiée dans la revue et de lui dire tout ce que je pouvais dessus.

Tarkington s'interrompit pour boire un peu d'eau. Pour se donner le temps de décider de ce qu'il souhaitait lui dire exactement, supposa Leaphorn.

– Je lui ai répondu que cette photo ressemblait à une tapisserie très ancienne et très appréciée des connaisseurs. Les spécialistes utilisent le terme de tapisseries « narratives » parce qu'elles représentent généralement un personnage, ou un épisode, mémorable. Et le récit contenu dans celle-là relatait toute l'humiliation, la mort et la souffrance que vous, les Navajos, avez endurées quand l'armée vous a parqués dans ce camp de concentration situé de l'autre côté du Pecos, il y a cent cinquante ans environ.

Tarkington sortit de sa poche de veste une loupe grande comme des verres de lunettes et l'approcha du cliché dont il étudia des détails, ici et là.

– Oui, elle ressemble bien un peu à cette vieille couverture que Totter avait autrefois dans son comptoir d'échanges.

– Elle ressemble bien un peu ? reprit Leaphorn. Est-ce que vous pourriez être plus précis que ça ?

Tarkington reposa la loupe, scruta l'ancien policier.

– Voilà qui fait surgir une question intéressante, non ? Celle dont vous parlez a brûlé, voyons, ça remonte à la toute fin des années 1970 ou à la première moitié des années 1980, je crois. Par conséquent, la question que je veux vous poser, c'est quand la photo a été prise ?

– Je n'en sais rien, répondit Leaphorn.

Tarkington réfléchit à sa réponse, haussa les épaules.

– Bref, Bork m'a demandé si je croyais qu'il pouvait s'agir d'un cliché représentant une copie de la couverture qui était en possession de Totter, et je lui ai répondu qu'à mon avis tout est possible mais que cela n'avait pas vraiment de sens. Même en partant de très bonnes photos détaillées de l'original pour travailler, les tisserandes seraient toujours confrontées à la difficulté qui consiste à tenter de trouver les mêmes fils à tisser, sans oublier les teintures végétales, et à avoir des intervenantes différentes travaillant avec des techniques de tissage différentes. Pour cette tapisserie bien particulière, il faudrait également qu'elles soient capables d'intégrer le même genre de plumes d'oiseaux, de pétales de fleurs de cactus, de tiges... Par exemple...

Il se tut un instant, pointa l'index sur un endroit de la photographie.

– Par exemple, cette intense nuance de rouge, là, à considérer qu'il s'agisse d'une bonne reproduction en couleurs, est extrêmement rare. Les tisserandes d'autrefois l'obtenaient à partir des membranes renfermant les œufs de l'une des grosses araignées du désert.

Il sourit à Leaphorn, reprit :

– Ça paraît sans doute bizarre, mais c'est ce qu'affirment les experts. Et ça vous donne une idée de la difficulté qu'il y aurait à réaliser une copie.

Tarkington but encore un peu d'eau, les yeux posés sur son visiteur dans l'attente d'une réaction.

– Ce que vous me dites, je suppose, c'est que Bork a voulu connaître votre opinion quant à la possibilité que cette photo puisse, ou non, représenter une copie de l'originale.

– Oui. C'est ça. Et je lui ai répondu que c'était probablement une photo qui représentait une tentative pour réaliser une copie. Une sacrément bonne copie, il faut le reconnaître. Je lui ai suggéré de téléphoner au gars qui l'a sur son mur. Voir s'il l'autoriserait à l'étudier de plus près. Puis M. Bork m'a dit que c'était ce qu'il comptait faire, mais qu'il voulait d'abord savoir ce que j'en pensais, moi. Et je lui ai répondu que ces types hyperriches qui collectionnent des objets anciens comme ça vont assurément faire preuve d'une extrême prudence par rapport aux gens qu'ils laissent entrer chez eux, à moins de les connaître. Bork m'a dit qu'il y avait pensé. Il désirait que je lui rédige une lettre de recommandation afin que le propriétaire le laisse entrer. Et j'ai été obligé de lui dire que je ne le connaissais pas vraiment personnellement. Uniquement de réputation.

Tarkington prit sa tasse, remarqua qu'elle était vide, la reposa.

– Bork pensait que c'était un homme nommé Jason Delos qui avait acheté cette maison, intervint Leaphorn. Je pourrais vraisemblablement appeler les renseignements pour obtenir son téléphone. À condition qu'il ne soit pas sur liste rouge. C'est bien le bon nom ? Je crois qu'il va falloir que j'aille lui parler.

– Vous avez raison sur le fait que le numéro ne puisse être communiqué par les renseignements. Et son nom est effectivement Jason Delos. Il faut croire qu'il descend d'une famille grecque.

Leaphorn hocha la tête.

– Est-ce que je me trompe en pensant que vous avez son numéro ?

– Carrie, appela Tarkington. Apportez du café à M. Leaphorn et de l'eau glacée pour moi.

– Vous ne le connaissez que de réputation ? Qui est-ce ?

Tarkington rit.

– Je ne le connais que comme futur client potentiel. Il est évident qu'il a beaucoup d'argent. Il collectionne des objets de grande valeur. Il s'est installé par ici il y a déjà pas mal de temps, il venait soit du sud de la Californie parce que le soleil avait une influence néfaste sur la peau de sa femme, soit de l'Oregon parce que le brouillard et l'humidité la déprimaient. (Il adressa un sourire ironique à Leaphorn.) Vous savez à quel point on peut faire confiance aux rumeurs, dans cette région où il n'y a pas grand monde sur qui faire courir des bruits. Franchement, je ne serais pas surpris d'apprendre qu'il n'en a pas, de femme. Personne ne semble jamais l'avoir rencontrée. Il y a un Asiatique d'une quarantaine d'années qui habite là-bas avec lui. Une espèce de majordome, je crois. Et il fait appel à une entreprise de nettoyage et de lavage, ce genre de chose. Quant à son majordome, cela nous entraîne dans une tout autre histoire.

Sur ces paroles, il secoua la tête et rit pour avertir son auditeur qu'il ne garantissait pas la véracité de ce qui allait suivre.

– Dans cette version, M. Delos endosse le rôle d'un agent de la CIA ou quelque chose d'approchant, qui, après avoir été très actif pendant la guerre du Vietnam, a pris sa retraite et s'est lancé dans je ne sais quels investissements. Une autre version encore prétend qu'il a été exclu de la CIA à cause d'une jolie somme que notre gouvernement utilisait pour arroser divers membres du gouvernement du Sud-Vietnam, à l'époque où ils fomentaient leur coup d'État pour se débarrasser du président Diem... vous vous souvenez de cet épisode ?

– J'ai lu des choses dessus. Si ma mémoire est bonne, cela s'est terminé par une grande bataille dans Saïgon avec des parachutistes qui attaquaient les hommes de Diem à l'intérieur du palais présidentiel.

– Ouais. Un remplaçant qui était plus apprécié par le président Kennedy a accédé au pouvoir. Enfin bon, si l'on en croit la rumeur, la CIA, si elle s'appelait déjà comme ça à l'époque, distribuait depuis un certain temps des sacs remplis de billets pour faciliter cette évolution, et certains des généraux qui recevaient ces fonds ont estimé qu'ils étaient grugés. Une enquête discrète a été diligentée, comme souvent, et a établi que certains de ces sacs devenaient plus légers après être passés entre les mains de M. Delos.
– Oh, fit Leaphorn avant de hocher la tête.
Tarkington haussa les épaules.
– Bon, vous pourriez vraisemblablement trouver deux ou trois autres versions de sa biographie si vous vous donniez la peine de vous renseigner à Flagstaff. Il se contente de rester seul là-haut, sur sa montagne, et cela nous procure quelqu'un d'intéressant sur qui nous pouvons raconter des choses. Vous pouvez choisir la version qui vous plaît le plus. Comme beaucoup de gens riches, il s'efforce de protéger l'intimité de sa famille, ce qui oblige notre fraternité adepte des commérages à démontrer sa créativité.
La jeune hopi revint, sourit à Leaphorn, lui remplit sa tasse de café, versa de l'eau dans le verre de Tarkington et s'en alla.
– Ce que je veux vraiment savoir, je pense, c'est comment il s'est procuré cette couverture. Après, je remonterai la piste jusqu'à la personne qui l'a fabriquée, et voilà. Il me faut donc son numéro de téléphone pour pouvoir aller lui poser la question.
Tarkington eut un sourire dépourvu de gaieté.
– Pour que vous puissiez en terminer avec cette affaire et retourner à vos tâches policières habituelles?
– Pour que je puisse retourner à mon statut d'ancien policier que la retraite ennuie à mourir.

– Bon, fit Tarkington en le dévisageant. Si vous parvenez à apprendre quelque chose d'intéressant, par exemple, qui a réalisé cette copie si c'en est bien une, pourquoi et ainsi de suite, je vous serai très reconnaissant de m'en tenir informé.

Leaphorn réfléchit un moment.

– D'accord, dit-il.

Le négociant d'art s'octroya un moment de réflexion. Il but de l'eau pendant que Leaphorn portait son café à ses lèvres.

– Vous avez peut-être remarqué que j'aime parler, commença Tarkington en soulignant cette déclaration d'un sourire ironique. Cela me ferait un nouveau sujet de conversation.

Leaphorn acquiesça.

– Mais vous ne m'avez pas communiqué son numéro.

– Le nom était exact. Jason Delos.

Leaphorn prit un deuxième sandwich, mordit dedans. Le jugea très bon.

– Bien sûr, moi aussi je suis collectionneur d'objets d'art, reprit Tarkington avec un geste du bras vers l'intérieur de la salle d'exposition pour souligner son propos. Et collectionneur d'histoires. J'adore ça. Et *Le Chagrin tissé*, cette fichue tapisserie narrative, les a attirées comme les chiens attirent les puces. Par ailleurs, je voudrais savoir ce que vous allez découvrir sur Delos, si vous trouvez quelque chose, et comment toute cette histoire va finir. Vous promettez de me tenir au courant ?

– Si c'est possible.

Tarkington se pencha, montra du doigt un pot bizarre posé sur un petit bureau près du mur.

– Vous voyez la représentation du serpent, sur cette céramique ? C'est un pot supai *. Mais pourquoi ce serpent est-il rose ? C'est un crotale, et ils ne sont pas de cette couleur. Eh bien, je crois que si, dans une zone profonde et encaissée du Grand Canyon. Il y a une espèce très rare et officiellement menacée, là-bas, sur le territoire des Havasupais *, et ils ont une superbe histoire, dans leur mythologie, qui relate comment il a pris cette teinte rose. Et c'est cela qui va conférer une valeur beaucoup plus grande à ce pot, aux yeux de celui qui s'en rendra propriétaire.

Il dévisagea Leaphorn en quête d'un signe d'assentiment.

– Je sais que c'est exact, reconnut celui-ci. Mais je ne suis pas certain de comprendre pourquoi.

– Parce que le collectionneur recueille l'histoire en même temps que la poterie. Les gens l'interrogent : « Pourquoi ce serpent est-il rose ? » Et il explique. Ce qui fait de lui une autorité. (Il rit.) Vous, les Navajos, vous ne pratiquez pas ce jeu du « je-m'y-connais-mieux-que-toi », contrairement à nous. Vous savez rester dans votre philosophie de l'harmonie *.

Leaphorn fit la grimace.

– Il serait plus exact de dire que beaucoup de Navajos essayent, mais ils se souviennent que nous avons un rite guérisseur pour nous remettre dans le droit chemin quand nous nous laissons gagner par le désir de vengeance, de possession ou... comment appelez-vous ça ? Quand nous voulons nous montrer supérieurs à nos voisins.

– Ouais. Je pourrais vous raconter une histoire sur ma tentative pour convaincre un homme d'affaires navajo d'acheter une selle très élaborée. Nombreuses décorations en argent, superbe travail de couture, jusqu'à des turquoises serties dans l'ensemble. Il était intéressé. Et à ce moment-là je lui ai dit que ça lui conférerait le statut d'homme le plus riche de la Grande Réserve. Il a alors fait machine arrière en déclarant que ça le ferait passer pour un sorcier.

– Oui, confirma Leaphorn en hochant la tête. Au minimum, cela ferait naître des soupçons chez les Dineh traditionalistes. À moins qu'il n'y ait aucun pauvre, dans sa famille proche, à qui il aurait dû venir en aide. Et des proches pauvres, nous en avons tous.

Tarkington haussa les épaules.

– Le prestige. Vous, les Navajos, vous n'en êtes pas aussi avides que nous. Si on pose une question à un Navajo sur un domaine dans lequel je sais pertinemment qu'il excelle, il ne va pas se contenter de me répondre. Il va faire précéder ses paroles de « On dit ». Il ne veut surtout pas que je pense qu'il s'en attribue le mérite.

– C'est un préambule que j'ai dû entendre un million de fois. En réalité, il m'arrive de m'en servir, moi aussi.

Leaphorn pensait qu'à son âge, retraité, remisé sur une étagère comme le serpent rose, il devrait comprendre que les valeurs culturelles des *belagaana* étaient différentes de celles du Dineh en se souvenant de la façon dont les petits Navajos étaient conditionnés par leurs aînés à s'intégrer dans la communauté au lieu de se singulariser, de détenir l'expertise ; en se souvenant à quel point cette attitude avait desservi sa génération, le groupe d'âge qui avait été embarqué dans des cars à destination des pensionnats du Bureau des affaires indiennes afin d'être amalgamé dans la culture *belagaana*.

« Qui a découvert l'Amérique ? » demandait l'enseignant.

Tous les élèves de la classe savaient que la réponse *belagaana* était Christophe Colomb, mais seuls les jeunes hopi et zuni * levaient la main. Et si l'instituteur désignait un Navajo, celui-ci faisait immanquablement précéder sa réponse de ce « On dit » qui lui permettait de demeurer en retrait. Et l'instituteur, loin de voir qu'il s'agissait d'une réserve polie, l'interprétait comme l'attitude conformiste, adoptée par les Américains des Origines, impliquant qu'il réfutait la thèse défendue par le manuel et l'enseignant. Tous ces souvenirs, et les incompréhensions que pareil comportement avait parfois générées, incitèrent Leaphorn à sourire.

Tarkington en fut décontenancé et parut un peu déçu.

– Enfin bon, reprit l'ancien lieutenant, j'aimerais en apprendre plus sur les récits que vous avez amassés au sujet de cette couverture narrative. Je vous ferai part de ce que j'apprendrai s'il y a du nouveau.

Tarkington prit un autre sandwich. Il présenta le plat à son invité avec une expression redevenue cordiale.

– La première dont je vais vous parler est assez solidement attestée. Probablement vraie dans sa majeure partie. Il semble que la couverture ait été commencée par une jeune femme nommée Pleure Beaucoup, une femme du clan des Rivières-qui-Courent-Ensemble. Cela se passait dans les derniers temps du séjour au camp de concentration de Bosque Redondo. Elle était l'un des neuf mille représentants de votre peuple que l'armée avait rassemblés et obligés à aller à pied jusque là-bas, dans la vallée du Pecos, pour ne plus les avoir dans les pattes.

Tarkington se tut un instant, haussa les sourcils :

– Mais je pense que je n'ai pas besoin de vous rafraîchir la mémoire en ce qui concerne la Longue Marche.

– Non, fit Leaphorn en souriant. Quand j'étais gamin, dans les récits qu'il faisait sous le hogan, l'hiver, mon grand-père maternel nous racontait qu'ils mouraient de froid, là-bas. Et après, mon arrière-grand-père paternel y allait de ses propres histoires sur le groupe qui avait échappé à la rafle et passé toutes ces années à se cacher dans les montagnes.

Tarkington eut un petit rire.

– Et le gouvernement, après, fait tout ce qu'il faut pour que vous ne l'oubliiez pas. Il baptise une grande partie de l'espace qui vous appartient Forêt nationale Kit Carson, en mémoire du colonel qui a organisé cette rafle, qui a incendié vos hogans et abattu les pêchers dans vos vergers.

– Nous n'en voulons pas trop à Kit Carson. Dans les récits faits sous le hogan, il s'en tire plutôt bien, dans les livres d'histoire aussi. C'est le général James Henry Carleton qui a promulgué l'ordre officiel et transmis les consignes de tirer pour tuer et de pratiquer la politique de la terre brûlée.

– Je crains que la plupart des Américains ne soient pas au courant. Nous n'enseignons pas dans nos écoles la façon dont nous avons testé la solution finale de Hitler contre vos peuples. Regrouper tout le monde, tuer tous ceux qui essayent de s'évader, chasser le bétail, laisser les Indiens crever de faim. Nous devrions avoir un chapitre pour décrire ça, dans tous nos manuels.

Tarkington mit la dernière bouchée de son sandwich dans sa bouche tout en réfléchissant et en donnant l'impression d'être davantage choqué par l'échec des historiens que par l'acte lui-même.

– Il n'y aura jamais de chapitre là-dessus, dit Leaphorn. Et j'en suis heureux. Pourquoi alimenter pareille haine ? Nous avons nos rites guérisseurs pour redonner l'harmonie aux gens de notre peuple. Pour nous débarrasser de la colère. Retrouver le bonheur.

– Je sais. Mais selon ce qui revient à mes oreilles, beaucoup de souvenirs de cette cruauté se perpétuent à travers cette couverture, *Le Chagrin tissé*. Il paraît que quand les chefs navajos ont signé le traité avec le général Sherman, en 1866, et que les survivants ont entrepris leur long voyage de retour à pied, cette jeune femme et sa sœur ont rapporté leur ébauche de couverture et ont continué d'y travailler, y insérant de petits rappels concrets du traitement qu'elles avaient subi. Un fragment de racine glissé ici entre les fils, des poils de rat là, etc., afin de se remémorer ce qu'elles mangeaient pour ne pas mourir de faim. Enfin bon, telle qu'on raconte l'histoire, le tissage s'est poursuivi quand les familles ont commencé à reconstituer leurs troupeaux de moutons pour avoir de la bonne laine. Et d'autres personnes en ont entendu parler, d'autres tisserandes leur ont prêté main-forte, ont contribué en ajoutant leur propre souvenir cuisant fait de souffrances, de meurtres et d'enfants qui périssent. Et pour finir, un des chefs de clan, certains prétendent que c'était soit Barboncito, soit Manuelito, a déclaré aux tisserandes que préserver le souvenir du mal violait la Voie * Navajo. Il voulait que toutes les femmes qui y avaient travaillé organisent un chant de la Voie de l'Ennemi pour se guérir de tout ce passé de haine et pour retrouver l'harmonie.

Tarkington but un peu d'eau avant de demander :
– Qu'est-ce que vous en pensez ?
– Intéressant. La mère de ma mère nous a raconté quelque chose d'assez proche un hiver, quand j'avais une dizaine d'années. Elle non plus n'était pas d'accord avec ce que faisaient ces tisserandes. Elle nous a dit que trois des shamans de son clan s'étaient réunis pour jeter un sort d'un genre particulier sur cette couverture.
– Moi aussi, j'ai entendu parler de quelque chose d'approchant. On disait qu'il y avait trop de *chindi* associés à cette tapisserie. Trop de fantômes de Navajos morts, de faim, de froid, ou tués par les

soldats. Elle risquait de rendre les gens malades, d'appeler le mal sur ceux qui lui étaient associés.

– Eh bien, c'est comme ça que les choses sont censées se passer. Si on conserve ses mauvais souvenirs, ses ressentiments, ses haines, et si tout cela est vivant en soi, on devient malade.

Leaphorn eut un petit rire avant de poursuivre :

– Pas mal raisonné pour des gens qui n'ont jamais suivi de cours d'introduction à la psychologie.

– Les chrétiens pratiquants ont la même idée dans leur Notre-Père. Vous savez : « Pardonnez-nous nos péchés comme nous pardonnons à ceux qui nous ont offensés. » Dommage qu'ils soient nombreux à ne pas traduire cette prière en actes.

Leaphorn ne fit pas de commentaire.

Tarkington le fixa du regard.

– Je pensais aux gens qui se lamentent quand le juge condamne l'individu qui a assassiné leur enfant à la détention à perpétuité au lieu de la peine de mort qu'ils réclamaient dans leurs prières.

Leaphorn hocha la tête.

Tarkington soupira.

– Mais pour en revenir à la tapisserie, j'ai entendu des histoires de mauvais sort s'acharnant au fil des ans sur les gens qui la possédaient.

Il haussa les épaules, précisa :

– Vous savez, des assassinats, des suicides, la malchance.

– Dans le Dineh, nous ne croyons pas beaucoup à la chance. Davantage en une sorte de chaîne où les causes produisent naturellement des effets indésirables.

Et en prononçant ces mots, il pensait aux craintes de Grace Bork, et au genre de réaction de cause à effet qui pouvait être associée à cette couverture, *Le Chagrin tissé*, à la photo qui la représentait, à l'incendie du comptoir d'échanges de Totter, au criminel recherché qui y avait péri carbonisé, au fait que Mel Bork avait été aspiré dans cette histoire, et à la menace de mort enregistrée sur son répondeur. Puis, tout à coup, il s'aperçut qu'il pensait à lui-même, aspiré également dans la même histoire. En se trouvant au hogan de Grand-Mère Peshlakai où il avait vu sa traque du voleur de résine de pin pignon interrompue par le feu pour la seule raison que ce dernier avait anéanti le meurtrier le plus recherché par le FBI. Il secoua la tête, eut un sourire attristé. Non. C'était pousser un peu loin la philosophie navajo du lien cosmique naturel existant entre toutes les choses.

6

La revue *Luxury Living* protégeait les coordonnées de ceux qui autorisaient ses photographes à pénétrer dans leur demeure. Elle ne publiait ni leur nom ni leur adresse. En étudiant la vue par la fenêtre proche de la tapisserie, Leaphorn avait conclu que la maison se trouvait sur les hauts versants, à la sortie de Flagstaff : l'une des belles demeures bâties en tant que résidences estivales pour ceux qui aiment les vues dégagées, l'air frais de la montagne, et qui peuvent s'offrir une maison de vacances. Après quelques atermoiements, Tarkington était allé vérifier dans son fichier d'adresses et lui avait lu tous les renseignements qui y étaient contenus et qu'il jugeait pertinents. Et le numéro de téléphone ? Liste rouge, avait réitéré Tarkington. Leaphorn avait insisté. Mais vous ne pouvez manquer de le connaître. Euh, c'est vrai, avait reconnu le négociant d'art. Mais ne dites à personne que c'est moi qui vous l'ai communiqué.

Leaphorn repartit donc de la galerie Tarkington sans en savoir beaucoup plus qu'en arrivant... exception faite de la vague opinion exprimée par un expert selon laquelle la couverture représentée en photo pouvait, mais il n'y avait rien de sûr, être une copie de celle appelée *Le Chagrin tissé*, que réaliser une telle copie serait extrêmement difficile, et, d'ailleurs, qui serait disposé à le faire ? Cela mis à part, il avait eu le plaisir de boire deux tasses d'excellent café, de manger deux savoureux sandwichs qui ne l'avaient pas rassasié, et il ramenait une intéressante version concernant l'origine du tissage de cette couverture, la façon dont elle avait par le passé propagé la souffrance, la cruauté et le malheur qu'elle était censée perpétuer dans les mémoires. Le seul élément nouveau susceptible de représenter une aide concrète était le numéro de téléphone de Jason Delos.

Il se gara sur le parking d'un Burger King, commanda un burger, trouva le téléphone payant, décrocha le combiné puis décida de ne pas appeler Delos. Pas encore. D'abord, il voulait contacter les bureaux du shérif du comté de Coconino pour s'entretenir avec le sergent Kelly Garcia.

Si Garcia était là, il disposerait peut-être d'une information utile concernant Mel Bork. Et si Grace Bork lui avait fait écouter l'enregistrement du répondeur comme elle avait accepté de le faire, peut-être aurait-il des idées sur sa provenance. De toute façon, c'était une raison valable pour repousser la communication à destination de Delos. Il avait le triste sentiment que cela le conduirait dans une impasse mais, s'il se contentait de téléphoner à Grace Bork en lui disant qu'il n'avait rien de neuf à lui apprendre avant de refaire en sens inverse le long trajet pour rentrer à Window Rock, il y trouverait la solitude d'une maison déserte où régnerait l'odeur d'une bouteille de deux litres presque pleine de lait suri car il avait oublié de la ranger au réfrigérateur.

Il composa le numéro du shérif. Oui, le sergent Garcia était là.

– Garcia à l'appareil, annonça la voix suivante.

– Joe Leaphorn. J'ai longtemps travaillé...
– Ça alors, lieutenant Leaphorn, s'écria le sergent à qui cela semblait faire plaisir. Je n'ai pas entendu votre voix depuis la fois où nous avons travaillé sur ce cambriolage, à Ute Mountain. Quelqu'un m'a dit que vous deviez prendre votre retraite. Impossible, je lui ai répondu. Le vieux Leaphorn, ce n'est pas quelqu'un que tu verras expédier des balles de golf aux quatre coins d'un superbe gazon. Je ne pouvais vraiment pas me représenter ça.
– Hé bien si, c'est fait depuis pas mal de temps. Mais vous avez raison pour le golf. Et là, j'essaye de me prendre à nouveau pour un enquêteur. Je tente de retrouver un très vieil ami nommé Mel Bork. Il dirige une petite agence de détective privé.
– Ouais. Mme Bork m'a contacté. Elle m'a dit qu'elle vous avait parlé et m'a fait écouter l'enregistrement sur son répondeur.
Il ponctua ses mots d'un petit claquement de langue.
– Et vous en avez pensé quoi ?
– C'est à se demander où Mel est allé fourrer son nez, non ?
– Je me suis posé la question. Et si vous avez du temps, j'aimerais en discuter avec vous. Est-ce que nous pourrions nous retrouver pour boire un café ?
– Aujourd'hui, je ne vais pas pouvoir, répondit Garcia.
Leaphorn l'entendit crier quelque chose à quelqu'un, puis il perçut quelques bribes d'une moitié de conversation avant que le sergent ne revienne en ligne.
– Bon, dit-il. Je vais sans doute pouvoir. Vous vous souvenez du Havacup Café qui se trouve à côté du palais de justice ? Si vous m'y retrouviez ? Dans une trentaine de minutes ?
– J'y serai. À propos, est-ce que vous savez des choses sur un personnage nommé Jason Delos ?

Un instant de silence.
— Delos ? Pas beaucoup. Il semble qu'il soit riche. Ce n'est pas le rejeton d'une vénérable famille, rien de ce genre, mais je crois qu'il jouit d'une influence non négligeable. (Il eut un petit rire.) Un représentant du Service de protection de la faune sauvage que je connais m'a dit qu'il a bien cru le tenir, une fois où il éblouissait des cervidés avec un projecteur, mais il s'est trop précipité. Aucun coup de feu n'avait été tiré. Il s'est retrouvé sans preuves suffisantes pour obtenir une mise en accusation. Autrement, ce n'est pas le genre de citoyen avec lequel nous risquons d'avoir beaucoup de démêlés, je suppose, mais...

Il fut interrompu par l'écho d'une voix qui criait :
— Hé, Kelly.
— Joe, il faut que j'y aille. On se retrouve au Havacup dans une demi-heure.

7

Lorsque le sergent Garcia du comté de Coconino s'approcha du box, les changements que Leaphorn remarqua chez lui portaient surtout sur le style de sa coiffure. Il gardait le souvenir de cheveux noirs en broussaille, d'une moustache noire en broussaille et de sourcils noirs proéminents. Tout était toujours en place, mais soigneusement taillé, et le noir avait adopté différentes nuances de gris. Pour le reste, il était de taille moyenne, très soigné, et ses yeux marron conservaient leur éclat et leur vivacité.

– Comme le temps passe, remarqua Garcia après lui avoir serré la main et s'être glissé dans le box. Mais je vois que vous buvez toujours du café.

– Il faut croire que je ne peux pas m'en passer. Et j'ai demandé à la jeune femme de vous en apporter une tasse mais elle ne l'a pas fait.

– Elle a eu raison. J'y ai renoncé. Je suis passé au thé.

– Oh.

– Ça m'empêchait de dormir.

Leaphorn hocha la tête.

– Pourquoi êtes-vous à la recherche de Melvin Bork ?

Leaphorn réfléchit un instant.

– Oh, c'est presque un ami. Il l'était, il y a longtemps. Je ne l'ai pas vu depuis des années. Nous avons un peu appris à nous connaître lors de nos premiers pas dans la police, quand je me suis rendu dans l'Est, à l'Académie du FBI. C'est là-bas que nous nous sommes rencontrés. Mais peut-être est-ce en partie parce que je suis curieux de nature.

Garcia l'étudiait.

– Curieux ? Ouais, moi aussi.

Leaphorn attendit la suite.

– Alors comme ça, vous êtes vraiment à la retraite ? Ça vous plaît ?

– Pas beaucoup, répondit l'ancien lieutenant avec un haussement d'épaules. Je crois que ça exige une longue habitude.

Garcia poussa un soupir.

– Moi, j'y serai à la fin de l'année.

– Vous ne donnez pas l'impression d'être assez vieux pour ça.

Le sergent fit la grimace.

– En tout cas, je commence à fatiguer. Je suis las de remplir toutes ces fichues paperasses. De devoir me coltiner les règlements fédéraux, m'occuper des ivrognes, des femmes qui battent leur mari et *vice versa*, tout ça, et de bosser avec certains de ces citadins que le Bureau fédéral des inepties nous envoie, dans notre désert aride.

Leaphorn porta son café à ses lèvres.

– Et vous, Joe. Ça vous manque, le métier ?

– Je le fais encore, d'une certaine manière. J'ai gardé ma plaque d'adjoint au shérif du comté de Coconino, j'ai aussi celles des comtés de San Juan et de McKinley au Nouveau-Mexique.

Garcia leva les sourcils.

– Je croyais qu'on était censé les rendre ? Après tout, vous n'êtes plus que... euh, qu'un citoyen comme les autres maintenant.

– Je n'y avais pas réfléchi, répondit Leaphorn avant de sourire. Vous allez me dénoncer au shérif ?

Garcia rit.

La serveuse arriva. Il lui commanda du thé frappé et deux doughnuts.

– Bon, enchaîna-t-il, vous allez me poser des questions sur Bork. Je l'aime bien, vous savez. On a travaillé avec lui sur certains trucs. Il est intelligent. Lui aussi a été adjoint. Pour moi, c'est quelqu'un d'honnête.

Il but son thé, regarda Leaphorn.

– Mais je n'ai pas aimé le ton de ce coup de téléphone.

– Non, confirma Leaphorn.

– Sa femme m'a dit que vous lui aviez demandé de me faire écouter la bande. Où il est allé mettre les pieds ? Vous avez une idée ?

– Voilà tout ce que je sais.

Il lui tendit la lettre de Bork et la photo du magazine représentant la couverture narrative. Puis il lui expliqua que dans son souvenir elle avait été réduite en cendres lors de l'incendie du comptoir d'échanges de Totter... en même temps que l'un des criminels les plus activement recherchés par le FBI.

Garcia étudia le cliché, l'air pensif.

– Je n'ai jamais vu la tapisserie originale. C'est elle ?

– Je ne l'ai vue qu'une seule fois dans la salle d'exposition de Totter. Peu avant le feu. Je suis resté un long moment à la contempler en détail. J'avais entendu plusieurs des vieilles histoires qui courent sur elle, de la bouche de ma grand-mère. La photo ressemble à la tapisserie que je me souviens d'avoir observée. Mais ça ne paraît pas possible. J'ai discuté avec M. Tarkington, dans sa galerie, en ville. Il pense qu'il pourrait s'agir d'une copie. Mais il n'est pas prêt à parier cher là-dessus.

Garcia quitta la photo des yeux.

– Plutôt prétentieuse, la bicoque dans laquelle elle se trouve. À en juger d'après la vue qu'on distingue par la fenêtre, ça pourrait être celle du vieux John Raskins.

– C'est ce que Tarkington m'a dit. Il m'a expliqué que c'était un certain Delos qui y réside désormais.

– Et vous n'avez pas encore parlé à Delos ? Vous ne lui avez pas demandé où il s'est procuré la couverture ?

– J'ai l'intention d'y aller demain. Je pensais l'appeler pour voir s'il serait prêt à me laisser entrer chez lui. À me permettre de voir la tapisserie.

– Bonne chance, fit Garcia avec un sourire. À l'échelle de Flagstaff, il représente la très bonne société. Il va probablement vous faire recevoir par son intendant asiatique. Qu'est-ce que vous allez lui dire ? Vous comptez lui présenter votre insigne d'adjoint au shérif du comté de Coconino et lui raconter que vous enquêtez sur un crime ?

Leaphorn fit non de la tête.

– Je vois ce que vous voulez dire : quel crime ?

– Précisément.

Garcia trempa à nouveau les lèvres dans son thé, l'air préoccupé.

Leaphorn attendit.

– Alors comme ça, vous êtes curieux, vous aussi ? demanda Garcia.

– J'en ai bien peur. Après toutes ces années.

Le sergent acheva son thé glacé, prit la note, remit son couvre-chef.

– Joe, dit-il, si on allait faire un tour au vieux comptoir d'échanges de Totter, histoire de jeter un coup d'œil et de discuter. Je vous expliquerai pourquoi je suis toujours curieux et après, vous pourrez me dire ce qui vous tracasse.

– Ça fait un long trajet. Il faut monter jusqu'à Lukachukai et même au-delà.

– Oui, mais c'est aussi une longue histoire. Et une histoire très triste. Elle remonte à ces meurtres qui ont fait figurer Ray Shewnack sur la liste des criminels les plus recherchés par le FBI. Et cela m'étonnerait beaucoup que vous ayez autant de choses que ça à faire. Étant retraité.

– Je crains que vous ayez raison, reconnut Leaphorn avec un petit rire désabusé.

– Nous allons consommer l'essence du shérif du comté de Coconino, déclara Garcia pendant qu'ils prenaient place dans sa voiture de patrouille. Et souvenez-vous, vous avez des précisions supplémentaires à me donner, sur vos raisons de vous impliquer dans cette histoire. Si je me souviens bien, tout ce que vous y faisiez, là-haut ce jour-là, chez Totter, c'était juste prendre les ordres des fédéraux, non ?

– Mon histoire n'est pas si longue que ça, répondit Leaphorn. À vrai dire, je ne la comprends pas vraiment moi-même.

8

Garcia quitta l'autoroute à Holbrook pour remonter le Highway 77 à bonne vitesse, dépasser Bidahochi, prendre la 191 à destination de Chinle et, de là, longer la rive nord du canyon de Chelly jusqu'à Lukachukai avant de continuer au-delà de Round Rock et d'emprunter la route gravillonnée qui serpente au milieu des buttes * Los Gigantes pour s'enfoncer dans le pays désertique et accidenté. Là, les monts Carrizo prennent fin, deviennent la branche Lukachukai de la chaîne des Chuskas. Le tout représentait trois heures de route, mais Garcia couvrit la distance en moins de temps que ça. En parlant tout du long, et en écoutant parfois l'ancien lieutenant.

Leaphorn avait écouté un peu, lui aussi, mais il avait surtout apprécié son statut de passager... un rôle que les policiers n'endossent pratiquement jamais. Il avait perdu quelques instants à tenter de se souvenir de la dernière fois où il avait roulé sur une route à grande circulation sans tenir le volant. Puis il s'était concentré sur le plaisir qu'il pouvait tirer de l'expérience, savourant la beauté du paysage, les motifs d'ombres projetées par les nuages sur les collines, tous ces détails que l'on perd quand on circule au milieu des autres véhicules. Il était heureux de s'en remettre au sergent pour surveiller la bande médiane, lire les panneaux indicateurs, etc.

De toute façon, une grande partie de ce que Garcia lui racontait était déjà emmagasiné dans sa mémoire. Il s'agissait du double meurtre d'un couple âgé nommé Handy, survenu dans leur magasin. Il avait été commis avec un sang-froid si implacable qu'il avait d'un seul coup fait grimper Ray Shewnack au premier rang des assassins les plus recherchés par le FBI, sur la liste placardée dans les bureaux de poste de toute la nation. Mais la majorité des faits que Leaphorn connaissait émanaient de rumeurs qui avaient filtré lors des conversations policières autour d'un café. Avec Garcia, il l'entendait de la bouche d'un témoin direct. Ou presque. Garcia était trop inexpérimenté pour se trouver au centre de la première chasse à l'homme. Mais il avait tenu un rôle important dans le travail de nettoyage.

– C'est drôle, Joe. Naturellement, ça me paraissait infiniment trop monstrueux pour que j'y croie, à l'époque. J'étais un bleu. Je n'avais pas une grande expérience des crimes de sang. (Il secoua la tête et rit.) Et me voilà aujourd'hui. J'ai vu pratiquement de tout, des meurtres dus à des histoires d'inceste jusqu'aux assassinats perpétrés uniquement pour s'amuser, et pourtant ça continue de me choquer quand j'y repense.

– Ce n'est pas du cambriolage lui-même que vous voulez parler. Plutôt de...

– En fait, pas exactement. C'est de la manière réfléchie et froidement distanciée avec laquelle Ray Shewnack a tout manigancé. La manière dont il s'est servi de ses complices avant de les trahir. Dont il a tout planifié à l'avance pour pouvoir les utiliser un peu comme des appâts pendant qu'il filait avec l'intégralité du butin. Et c'est pourquoi j'ai toujours pensé que nous aurions dû nous pencher de beaucoup plus près sur cet incendie, chez Totter. Il y avait des gens qui haïssaient, haïssaient très fort Ray Shewnack. Et je dois reconnaître qu'il leur avait donné de sacrément bonnes raisons de vouloir l'immoler dans les flammes. (Il rit.) De le faire rôtir. Avec un peu d'avance sur le diable en quelque sorte.

Même si la culture navajo de Leaphorn ne considérait pas qu'il puisse y avoir la moindre raison valable de haïr, il était obligé de considérer que Shewnack avait donné à Benny Begay, Tomas Delonie et Ellie McFee des arguments exceptionnellement forts pour lui en vouloir. Ellie, ainsi que l'expliquait Garcia, avait été l'employée et caissière du comptoir d'échanges/magasin d'épicerie/station-service de Big Handy, à l'embranchement de Chinle.

Elle était, avait-elle confié à la police, la petite amie de Shewnack et devait bientôt l'épouser. Mais cela devait avoir lieu après le vol. En prévision de ce dernier, c'était par l'intermédiaire de la jeune femme que Shewnack avait obtenu ses renseignements : M. Handy entreposait le produit de ses ventes accumulées dans un coffre-fort de l'arrière-salle, il effectuait ses dépôts une fois par mois dans une banque de Gallup. Shewnack avait donc assigné à Ellie le rôle qu'elle devait tenir et lui avait ordonné, une fois qu'elle s'en serait acquittée, de l'attendre à un refuge, sur le bord de la route, où il passerait la chercher pour la conduire à l'autel. Elle était restée là-bas avec sa valise, y avait fait le pied de grue jusqu'à ce que deux adjoints du comté de Coconino viennent l'arrêter.

– Elle donnait l'impression d'être une jeune femme très agréable, poursuivit Garcia. Pas une fille hyperjolie, et trop enrobée au goût de certains, mais elle avait de beaux yeux, un beau sourire.

Il secoua la tête, reprit :

– Ce n'est pas qu'elle ait eu tellement la tête à sourire quand je lui ai parlé. Il lui avait fallu longtemps pour accepter de concevoir que c'était bien Shewnack qui avait indiqué aux flics où ils pouvaient la trouver, elle me l'a avoué. Et elle ne semblait toujours pas capable de se persuader qu'il ait pu lui jouer ce tour-là.

– Ça a sans doute été un drôle de contraste avec le voyage de noces qu'elle devait espérer, commenta Leaphorn.

– Alors, ça ne vous paraît pas suffisant, comme raison de haïr quelqu'un ? « Pas même en enfer ne se rencontre furie comparable à celle de la femme flouée[1]. »

Il jeta un coup d'œil à son passager avant de reprendre :

– Flouée et trahie. Elle avait déjà été libérée de prison au moment où Shewnack a péri dans les flammes. Condamnée, elle avait purgé son temps de détention, obtenu une remise de peine pour bonne conduite et bénéficié rapidement d'une libération conditionnelle.

– C'est donc elle, votre suspecte ? interrogea Leaphorn avant d'arborer un sourire entendu. Si les fédéraux n'avaient pas pris la direction de l'enquête et conclu au décès accidentel.

– Ben, peut-être. Delonie était toujours en taule quand c'est arrivé. Benny Begay venait d'être libéré sous condition, mais Benny ne m'a jamais donné l'impression d'être un tueur. Ni à moi ni à personne. Le juge était d'accord. Il lui avait seulement octroyé cinq ans minimum, et en n'accumulant que des rapports de bonne conduite, il était parvenu à faire réduire sa peine. Par ailleurs, il n'avait pas eu grand-chose à voir avec le crime.

Begay, expliqua Garcia, avait été un peu l'homme à tout faire, magasinier, domestique, pompiste. Son

---

1. Citation extraite de *L'Épouse en deuil*, pièce de William Congreve (1670-1729). *(N.d.T.)*

rôle dans le hold-up avait consisté à débrancher les fils du téléphone pour retarder le moment où la police serait prévenue. Tomas Delonie était l'intervenant extérieur à qui avait été assignée la tâche de se trouver sur place, armé d'un pistolet et d'un fusil de chasse, pour s'assurer que personne n'allait faire irruption et interrompre le déroulement des opérations. Son rôle une fois rempli, Shewnack lui avait donné pour instruction de récupérer Benny et de rouler jusqu'à une route dégradée qui part de Chinle pour traverser Beautiful Valley. Parvenus là, ils avaient attendu sur la piste, à l'endroit où elle plonge dans le lit de Bis-E ah Wash *, que Shewnack vienne leur apporter leur moitié du butin. Ils avaient suivi ses instructions à la lettre. L'histoire qu'il leur avait ordonné de raconter à la police était qu'ils n'avaient pas véritablement assisté au braquage. Ils devaient déclarer qu'ils l'avaient vu filer en voiture, avaient soupçonné que quelque chose de grave avait pu se passer, avaient tenté de le suivre dans le pick-up de Delonie mais l'avaient perdu de vue. Ils devaient patienter environ trois heures sur le bord de la piste avant de revenir au magasin et de signaler ce qui s'était passé à la police qui, leur avait-il expliqué, serait sûrement arrivée entretemps.

– Bien sûr, les choses ne se sont pas déroulées ainsi, poursuivit Garcia. Voici ce qui s'est vraiment passé. Shewnack est arrivé au magasin des Handy dans son pick-up, il est entré, a pointé son pistolet sur M. Handy et a exigé tout l'argent liquide. Handy a commencé à discuter. Shewnack l'a abattu de trois balles. À ce moment-là Mme Handy a accouru pour voir d'où venaient les coups de feu, et Shewnack a tiré à deux reprises. Ellie m'a raconté qu'elle avait commencé à hurler parce qu'il lui avait promis que personne ne serait blessé. Il l'avait donc poussée dans la pièce de derrière, avait mis l'argent du coffre dans les sacs qu'elle y avait déposés pour lui. Le coffre était ouvert parce que Ellie lui avait fait signe d'entrer à l'instant précis où Handy s'attaquait à sa tâche quotidienne qui consistait à ajouter les rentrées du jour à la recette antérieure.

– Elle lui avait fait signe ? l'interrompit Leaphorn. Comment ?

Garcia rit.

– Rien de très sophistiqué. En s'approchant de la fenêtre et en baissant le store. Exactement comme Shewnack le lui avait demandé. Elle m'a raconté que selon le plan, il devait les attacher, elle et Handy, après quoi Benny et Tomas devaient soi-disant s'élancer à sa poursuite puis l'attendre à un point de ralliement situé dans Bis-E ah Wash. Il devait les y rejoindre pour partager le butin. Il avait dit à Ellie qu'il aurait un flacon de chloroforme pour endormir Handy et qu'il ferait semblant de lui en faire respirer à elle aussi. Elle devait patienter dix minutes après l'avoir entendu démarrer puis rebrancher le téléphone et appeler la police.

Garcia secoua la tête, ricana.

– Elle a raconté à la police des routes que Shewnack lui avait conseillé de jouer l'hystérie à fond. Il lui avait même fait répéter sanglots et hurlements dans le téléphone.

– On dirait vraiment qu'il aurait pu devenir un criminel de carrière très efficace. Mais il faut croire qu'il l'a fait. Est-ce que les fédéraux ne l'avaient pas inscrit au sommet de leur liste de suspects pour deux ou trois braquages survenus après celui-là ?

– Ouais, acquiesça Garcia. Pour tout un tas. Des vols perpétrés avec un mode opératoire assez similaire. Mais il n'est pas exclu que d'autres mauvais garçons en aient entendu parler et aient copié son système. Quoi qu'il en soit, Ellie a dit que cette répétition du comportement hystérique n'était pas nécessaire. Après avoir vu Shewnack tirer sur Handy, puis tuer Mme Handy quand la vieille dame s'était ruée dans le magasin, l'hystérie lui était venue toute seule. Très naturellement.

Leaphorn se surprit à éprouver de la compassion pour la jeune femme.

– Avant que cette longue soirée ne touche à sa fin, poursuivit Garcia, les policiers ont reçu un autre appel. Une voix excitée les a informés que deux jeunes hommes au comportement suspect, dont l'un était armé d'un pistolet, étaient garés dans Bis-E ah Wash. Le correspondant a déclaré que tous deux avaient couru vers son camion quand il était passé sur la piste, à cet endroit-là, qu'ils l'avaient dévisagé et lui avaient fait signe de poursuivre son chemin. Qui était ce correspondant ? L'appel provenait d'une radio ondes courtes de modèle ancien ; l'informateur a déclaré s'appeler Mike Transporteur-de-Chevaux, et, un ou deux mots plus tard, la liaison s'est interrompue brusquement comme cela arrivait fréquemment à l'époque. Quand la police de l'État s'est présentée à la hauteur du pick-up de Tomas Delonie, dans le wash, celui-ci a déclaré qu'aucun conducteur de camion, pas plus que quiconque, n'était passé par là depuis qu'ils y étaient. Ils ont répété à plusieurs reprises qu'ils ignoraient tout du braquage, mais dans la mesure où Shewnack leur avait donné un des sacs laissés par Ellie avec une infime portion du butin à l'intérieur, cela n'a pas semblé très crédible aux enquêteurs.

– Voilà qui constitue sans doute un niveau record dans l'art de dénoncer ses complices, commenta Leaphorn. Je veux dire, préméditer les choses avant d'avoir commis le délit de telle sorte que l'on n'aura pas à partager l'argent, et s'arranger pour que la police les arrête rapidement afin de ne pas les avoir à ses trousses. Je dirais que tous les trois, sans exception, disposaient assurément d'un mobile suffisant pour faire rôtir Shewnack.

Garcia secoua la tête.

– Bien sûr, seule Ellie était libre quand il a brûlé vif, mais peut-être que les autres auraient pu organiser les choses. Communiquer avec des amis qu'ils avaient à l'extérieur. Mais comment auraient-ils pu savoir où trouver leur ancien complice ? Vous avez une idée à avancer, pour ça ?

– Pas de but en blanc. Il faudrait que je connaisse leurs familles. Et leurs amis. Mais ça me paraît quasiment impossible.

– Ouais. J'ai posé quelques petites questions à droite et à gauche, ce qui n'a rien donné. Enfin bon, ils sont tous libres, maintenant. Comme je l'ai dit, Ellie a eu une bonne partie de sa peine réduite pour bonne conduite. Aux dernières nouvelles, elle habitait à Gallup. Delonie a été condamné à vingt-cinq ans, Begay à beaucoup moins. Mais on m'a dit que Begay est mort. Quand il est sorti de prison, il s'est marié. Sa femme et lui sont partis habiter près de Teec Nos Pos. Il a travaillé comme tondeur de moutons, homme à tout faire, etc. Il paraît qu'il a appris des tas de choses, au pénitencier, sur le maniement des outils et les travaux de réparation, et pendant un moment il a été employé par un magasin d'articles de pêche et de chasse à Farmington. D'après ce qu'on m'a dit, il réparait surtout des moteurs de hors-bord, du matériel, des trucs comme ça. Je me rappelle la première fois que je l'ai vu après sa conditionnelle : il donnait un coup de main à un des guichets du parking, au monument des Four Corners. Il avait l'air de prendre les choses très bien. Il m'a dit qu'il avait fait exécuter un rite de la Voie de l'Ennemi. Que ça lui avait redonné l'harmonie. Il donnait l'impression de faire tout pour oublier ses erreurs antérieures. Et ces années horribles.

– Vous dites qu'il est mort ? Comment est-ce arrivé ?

– Il s'est tué avec un pistolet.

– Vous voulez dire qu'il s'est suicidé ?

– Non. Pas Benny. Il faut croire qu'il n'était pas aussi doué qu'il le pensait pour réparer les objets. Il avait rapporté chez lui divers trucs de la boutique de pêche et de chasse pour le week-end afin de les remettre en état. Il avait un atelier dans son garage, et quand sa femme est rentrée de ses occupations à l'extérieur, elle l'a trouvé sur le sol. Et il y avait un de ces vieux pistolets allemands de la Seconde Guerre mondiale à côté de lui. Un Walther. Celui qui s'appelait le P-38. Le chargeur était retiré et posé sur la table, mais la douille vide se trouvait toujours dans la chambre.

Garcia regarda Leaphorn, haussa les épaules.

– C'est comme ça que ces choses-là se produisent, déclara l'ancien lieutenant. Quand on travaille sur une arme qu'on connaît mal. On croit l'avoir déchargée et on se trompe. Pas d'indices pour suggérer un homicide ?

– Ça s'est passé ici, au Nouveau-Mexique. Pas dans mon secteur, mais j'en doute. L'enquête a probablement été confiée au shérif du comté de San Juan. Je ne vois pas ce qui aurait pu engendrer des soupçons. Qui donc aurait voulu le tuer ?

– Bonne question.

Leaphorn tenta de se représenter comment Begay, devenu armurier d'expérience, aurait pu trouver moyen de pointer l'arme sur sa tête et d'appuyer sur la détente. Il en avait extrait le chargeur. Que faisait-il ? Il regardait à l'intérieur du canon ? Cela n'avait aucun sens.

Garcia l'étudiait.

– Vous savez, vous, les Navajos, vous avez un grand nombre de très beaux concepts dans votre culture.

– C'est vrai. Et nous éprouvons beaucoup de difficultés à nous y conformer, désormais. Begay a réussi, lui, il faut croire. Mais Delonie, alors ? Est-ce qu'il a accordé son pardon, lui aussi ?

– Delonie n'est pas navajo, fit Garca en riant. Je crois qu'il est en partie potawatomi *, ou peut-être seminole *. Il n'était pas franchement comme Ellie et Begay, qui n'avaient rien à se reprocher, eux. Delonie s'était déjà constitué un joli petit casier judiciaire. Il avait été interné au pénitencier de l'Oklahoma pendant une courte période comme délinquant juvénile, avant d'être arrêté, adulte, pour vols de voitures dans des parkings. Les policiers qui ont travaillé dès le début sur le meurtre des Handy m'ont dit que c'était peut-être à cause de lui que la situation avait tourné comme ça.

Leaphorn réfléchit à ces paroles, sourcils levés, sollicitant une explication.

– Vous savez comment ça marche, parfois. Un spécialiste des cambriolages qui cherche une occasion d'empocher du fric se renseigne dans les couches adéquates de la population en quête de gars du coin qui auraient repéré un coup susceptible d'être exécuté. Il entend parler de Delonie. Le contacte. Delonie répond que le magasin des Handy lui paraît tout indiqué pour un braquage. Shewnack lui propose de racheter l'idée. Quelque chose dans le genre. Vous voyez ce que je veux dire ?

– Bien sûr. Je me souviens du double meurtre qui a eu lieu il y a des années sur la vieille route 66 près de la réserve Laguna *. À Budville. Bud Rice et un tiers ont été tués par balles. En fin de compte, c'était un bandit de l'Alabama ou autre qui cherchait quelqu'un à dévaliser à Albuquerque. Il avait payé les gars du coin pour lui fournir l'idée, une voiture, tous les renseignements nécessaires, après quoi il avait perpétré son forfait et avait disparu du paysage.

– Il s'est suicidé en prison.

– Où il se trouvait pour une autre affaire, compléta Leaphorn. Il a choisi d'avouer les crimes de Budville avant de mourir. Mais l'hypothèse serait que Shewnack aurait contacté Delonie, lui aurait proposé de préparer le cambriolage à sa place ?

– L'hypothèse, c'est que Shewnack s'est pointé à Albuquerque, qu'il a traîné dans les bars que fréquentent les gens peu recommandables, a fait savoir qu'il était prêt à passer à l'action, a entendu parler de Delonie, de sa réputation de mauvais garçon, et on connaît la suite...

– Ça me paraît assez raisonnable, reconnut Leaphorn.

– En tout cas, que la décision de braquer le magasin des Handy soit ou non une idée de Delonie à l'origine, je ne pense pas qu'on puisse lui attribuer la méthode dont Shewnack a usé pour tous les livrer à la police. D'après ce qu'il a dit à son responsable de conditionnelle, Ellie était sa petite amie. Il devait l'épouser, ou tout au moins il le croyait, avant que Shewnack n'arrive, ne la séduise et ne brise sa vie. Apparemment, il en a beaucoup parlé en prison. Enfin bon, sa libération conditionnelle ne lui a pas été accordée la première fois parce que la commission a appris qu'il avait confié à d'autres détenus son intention de retrouver le salopard qui l'avait dénoncé et de le tuer. Il n'est sorti qu'au début de cette année.

– Comment il se comporte depuis ? interrogea Leaphorn.

– Ça va, je crois. Son juge de l'application des peines m'a dit qu'il vient se présenter ponctuellement et qu'il ne fait pas de bêtises. En fait, Delonie a suivi le même parcours que Begay, derrière les barreaux. Il a appris différents métiers manuels. Il est devenu électricien, plombier, ce genre de choses. Il est doué pour tout réparer : du réfrigérateur au camion. Il a épousé une Navajo du côté de Torreon, et je crois qu'il s'occupe de la maintenance et des travaux d'entretien général du bâtiment administratif local.

Leaphorn médita.

– Je me demande comment il s'y est pris pour obtenir ce boulot...

– À ce qu'on m'a dit, la femme qu'il a épousée tient un rôle actif dans la mission chrétienne qu'ils ont, là-bas, et elle fait partie des gens qui travaillent au bâtiment administratif. Elle s'occupe des archives ou quelque chose comme ça. Selon certaines rumeurs, le mariage n'aurait pas duré longtemps. Mais d'après son juge de l'application des peines, Delonie ne figure pas dans la catégorie des détenus libérés « à surveiller de près ».

Leaphorn poussa un soupir.

– Vous avez l'air déçu, remarqua Garcia avec un petit rire.

– Euh, je commence juste à me demander ce que nous nous imaginons venir chercher ici. Au point où nous en sommes, avec ce que nous savons, tout ce que nous aurions à présenter au bureau du procureur, c'est un sérieux doute. Pas l'ombre d'une preuve à aucun niveau. (Il rit.) Nous pourrions sûrement lui exposer que nous ne sommes pas vraiment convaincus par la mort de Shewnack, ni par l'incendie, que quelqu'un a peut-être volé une couverture ancienne, etc., et que si c'était un meurtre, celui qui avait le meilleur mobile était Delonie. Et il nous rappellera alors que Delonie se trouvait en détention quand le comptoir d'échanges de Totter a brûlé et qu'il pourrait faire citer un grand nombre de gardiens de prison pour attester de l'exactitude de son alibi, et c'est à peu près à ce moment-là que le procureur nous conseillerait de prendre rendez-vous chez un psychiatre.

Garcia rit.

– Je commence à penser que ce ne serait peut-être pas une mauvaise idée.

– Enfin, je suis bien obligé de reconnaître que je n'ai rien, à part ce sérieux doute que j'ai ressenti dès le début. Les experts qui enquêtent sur les incendies ont déclaré qu'il n'y avait aucune trace de pétrole, d'essence, ni d'aucun de ces produits que les pyromanes utilisent pour favoriser la propagation des flammes. Les avocats de la compagnie d'assurances de Totter ont dû y regarder de très près.

– Vous croyez ?

– Oh, d'après ce que j'ai entendu dire, Totter a été dédommagé pour une quantité d'objets de valeur qui avaient été détruits dans le brasier. Ce qui implique qu'ils ont dû aller inspecter les lieux.

– Et ce qui nous ramène à cette fichue tapisserie. Bork n'avait pas l'air convaincu qu'elle ait brûlé, après avoir vu cette photo. Ce qui nous laisse avec une habile escroquerie impliquant un incendie dans lequel Shewnack a péri accidentellement. Ou volontairement pour endosser le rôle de l'ivrogne imprudent qui a déclenché le feu avec sa cigarette.

Garcia marqua une pause, attendant la réaction de Leaphorn. N'en voyant pas venir, il poursuivit :

– Ou alors, Totter l'a tué pour une raison inconnue, et comme il fallait se débarrasser du corps, il a rajouté une petite escroquerie à l'assurance pour faire bonne mesure.

Leaphorn n'ajouta rien.

– Je parie que vous y aviez déjà pensé, conclut Garcia.

– Euh, oui. Et j'avoue que j'aimerais en savoir plus sur le sinistre. Mais personne ne risque de nous venir en aide pour rouvrir l'enquête. C'est facile à comprendre. Le FBI a été absolument ravi de rayer le nom de Shewnack de sa liste, au bout de toutes ces années. Ils ne vont pas être très pressés d'apporter la preuve qu'ils n'ont même pas vu qu'il s'agissait d'un assassinat.

– Et qui reste-t-il, aujourd'hui, pour s'en soucier encore ?

– Moi. Et l'individu qui a passé ce coup de téléphone à Mel Bork. Lui, il semblait s'en soucier beaucoup. Il ne voulait pas que Mel aille fouiller dans les vieilles cendres de Shewnack.

Garcia hocha la tête.

– Vous avez une idée de l'identité de ce correspondant ? s'enquit Leaphorn.

– J'aimerais bien. Et vous pourriez répondre à une question que je me pose. Comment vous êtes-vous retrouvé mêlé à cette histoire ? Quel intérêt, pour vous ?

– Je vous ai montré la lettre de Bork.

– Je voulais dire, comment ça s'est fait, à l'origine.

– Je n'y étais pas vraiment mêlé. Je me trouvais dans le coin pour enquêter sur un vol un peu bizarre commis au hogan d'une vieille femme. Sa fille et elle tissent des paniers en saule, ou en roseau, avant d'en assurer l'étanchéité avec de la résine de pin pignon puis de les vendre aux touristes. Enfin bon, quelqu'un est arrivé en voiture pendant que la vieille dame n'était pas là, s'est introduit dans l'abri où elles fabriquent leurs paniers et a dérobé une quarantaine de litres de résine. Le capitaine Skeet... Vous vous souvenez de lui ? J'étais tout nouveau dans le métier, à l'époque. Il m'a envoyé enquêter et après il m'a donné l'ordre de tout laisser en plan et de m'occuper de ce qui excitait à ce point les agents fédéraux chez Totter.

– Le lendemain de l'incendie, alors, à peu près ?

– Ouais, quand les affaires de la victime ont toutes été inspectées de près et qu'ils ont établi qu'il s'agissait de Shewnack.

Garcia paraissait pensif.

– Qui a volé cette résine de pin pignon ?

– Je crois que vous seriez obligé d'ajouter ça à votre liste d'affaires non élucidées, fit Leaphorn en riant. La petite-fille a déclaré qu'elle avait vu une conduite intérieure bleue démarrer brutalement. Elle a eu l'impression qu'elle pouvait être quasiment neuve. Elle n'a pas aperçu le conducteur et n'a pas relevé le numéro d'immatriculation. Elle a dit qu'il n'y avait pas de plaque minéralogique sur le pare-chocs, mais qu'un permis sur papier, de ceux que délivre le concessionnaire, était peut-être placardé sur la vitre arrière. Elle a dit qu'elle avait l'air flambant neuve.

– Qu'est-ce qu'il y a eu d'autre de volé ?

– C'est tout, à ce qu'elles ont déclaré. Juste deux grands seaux de saindoux remplis de résine de pin pignon.

Garcia secoua la tête, haussa les épaules.

– Peut-être le voleur avait-il besoin des seaux.

– Ou encore, essayez de voir si cette idée marche : peut-être Shewnack avait-il accepté le boulot chez Totter dans l'intention de le voler. Un peu comme s'il voulait répéter l'affaire Handy. Disons que Totter a résisté, qu'il a tué Shewnack, a décidé de se débarrasser du cadavre, et il savait que cette résine de pin pignon allait tout embraser suffisamment fort pour le réduire en cendres. Qu'est-ce que vous en pensez ?

– Oui, c'est sûr. Et comme tout le monde, dans la région, utilise du pin pignon comme petit bois, cela ne risquait pas de paraître suspect aux yeux des experts en incendies. Totter pouvait en tirer profit.

Ils roulèrent ensuite sans parler jusqu'à ce que Garcia pointe le doigt sur la pente, devant eux, et ce qu'il restait de l'ancien comptoir d'échanges de Totter. Les murs d'adobe * noirs de suie se dressaient toujours. Le vieux magasin d'articles de première nécessité était presque intact, de même que la structure de pierre attenante qui avait constitué la résidence de Totter. Mais ses portes avaient disparu et le cadre des fenêtres était également vide.

– La scène du crime, déclara Garcia. Si ce n'est qu'officiellement il n'y a pas eu crime. Un incendie comme tant d'autres causé en allumant une dernière cigarette quand on est trop ivre pour savoir ce qu'on fait.

– On dirait que quelqu'un s'est autorisé quelques petits larcins, constata Leaphorn.

Garcia rit.

– Ces portes et ces fenêtres, vous pourriez probablement les retrouver chez l'un des propriétaires de troupeaux de moutons. Mais Totter a tout vendu après avoir encaissé le butin escroqué à l'assurance. Et l'acheteur n'en a jamais rien fait. Je ne crois pas qu'on parviendrait à convaincre le procureur d'intenter une action en justice.

Alors qu'ils s'approchaient de l'intersection avec la piste érodée qui avait servi d'accès au parking du comptoir d'échanges, Leaphorn remarqua que Garcia ralentissait, et il vit pourquoi. Cette voie avait été empruntée très récemment.

– Vous avez vu, ça ? interrogea le sergent en montrant les traces de pneus à travers les herbes sauvages. Je suis prêt à parier que je peux dire qui les a laissées. Du jour où Delonie a obtenu sa libération sous condition, j'ai eu en permanence cette affaire classée dans la tête. Et quand j'ai entendu l'appel téléphonique menaçant destiné à Mel Bork, et que vous m'avez parlé de la couverture, j'ai ressenti le désir de venir ici jeter un coup d'œil.

– Parce que vous vouliez savoir s'il allait revenir sur les lieux de son crime ?

– Pas tout à fait, car ça ne pouvait pas être son crime. À condition que c'en soit un. Je pensais juste qu'il serait, euh, disons, curieux.

– Ça paraît logique, puisqu'il a été libéré il y a peu. Mais je vais vous dire comment ça s'organise, dans ma tête à moi. Delonie sait que Shewnack s'est enfui après le braquage du magasin des Handy avec plein d'argent liquide. Il sait probablement qu'on n'a pas retrouvé de somme importante avec le corps. Shewnack n'aurait pas gardé un gros magot dans ses poches pendant qu'il travaillait ici. Il avait vraisemblablement l'intention de voler Totter aussi, quand il pourrait planifier ça à sa convenance. Il y a donc une grande chance que Shewnack se soit trouvé une cachette pas plus loin qu'ici, ou suffisamment près pour qu'il soit pratique d'y dissimuler des fonds.

– Exactement, confirma Garcia. Et que Delonie vienne pour essayer de la découvrir. (Il eut un sourire.) Il faut croire que dans la police nous prenons tous l'habitude de raisonner de la même manière. Je suis prêt à parier que nous allons trouver des endroits où quelqu'un est venu creuser.

Ils cahotaient sur la piste d'accès en direction de ce que les flammes, les intempéries et le désintérêt avaient laissé du comptoir d'échanges de Totter.

– Ou est encore en train de creuser, compléta Leaphorn en montrant un véhicule qui dépassait légèrement derrière le mur du bâtiment principal. Vert foncé. On dirait une Cherokee.

Pendant qu'il prononçait ces mots, un homme franchit le seuil dépourvu de porte de l'ancienne habitation. Il s'immobilisa, le regard fixé sur eux. Grand, vêtu d'une chemise à carreaux et d'un blue-jean très délavé, avec une casquette à longue visière et des lunettes de soleil. Ses cheveux avaient bien besoin d'être coupés, de même que sa barbe, courte mais négligée.

– Il me semble bien reconnaître M. Tomas Delonie, affirma Kelly Garcia. Ce qui signifie que ça va m'éviter de parcourir toute la région à sa recherche.

9

La réaction de Tomas Delonie en voyant arriver une voiture de police et un adjoint au shérif fut en tous points comparable à ce que Leaphorn avait appris à attendre de la part d'anciens détenus libérés sous condition. C'était un gaillard imposant, plutôt voûté, l'air nerveux, un peu sur la défensive et, globalement parlant, hostile. Il restait sans bouger, les mains le long du corps. Dans l'attente de ce que le sort lui réservait.

Leaphorn demeura assis sur son siège. Garcia mit pied à terre, referma la portière.

– Monsieur Delonie ? Vous vous souvenez de moi ?

– Oui, fit l'intéressé avec un hochement de tête.

– Kelly Garcia, adjoint au shérif. Je suis heureux de vous revoir. J'espérais avoir l'occasion de vous parler.

– De me parler ? De quoi ?

– De l'endroit où nous sommes, répondit Garcia en englobant les lieux d'un geste du bras. De ce qui s'y est passé.

– Je n'en sais foutrement rien, moi. J'étais à la prison de l'État du Nouveau-Mexique. Près de Santa Fe. Bien loin d'ici quand c'est arrivé.

Leaphorn sortit de la voiture, adressa un signe de tête à Delonie.

– Je vous présente M. Joe Leaphorn, dit Garcia. Lui aussi s'intéresse à ce qui s'est passé ici.

– Oh ? fit Delonie d'un air légèrement surpris. Je me demande bien pourquoi. Il est agent d'assurances ? Flic ? Ou quoi ?

– Simplement curieux, je crois, de ce qu'on pourrait trouver sur les lieux. Et vous aussi. Sinon vous ne seriez pas là. Ce qui nous fait un sujet de conversation commun.

Delonie acquiesça. Tout en regardant Leaphorn.

Celui-ci sourit :

– Est-ce que vous avez déjà trouvé quelque chose ?

L'expression de Delonie changea tout à coup, délaissant son attitude résolument neutre. Sa bouche se tordit, ses yeux se fermèrent dans une crispation, sa tête s'inclina vers le sol.

– Qu'est-ce que vous insinuez ? interrogea-t-il d'une voix étranglée.

– J'insinuais que vous cherchiez peut-être activement quelque chose que Ray Shewnack aurait pu laisser derrière lui à votre intention.

– Cet espèce de fils de pute, déclara Delonie en détachant chaque mot et en les soulignant avec emphase. Il ne m'aurait jamais rien laissé.

– Raymond Shewnack, vous voulez dire ? insista Leaphorn.

– Ce salopard.

Delonie se passa le dos de la main sur les yeux avant de les lever vers Leaphorn pour ajouter :

– Non, je n'ai fichtrement rien trouvé.

Garcia se racla la gorge.

– Qu'est-ce que vous cherchez ?

– C'est l'endroit où les fédéraux prétendent qu'il a péri dans les flammes, non ? Je cherchais juste une toute petite partie de ce que ce fumier me doit.

– Autrement dit, une partie de l'argent provenant du coffre-fort du vieux M. Handy ? demanda Garcia.

– Ça me conviendrait très bien, répondit Delonie en s'essuyant à nouveau les yeux. Si je trouvais la totalité, ça ne suffirait pas à me rembourser de ce qu'il me doit.

– Je ne crois pas qu'il puisse y avoir assez d'argent dans le monde entier pour compenser ce qu'il vous a fait, intervint Leaphorn. Pas avec la manière dont il s'est comporté vis-à-vis de vous tous, chez Handy.

– Ben..., commença Delonie en dévisageant Leaphorn avant d'acquiescer de la tête.

– Vous savez, fit Garcia, si jamais vous trouviez des tas de billets, ou des objets de valeur, vous seriez tenu...

– Oui, bien sûr, je connais la loi. Je viendrais tout rapporter. Je le sais. C'est juste une question de curiosité.

– Est-ce qu'il y aurait un endroit, à l'intérieur, où nous pourrions nous installer pour parler ? demanda Garcia.

Le magasin de Totter avait été soigneusement délesté de tout son ameublement mais une table et un banc étaient poussés contre un mur au milieu d'un fouillis d'étagères effondrées. Delonie prit place sur le banc. Garcia resta debout, le regard braqué sur lui. Leaphorn s'avança jusqu'à la porte de derrière, remarquant comment les traînées de terre apportée par le vent qui soufflait à travers les fenêtres absentes s'étaient regroupées sur le sol, observant les tas de feuilles dans les angles, s'étonnant de la rapidité avec laquelle la nature réinvestit les lieux malmenés par l'homme. Il orienta son regard vers les vestiges calcinés de la salle d'exposition, se souvenant de la soudaineté caractéristique avec laquelle une pluie torrentielle de la saison des moussons s'était abattue à temps pour sauver la section habitation de l'établissement. Mais de la galerie d'artisanat indien attenante il ne restait pas grand-chose, pas plus que de la réserve où Shewnack se retirait pour dormir. Là où sa cigarette avait déclenché l'incendie. Où il avait été trop ivre pour se réveiller. Où il avait été réduit en cendres par le foyer. Derrière Leaphorn, Garcia interrogeait Delonie sur ses occupations récentes, l'endroit où il travaillait.

Leaphorn sortit, fit le tour du bâtiment en direction du véhicule de l'ancien prisonnier. C'était une Jeep Cherokee sale, assez vieille, cabossée et rayée en raison d'un usage rude et intensif. Une couverture de laine marron était pliée sur le siège avant. Par la vitre côté conducteur, il ne vit rien d'intéressant. En scrutant l'intérieur par celles de l'arrière, il ne découvrit que la mauvaise habitude du propriétaire consistant à y jeter ses vieux emballages de hamburgers et ses vieilles canettes de bière au lieu de s'en débarrasser dans les boîtes à ordures. Il souleva le hayon, fureta, ne trouva rien. Ouvrit la portière avant du côté du passager, tendit la main sous le siège, en tira une vieille carte routière du Nouveau-Mexique, l'y remit. Vérifia la boîte à gants qu'il trouva fermée à clef. Jeta un regard au vide-poche. Une autre carte du Nouveau-Mexique, une édition plus récente. Il tourna les yeux vers la couverture pliée, détecta la forme d'un objet en dessous. Tendit la main, en souleva l'extrémité. Elle dissimulait un fusil.

Il la repoussa. C'était un vieux Savage 30-30, un modèle assez classique très apprécié dans sa jeunesse pour chasser le cerf. Ce qui était moins classique, c'était la lunette de visée montée dessus. Qui paraissait neuve, elle. Il rabattit la couverture, la replia à l'identique et revint vers le bâtiment.

Delonie secouait la tête, l'air abattu.
– Vous n'êtes donc pas arrivé ici aujourd'hui ? demanda Garcia.
– Hier. Et je suis quasiment sur le point de laisser tomber.
– Vous êtes juste venu chercher quelque chose qui pourrait vous intéresser, que Shewnack aurait eu dans ses affaires et qui n'aurait pas été carbonisé en même temps que lui ?
– Comme je vous l'ai déjà dit, j'ai pensé que s'il avait apporté de l'argent, et s'il prévoyait de rester avec Totter comme employé, il a pu le cacher quelque part dans un endroit sûr. Peut-être l'enterrer. Le dissimuler sous quelque chose.
– Mais vous n'avez rien trouvé ?
– Pas encore.
– Vous pensez y arriver ?
Delonie prit le temps de la réflexion.
– Sans doute pas. Je crois que je suis prêt à baisser les bras.
Il soupira, respira à pleins poumons, tourna les yeux vers le sol.
– Je ne sais pas, reprit-il. Il faut croire que j'ai peut-être trouvé ce que je voulais vraiment. Je voulais juste m'assurer que ce salopard était mort pour de bon.
Il leva les yeux vers Garcia, puis vers Leaphorn. Se força à sourire :
– Faire mon deuil du passé. Ce n'est pas comme ça que disent les psy ? Tirer un trait dessus. Si, comme il en a le type, M. Leaphorn est un Navajo, il sait tout là-dessus. Ils ont une cérémonie de guérison qui leur permet de pardonner et d'oublier quand ils se font truander. Benny Begay, il en a eu une d'organisée pour lui. Une cérémonie de la Voie de l'Ennemi, c'est le nom qu'il m'a dit.
– Vous-même pourriez être indien, fit remarquer Leaphorn. Pas navajo ?

– En partie potawatomi, en partie seminole. Probablement en partie Français, aussi. Nous n'avons jamais eu ce genre de cérémonie. Pas plus dans une tribu que dans l'autre. Mais peut-être que le seul fait de voir où a grillé ce fumier, ça marchera pour moi. En tout cas, ça m'a procuré une certaine satisfaction. Peut-être pas aussi ardente que les feux de l'enfer dont il doit se régaler en ce moment, mais ça n'a pas dû en être très loin. Les gens qui connaissaient ces bâtiments m'ont dit que Totter entassait son petit bois dans cette pièce, derrière la salle d'exposition, là où Shewnack dormait. Ça brûle très bien, ce bois-là.

Ces mots entraînèrent un bref silence méditatif.

Leaphorn s'éclaircit la voix.

– Ce Shewnack devait être un drôle de personnage. Je pense à la manière dont il vous a tous entraînés dans ce stratagème qu'il préparait. Ça laisse à penser qu'il était incroyablement persuasif. Qu'il avait un authentique charme naturel.

Delonie eut un rire aux accents amers.

– Vous pouvez le dire. Je me souviens d'Ellie, elle disait que c'était le plus bel homme qu'elle ait jamais vu. (Il rit à nouveau.) Beaucoup plus beau que moi, en tout cas.

– Je ne crois pas qu'il y ait quoi que ce soit, dans les archives, concernant l'endroit d'où il venait. C'était quelqu'un de la région ? Il y avait de la famille ? Quelque chose comme ça ? S'il avait un casier judiciaire, ce devait être sous un autre nom.

– Il nous a dit qu'il venait de Californie, ou alors de quelque part sur la côte Ouest. Mais quand Ellie en est venue à le connaître mieux, elle a dit qu'en réalité il était de San Francisco. Pour parler, il était fort, n'empêche. Il souriait toujours, était toujours d'humeur joyeuse. Il ne disait jamais de mal, sur personne ni sur rien. Il donnait l'impression de presque tout savoir.

Delonie s'interrompit, secoua la tête, adressa un sourire ironique à Leaphorn.

– Par exemple, comment forcer une portière de voiture, ou comment court-circuiter le contact, comment éviter de laisser des empreintes. Il nous a même montré, à Benny Begay et à moi, comment nous débarrasser de ces menottes en plastique dont les flics des routes sont équipés.

– Vous croyez qu'il avait un casier ? s'enquit Leaphorn.

– Je pense qu'il avait été policier, comme il le prétendait. Il semblait en savoir tellement sur les flics et sur le maintien de l'ordre. Mais je ne sais pas. Après, je me suis dit qu'il avait peut-être bossé dans un atelier d'usinage ou quelque chose d'approchant. Il avait l'air de savoir énormément de choses sur la mécanique, le bâtiment. Mais dans son cas, je crois que la majorité de ce qu'il disait n'était qu'une sorte de discours destiné à donner une idée fausse de qui il était. Ou de qui il avait été. (Il secoua la tête et eut un petit rire.) Je me souviens d'un prédicateur dont nous écoutions les sermons quand j'étais gosse. Shewnack, il l'aurait surnommé « le Mensonge Incarné ».

– Comme le diable en personne, commenta Garcia.

– Ouais, fit Delonie, exactement.

– Est-ce qu'il lui est jamais arrivé de parler sérieusement de ce qu'il avait fait pour gagner sa vie ?

Delonie secoua négativement la tête.

– Du métier de policier. Mais chaque fois que quelqu'un abordait ce genre de sujet, il affirmait qu'il y avait des quantités de moyens faciles pour se faire de l'argent. Une fois, il a fait une plaisanterie sur la façon dont les coyotes savent pertinemment qu'il n'est pas nécessaire d'élever des poules pour en manger.

– Un drôle de client, conclut Garcia. Bon, écoutez, monsieur Delonie, si vous décidez finalement de poursuivre vos recherches, et si vous trouvez quelque chose, vous m'appelez.

Il lui tendit sa carte, ajouta :

– Et n'oubliez pas de continuer à vous présenter devant votre responsable de conditionnelle.

– Ouais, renchérit Leaphorn, et ce serait une bonne idée...

Mais il se tut. Pourquoi s'impliquer avant d'en savoir beaucoup plus ? Delonie ne pouvait ignorer que les prisonniers libérés sous condition ne sont pas autorisés à détenir des armes à feu.

10

Le silence régna dans la voiture de patrouille jusqu'à ce qu'elle ait franchi l'ultime cahot de la piste du comptoir d'échanges de Totter et atteint la bifurcation avec la route gravillonnée.

– Si vous preniez à gauche, dit Leaphorn, nous pourrions effectuer un crochet d'environ cinq kilomètres par chez Grand-Mère Peshlakai. Ça ne prendrait pas longtemps. À moins que vous ayez autre chose à faire.

Garcia lui décocha un coup d'œil, l'air surpris.

– Vous avez envie d'y aller ?

– J'aimerais savoir si elle a récupéré un jour sa résine de pin pignon. Ou si elle a découvert qui lui a volé. En apprendre plus.

– Bon, pourquoi pas ? Ça ne peut pas être moins inutile que ce que nous avons pu apprendre ici.

Ils arrivèrent à un petit pont qui enjambait le fossé d'évacuation d'eau parallèle à la route de campagne. Au-delà, sur le flanc de la colline, se dressait un hogan traditionnel au toit de terre ; un réservoir d'eau en zinc était hissé sur une plate-forme, juste à côté. Derrière, un lieu d'aisance exigu, une caravane à l'aspect rouillé et un enclos à moutons avec rampe de chargement pour les animaux. Garcia ralentit.

– C'est ici ?

– Oui, fit Leaphorn.
– Il n'y a probablement personne. Je ne vois aucun véhicule.
– Mais il y a le vieux pneu accroché au poteau de l'entrée, objecta Leaphorn en le désignant. La plupart des gens, par ici, le retirent quand ils s'en vont.
– Ouais, il y en a quelques-uns qui continuent de le faire. Mais cette coutume ancienne a tendance à disparaître. Ça indique aux voisins que la voie est libre pour entrer voir ce qu'ils peuvent piller.

Leaphorn se renfrogna, ce que remarqua Garcia.
– Je ne le disais pas pour être insultant.
– Le problème, c'est que vous avez raison.
– Écoutez, les temps changent, ajouta le sergent d'un ton d'excuse. Ce n'est plus comme dans le temps.

Mais ça l'était toujours, au hogan Peshlakai. Quand ils s'approchèrent sur la piste pour s'immobiliser à l'est de l'habitation, une femme écarta la couverture qui masquait l'entrée et franchit le seuil.

Leaphorn descendit de voiture, lui adressa un signe de tête et dit :
– *Ya eeh teh*.

Elle fit un signe d'acquiescement, parut surprise et rit.
– Oh. Vous êtes ce policier qui a rendu Grand-Mère si furieuse il y a des années et des années ?

Leaphorn eut un sourire contraint.
– Je crois bien, et je suis venu lui présenter mes excuses. Elle est là ?
– Non, non. Elle est partie chez Austin Sam. C'est un de ses petits-fils, et elle s'occupe d'un de ses arrière-petits-enfants. Elle le fait de temps en temps pour lui rendre service quand il part pour ses campagnes électorales. Il est candidat au siège du Conseil Tribal de sa division administrative.

Leaphorn réfléchit un moment à ses paroles, se demandant quel âge pouvait maintenant avoir Grand-Mère Peshlakai. Dans les quatre-vingt-dix-neuf ans au moins, pensa-t-il, et toujours active.

– Je suis désolé de l'avoir ratée. S'il vous plaît, dites-lui que je suis passé dire *Ya eeh teh*.

Cette femme d'âge mur devait être Elandra, toute jeune à l'époque où il l'avait vue.

– Elandra, je voudrais vous présenter le sergent Garcia, il est adjoint au bureau du shérif à Flagstaff.

Après un échange de « heureux de faire votre connaissance », Elandra, l'air intrigué, écarta la couverture qui protégeait l'entrée en les invitant à pénétrer dans le hogan.

– Je n'ai rien de prêt à vous offrir, dit-elle, mais je pourrais vous préparer du café.

Leaphorn secoua la tête.

– Oh, non, dit-il, je passais juste voir votre grand-mère.

Il se tut avec une expression embarrassée, reprit :

– Et je me demandais s'il y avait eu des suites sur ce vol dont vous aviez été victimes.

Elandra écarquilla les yeux.

– Beaucoup d'années se sont écoulées depuis. Il s'est passé quantité de choses.

– Aussi loin que ce soit dans le temps, je me suis toujours senti coupable de ne pas avoir pu poursuivre l'enquête. Mon chef m'a appelé en requérant ma présence parce que les fédéraux voulaient de l'aide pour cet incendie qui s'était déclaré au magasin de Totter.

Le visage d'Elandra exprima clairement qu'elle en gardait le souvenir. Elle rit.

– Je lui transmettrai votre « *ya eeh teh* », mais ce n'est pas en disant à grand-mère de se calmer que ça va arranger les choses. Elle est toujours furieuse contre vous parce que vous avez filé sans retrouver sa résine de pin pignon.

À ce moment-là un autre souvenir lui revint soudain :
– En fait, il y a longtemps de ça, alors qu'elle allait donner un coup de main pour garder les enfants d'Austin, elle a dit que vous aviez promis de revenir un jour pour régler ce problème de résine dérobée et elle m'a laissé quelque chose que je devais vous remettre si vous le faisiez. Une petite minute. Je vais voir si je peux le trouver.

Il s'en était plutôt écoulé cinq quand elle ressortit de la chambre. Elle tenait une feuille de calepin pliée et maintenue fermée à l'aide de deux épingles à cheveux. Elle adressa un sourire contraint à Leaphorn en la lui tendant. Dessus était inscrit, au crayon et en majuscules : À CE PETIT JEUNE DE LA POLICE.

– Je n'y suis pour rien, précisa Elandra. Elle était très en colère contre vous. Ce qu'elle voulait vous écrire était pire que ça.

– Elle voulait que je le lise, c'est ça ?

Elandra hocha la tête.

À l'intérieur se trouvait un message rédigé avec soin :

Jeune policier.
Ramenez-moi ma résine avant qu'elle se gâte. Sinon, dix dollars pour le contenu de chaque seau et cinq dollars pour chacun des seaux. La résine de préférence. Sinon, trente dollars.

Garcia n'avait pas cessé d'observer la scène avec amusement.
– Qu'est-ce que ça dit ? s'enquit-il. Si ce n'est pas un secret, bien sûr.

Leaphorn lui lut le message.

Garcia marqua son assentiment d'un signe de tête.

– Vous savez combien de temps et de labeur il faut investir pour récolter cette fichue résine de pin pignon, commenta-t-il. Vous avez déjà essayé de vous débarrasser de ce truc qui vous colle dessus ? Pour moi, trente dollars, ça me paraît un prix très raisonnable.

Leaphorn glissa le papier dans sa poche de chemise.

Elandra paraissait légèrement honteuse.

– D'habitude, Grand-Mère est très polie. Mais elle a pensé que de votre part, c'était de la discrimination raciale contre nous, les Indiens. Vous vous souvenez ? Mais peut-être cherchait-elle simplement quelqu'un qu'elle puisse rendre responsable.

– En tout cas, je comprenais très bien sa position.

– Vous voulez savoir si nous avons récupéré notre résine ?

– Absolument tout ce que vous pourrez me dire là-dessus.

Elandra rit.

– Nous ne l'avons pas du tout retrouvée, mais Grand-Mère Peshlakai a bel et bien réussi à récupérer nos seaux. Donc je pense que vous devriez rabattre dix dollars sur cette facture.

Les sourcils de Garcia remontèrent sur son front.

– Elle a récupéré les seaux ? Ça alors.

Leaphorn retint sa respiration.

– Elle les a retrouvés ? Dites-moi comment elle s'y est prise.

– Eh bien, après l'incendie chez Totter, elle avait commencé à poser des questions partout. Dès le début, elle avait eu le sentiment que ça pouvait être lui qui avait volé sa résine. (Elle rit.) Grand-Mère pensait qu'il allait se mettre à fabriquer ses propres paniers. À nous faire concurrence. Quoi qu'il en soit, elle a remarqué que des gens allaient là-bas après le départ de M. Totter en emmenant le peu qu'il lui restait. Et qu'ils prenaient des objets. Qu'ils partaient avec. Ils emportaient des choses.

Elle se tut un instant.

– Comme s'ils venaient les voler ?

Elandra confirma d'un signe de tête.

– Alors Grand-Mère a enfourché le cheval et elle est revenue avec nos seaux.

– Où étaient-ils ? interrogea Leaphorn en se penchant vers elle.

– Je ne sais pas exactement. Elle m'a dit qu'ils traînaient, posés près de la terrasse couverte. Ou peut-être à côté de la porte de derrière. Je ne m'en souviens plus bien.

– Des seaux vides ? insista Leaphorn.

Elandra hocha la tête.

– Et un peu cabossés, aussi. Mais ils sont encore étanches.

Leaphorn remarqua que Garcia affichait un sourire moqueur. Qui se mua en ricannement.

– Je crois que nous disposons des éléments suffisants pour lancer une accusation de vol contre Totter, maintenant, Joe. Si nous savions où il a déménagé, quand il est parti. Vous voulez tenter le coup ?

Leaphorn ne se sentait pas fier. Et assurément pas d'humeur à se laisser ridiculiser.

– Je pense que ce serait une bonne idée de déterminer où il est allé, dit-il. Il ne faut pas oublier qu'un de ses employés a trouvé la mort dans cet incendie.

– D'accord, d'accord, concéda Garcia. Je ne voulais pas donner l'impression de me moquer en disant cela.

– Dans ce cas...

Mais Elandra viola la règle de sa tribu qui commande de ne « jamais interrompre » quelqu'un.

– Vous ne savez pas où il est ? fit-elle en secouant la tête. Vous n'êtes pas au courant, pour M. Totter ? Vous ne savez pas qu'il est mort ?

– Mort ? reprit Garcia.

– Comment le savez-vous ? interrogea Leaphorn.

– C'était dans le journal. Quand Grand-Mère a retrouvé ses seaux et acquis la certitude que c'était M. Totter qui nous avait volé notre résine de pin pignon, elle a eu une période de grosse colère. Elle était vraiment furieuse. Par conséquent, partout où elle allait, elle racontait aux gens ce qu'il avait fait et elle leur demandait s'ils l'avaient vu. Et pas mal de temps après, elle achetait quelque chose dans un magasin et quelqu'un qui y était lui a dit que Totter était mort. Il lui a dit qu'il l'avait lu dans le journal. C'est comme ça que nous l'avons su.

– Quel journal ? voulut savoir Leaphorn.

– Elle était à Gallup, je crois. C'était sûrement le journal local.

– Le *Gallup Independent*, conclut Garcia.

– Un article d'actualité qui parlait de la façon dont il avait été tué ? Par balle ? Dans un accident ?

– Je ne sais pas. Mais je ne pense pas. Je crois que cet homme a dit qu'il s'agissait de l'un de ces textes très courts où on indique aux gens à quel endroit aura lieu l'enterrement, et on donne le nom des proches, pour envoyer des fleurs, tout ça.

– Une rubrique nécrologique, sans doute, avança Garcia.

– Bon, puisque nous savons à quel moment ça a été publié, à un ou deux ans près, je suppose que nous pouvons le retrouver.

En prononçant ces mots, l'ancien lieutenant Leaphorn regretta que le sergent Jim Chee et l'agent Bernadette Manuelito soient en voyage de noces quelque part. Sans quoi, retraité ou pas, il aurait pu convaincre Chee d'aller à Gallup enquêter au service des archives dans les anciens numéros conservés sur microfilms jusqu'à ce qu'il trouve. Ou Chee aurait pu convaincre Bernie de le faire à sa place. Elle s'en serait acquittée plus vite et, au moins, elle ne serait pas revenue avec la mauvaise notice nécrologique.

11

De retour à Flagstaff, après s'être accordés pour conclure qu'ils avaient passé une journée épuisante en pure perte, ayant essentiellement servi à dépenser une bonne partie du budget essence des services du shérif, et après avoir échangé des au revoir, Leaphorn reprit son pick-up et alla se ranger comme précédemment sur le parking du Burger King. Il resta assis au volant. Mit de l'ordre dans ses pensées.

Était-il trop fatigué pour rentrer à Window Rock dès ce soir ? Vraisemblablement. Mais l'autre possibilité consistait à prendre une chambre de motel froide et inconfortable, à consacrer des efforts futiles et frustrants à régler la climatisation, et à ressentir un sentiment global de dégoût. D'autant qu'il devrait se réveiller courbatu par sa nuit sur un matelas auquel il n'était pas habitué, et aurait de toute façon le long trajet à effectuer. Il entra dans l'établissement, commanda une tasse de café et un hamburger. Parvenu à la moitié de son dîner, et à la moitié de la liste de choses dont il devait s'acquitter avant de repartir pour annoncer à Mme Bork qu'il n'avait pas la moindre nouvelle encourageante à lui communiquer sur son mari disparu, il se leva pour regagner son pick-up, prit le téléphone portable dans la boîte à gants, revint à son hamburger et composa le numéro personnel du sergent Chee en prenant soin de ne pas se tromper. Peut-être Jim et Bernie seraient-ils rentrés de leur lune de miel. Peut-être pas.

Ils étaient là.

– Allô, fit Chee d'un ton assez ronchon.

– Chee. C'est Joe Leaphorn. Vous êtes très occupé ?

– Oh. Euh. Lieutenant Leaphorn ? Ben, euh. Ben, nous venons de rentrer et...

Cette déclaration qui demeura inachevée fut suivie d'un moment de silence puis d'un soupir et d'un raclement de gorge.

– Qu'est-ce que vous voudriez que je fasse ?

– Oh, euh. Est-ce qu'il y a une chance que vous descendiez à Gallup, dans un avenir proche ?

– Mais encore ?

– Euh, demain peut-être ?

– Vous savez, lieutenant, fit Chee en riant, ça me rappelle beaucoup de souvenirs.

– Trop occupé, je suppose, conclut Leaphorn d'un ton triste.

– Qu'est-ce que vous désirez ?

– Je sais que Bernie et vous êtes jeunes mariés. Alors pourquoi ne pas l'emmener avec vous ?

– Je ne l'exclurais pas. Mais pour faire quoi ?

– Il me faut un certain temps pour vous l'expliquer.

Il lui exposa alors son problème à la manière des Navajos, en commençant par le tout début. Et quand il eut terminé, il attendit une réaction.

– C'est tout ? interrogea Chee après avoir patienté un court instant pour être certain qu'il ne l'interrompait pas dans son développement.

– Oui.

– Vous voulez que j'aille fouiller dans les vieux numéros du *Gallup Independent* à la recherche de la notice nécrologique de Totter, que je la trouve, que je leur demande d'en faire une photocopie, et ensuite que je déniche quelqu'un de suffisamment âgé pour se souvenir du moment et de la manière dont ils l'ont reçue, de la personne qui l'a apportée, et...

– Ou qui l'a envoyée. Ou communiquée par téléphone. Mais je suis certain que Mlle Manuelito ferait tout ça très bien.

– Probablement mieux que moi parce qu'elle est patiente et organisée. Oui. Mais lieutenant, ce n'est plus Mlle Manuelito, maintenant, c'est Mme Bernadette Chee.

– Mes excuses.

– Et cette notice a vraisemblablement été publiée il y a des années, après l'incendie qui a embrasé son comptoir d'échanges. Il a dû y avoir un article sur la découverte du corps carbonisé de cet homme qui figurait en tête d'affiche sur la liste des criminels recherchés par le FBI, non ? Je pourrais chercher cet article-là, puis avancer de quelques mois seulement afin de m'assurer que je ne passe pas à côté et poursuivre ma recherche pendant deux ou trois ans. Ça irait ?

– Hé bien, à mon avis, ils ont ça sur microfilm. Vous savez. Vous appuyez sur un bouton et ça vous affiche la page suivante, ça saute les publicités pleine page et les pages des sports.

– Pour quand en avez-vous besoin au plus tôt ? Et pouvez-vous à nouveau m'expliquer pourquoi ? Ça m'a paru assez nébuleux, tout à l'heure.

– Je dois avouer que ça l'est grandement. J'ai juste l'impression générale qu'il y a quelque chose d'extrêmement suspect dans toute cette histoire.

Leaphorn se tut, réfléchit avant de reprendre :

– Je vais vous dire, Jim, je veux y réfléchir encore. Peut-être que je fais perdre son temps à tout le monde, un point c'est tout. Différez ça en attendant que je vous rappelle.

– Vous voulez dire que l'incendie était suspect ?
Leaphorn soupira.
– Ça, et tout le reste.
– Bon. Je pense... Une seconde, voilà Bernie.

La voix que Leaphorn entendit alors fut celle de Mme Bernadette Chee, apparemment joyeuse, exubérante, qui lui posa des questions sur sa santé, sur Louisa Bourebonette, sur ce qu'il faisait, lui demanda si sa retraite ne lui pesait pas trop et, finalement, ce dont Chee et lui avaient discuté.

Il le lui exposa.

– Demain ? fit-elle. Bien sûr. Nous serons ravis de nous en charger. Et vous avez expliqué à Jim ce dont vous avez besoin ?

– Euh, oui, répondit-il avant d'hésiter une seconde. Enfin, en partie.

Et il reprit ses explications.

– C'est entendu, lieutenant. Pour quand voulez-vous la réponse et quel est votre numéro de portable ?

Leaporn le lui donna.

– Mais ne faites rien jusqu'à ce que je comprenne bien dans quoi je mets les pieds. Et je vous souhaite un très agréable retour au pays, Bernie.

– Mme Chee, vous voulez dire.

12

Joe Leaphorn se réveilla exceptionnellement tard le lendemain matin. Exactement comme il s'y était attendu, il avait le dos courbatu, la tête embrumée par la nuit passée à respirer l'air climatisé du motel et il était d'humeur maussade. En tous points ce qu'il avait redouté. L'appréhension qui l'avait incité, la veille, à prendre la décision de rentrer sur-le-champ à Window Rock au lieu de subir cette épreuve avait été pleinement justifiée. Mais sa conversation avec Chee et Bernie, tous deux dans la force de l'âge, lui avait fait prendre conscience qu'il était vieux et trop las pour effectuer en sécurité ce trajet nocturne alors qu'il y avait des ivrognes sur les routes. Il était donc resté à Flagstaff et il lui restait à affronter de longues heures de conduite.

Mais l'insomnie provoquée par le matelas bosselé lui avait permis de beaucoup méditer, et chaque fois qu'il s'était retourné dans le lit, le sujet de ses réflexions avait changé. D'abord il s'était préoccupé de ce qu'il allait dire à Mme Bork. Dans la mesure où il était, hélas, encore à Flagstaff, il serait bon qu'il l'appelle rapidement, sans la laisser se ronger les ongles d'inquiétude. Il lui dirait qu'il n'avait rien appris de neuf, ce qui ne l'aiderait pas beaucoup, mais la politesse exigeait qu'il le fasse. Puis il avait décidé qu'il devait cesser de repousser à plus tard et prendre rendez-vous avec ce Jason Delos qui semblait être en possession de cette maudite couverture, ou au moins d'une copie, afin de déterminer où il se l'était procurée. Ce problème une fois réglé, il pourrait simplement s'attaquer à la bonne vieille routine policière, se rendre au bureau de Bork, essayer de trouver ses amis et collègues, engranger des indices relatifs à ce qui avait pu advenir de sa personne et tenter d'apprendre qui était l'auteur de ce sinistre coup de fil.

Il profita du petit déjeuner gratuit très vanté du motel en prenant deux tranches de pain perdu, un bol de céréales au raisin et au son, ainsi que deux tasses de café. Puis il appela Mme Bork. La joie qu'elle manifesta en entendant sa voix fut de courte durée. L'accent de désespoir dont son chagrin était empreint motiva l'ancien lieutenant pour aussitôt décrocher à nouveau le téléphone.

Au numéro que Tarkington avait enfin accepté de lui procurer répondit une voix masculine plutôt jeune et teintée d'accent :

– Résidence Delos. Qui dois-je annoncer ?

– Je m'appelle Joe Leaphorn. Je souhaite m'entretenir avec M. Delos au sujet d'une très vieille couverture navajo narrative. Le directeur du musée Navajo, à Window Rock, m'a suggéré qu'il pourrait disposer des renseignements permettant de déterminer si une copie a pu en être effectuée. Si celle qu'il possède pouvait être visible.

Ces mots entraînèrent un long silence. Puis :

– D'où appelez-vous, monsieur ?

– Je suis à Flagstaff, là. J'espérais obtenir un rendez-vous et rencontrer M. Delos. Au cours des années, des récits extrêmement frappants se sont accumulés autour de cette tapisserie. J'ai pensé que ça pourrait l'intéresser.

Nouveau silence.

– Veuillez patienter, monsieur. Je vais voir s'il est disponible.

Leaphorn attendit. Il repensa au goût éventé du café au motel. Se demanda s'il n'était pas en retard pour la vidange de sa voiture. Consulta sa montre, réfléchit aux programmes de télé sur lesquels il ne s'était pas penché chez lui, à Window Rock, se demanda combien de temps il faudrait encore à Louisa pour rentrer de ses recherches sur le terrain et l'aider à garder sa maison propre tout en atténuant l'impression de solitude qu'il y ressentait, jeta un nouveau coup d'œil à sa montre, transféra l'appareil de l'oreille gauche à l'oreille droite.

– Monsieur Leaphorn, annonça la voix, M. Delos accepte de vous recevoir. Il vous demande d'être là à onze heures.

– Onze heures ce matin, répéta Leaphorn en regardant sa montre une fois de plus. Expliquez-moi comment je dois m'y prendre pour venir depuis la sortie de l'autoroute indiquant le centre-ville.

Son correspondant lui donna les instructions, avec beaucoup de précision. Comme l'ancien lieutenant s'y était préparé d'après la vue qu'il avait remarquée par la fenêtre, sur la photo parue dans *Luxury Living*, la route allait le mener dans les contreforts montagneux situés au-delà des limites nord de Flagstaff. Un vaste paysage qui s'élevait bien plus haut que les deux mille deux cents mètres où la ville était située, et offrait une vue qui s'étendait presque à l'infini.

– J'y serai, affirma-t-il.

*
* *

La résidence de Jason Delos était un tout petit peu moins monumentale qu'il ne l'avait envisagée.

C'était une structure en pierre et bois de charpente bâtie sur deux niveaux, dotée d'un garage en sous-sol qui pouvait accueillir trois véhicules, et elle s'harmonisait avec le versant boisé qui lui servait de décor. L'asphalte de cette route de montagne avait cédé la place aux gravillons depuis cinq kilomètres, mais ici, à travers les barreaux de la grille en fer forgé ouvragée, l'allée qui s'incurvait en direction du garage avait été goudronnée. Conçue comme une résidence d'été, en déduisit-il, probablement dans la frange supérieure du demi-million de dollars lors de sa construction... qui devait remonter aux années 1960. Sa valeur, aujourd'hui, était assurément largement supérieure.

Il se gara à côté d'un des piliers de l'entrée équipé d'une plaque qui spécifiait :

VEUILLEZ APPUYER SUR LE BOUTON
ET VOUS IDENTIFIER

Il vérifia sa montre. Six minutes d'avance. Il en consacra plusieurs à profiter de ce panorama privilégié sur les monts San Francisco. Si Jason Delos collectionnait les objets d'artisanat indien d'autrefois, il connaissait sans doute le rôle que jouaient ces reliefs dans la mythologie. Pas particulièrement crucial pour les membres de son Dineh, selon le souvenir qu'il conservait des récits hivernaux de son enfance. Il les avait surtout entendu mentionner à cause de Grand Ours * et de ses mésaventures. Mais ils étaient assurément sacrés pour les Hopis. Ils voyaient dans le pic Humphreys (avec ses trois mille huit cent quarante mètres, le plus élevé de la chaîne des San Francisco) comme l'accès à l'autre monde, le chemin que leurs esprits avaient coutume de prendre durant les cérémonies quand les prêtres hopi sollicitaient leur présence. Pour les Zunis, si

Leaphorn avait compris les récits d'amis appartenant à cette tribu, c'était une des routes empruntées par les esprits des morts de la tribu pour atteindre les merveilleux lieux de danse où ceux d'entre eux qui avaient vécu dans la bonté jouiraient de leur récompense éternelle. Il interrompit cette pensée pour consulter une nouvelle fois sa montre. C'était l'heure. Il tendit le bras et appuya sur le bouton.

La réponse fut immédiate.

– Bonjour, monsieur Leaphorn. Veuillez entrer. Et garer votre véhicule sur l'espace goudronné au sud des marches menant à la porte.

– Entendu.

L'ancien lieutenant éprouva un certain malaise en prononçant ce mot car il prit conscience que le propriétaire de la voix l'observait depuis un moment et se demandait probablement pourquoi il attendait. C'était celle qu'il avait entendue plus tôt au bout du fil.

La grille s'ouvrit. Leaphorn la franchit, admira la maison. Une très belle habitation dont l'environnement était laissé aux bons soins de la nature. Pas de pelouse digne des plaines. Juste la végétation qui prospérait dans les hautes régions arides. Au moment où il se rangeait sur la zone dédiée au stationnement, un homme sortit par une porte latérale et s'immobilisa sur le seuil. Un homme de petite taille, droit et élancé, âgé d'une quarantaine d'années, avec des cheveux noirs coupés court et une peau très lisse, sans défauts. Un Hopi ou un Zuni, peut-être, pensa-t-il. Mais au deuxième regard, il opta plutôt pour un Vietnamien ou un Laotien. Quand l'ancien lieutenant coupa le contact, l'homme lui ouvrit sa portière.

– Je m'appelle Tommy Vang, dit-il en souriant. M. Delos vous remercie d'être aussi prompt. Il vous dit de prendre le temps de passer par la salle d'eau si vous le souhaitez, et ensuite je vous conduirai à son bureau.

Tommy Vang l'attendait quand Leaphorn ressortit des toilettes. Il l'escorta dans un couloir, lui fit traverser le vaste et luxueux séjour dont il se souvenait d'après la photographie de *Luxury Living*. Il n'y avait plus de couverture encadrée accrochée au mur au-dessus de la cheminée. Les impressionnants bois de wapiti étaient toujours à leur place, près de la porte-fenêtre, de même que plusieurs autres trophées de cervidés. Une tête d'antilope le fixait du regard depuis le mur opposé, ainsi qu'une énorme tête d'ours qui montrait les dents, juste à côté. Un chasseur de gros gibier, peut-être, à moins que tout cela ne soit venu avec la maison quand Delos l'avait achetée. Leaphorn prit le temps de regarder le plantigrade.

– C'est le seul ours que j'aie jamais tué.

Celui qui avait parlé émergeait d'un couloir. Il était beau, grand, largement plus du mètre quatre-vingts, bronzé, les cheveux blancs soigneusement coiffés, portant chemise rouge et pantalon de toile gris, l'air actif et en bonne santé pour quelqu'un de soixante-dix ans. Il souriait en tendant la main.

– Venez dans le bureau, dit-il en serrant celle de son visiteur. Jason Delos, enchanté de faire votre connaissance. Je suis impatient d'entendre ce que vous avez à me raconter sur ma vieille tapisserie.

– À en juger par toutes ces têtes montées en trophées, vous devez être un chasseur redoutable. Très expérimenté.

Delos eut un sourire d'autodérision.

– Ça et ma collection d'objets provenant de cultures anciennes constituent pratiquement mes seuls loisirs. La pratique favorise l'excellence, paraît-il.

– Dans ce cas, je dirais que vous avez choisi le bon endroit pour vivre. D'excellentes opportunités pour la chasse au gros gibier, dans toute la région des Four Corners. Quand j'étais jeune, il y avait même une saison pour la chasse aux mouflons, dans les monts San Juan.

– Je n'ai jamais eu l'occasion d'en tirer un. Ils ont pratiquement disparu, maintenant. Mais les gens âgés racontent qu'ils les chassaient autrefois sur les contreforts de la montagne, et même dans la partie supérieure de la gorge de la San Juan, à peu près à l'endroit où elle quitte le Colorado pour entrer au Nouveau-Mexique, là où elle a creusé ce profond canyon dans l'ancienne coulée de lave.

– On me l'a dit aussi, confirma Leaphorn. Un vieux monsieur qui est à la tête du Ranch T.J.D., là-haut, m'a raconté qu'il en voyait sur les falaises quand il était gosse.

– C'est un ranch sur lequel j'ai chassé. L'intendant m'octroie des autorisations pour tirer le wapiti. Un certain Arlen Roper. En fait, j'y vais cette semaine.

Il rit, eut un large geste avant de reprendre :

– Avant d'être trop vieux, je vais tenter de m'offrir une ramure qui battra tous les records.

– Moi, je crois que je le suis déjà.

– Oh, je ne peux plus escalader les falaises ni descendre dans les canyons comme dans le temps, mais Roper dispose d'affûts aménagés dans les arbres d'un versant. L'un d'eux fournit une vue dégagée sur la Brazos. Les wapitis y viennent, matin et soir, pour s'abreuver. Cet affût m'est réservé.

Leaphorn hocha la tête sans faire de commentaire. Les exploitants qui laissaient les hardes de cerfs, de wapitis et d'antilopes partager les herbages avec leurs bovins se voyaient octroyer des permis de chasse à titre d'encouragement. Ils pouvaient soit rentrer eux-mêmes leurs provisions de viande pour l'hiver, soit vendre ces permis à des tiers. L'ancien lieutenant n'approuvait pas cette pratique qui ne laissait guère de chances au gibier, trouvait-il, mais elle était parfaitement légale et pragmatique. Les Navajos traditionalistes chassaient uniquement pour la nourriture, pas pour le plaisir. Il se souvenait de son oncle maternel lui expliquant que pour rétablir l'égalité il faudrait donner des armes à feu aux animaux et leur enseigner à retourner le tir. La première chasse au cerf à laquelle il avait pris part, ainsi que toutes les suivantes, avait été précédée par la cérémonie appropriée, avec oncles et neveux, par la prière adressée au cerf pour qu'il s'associe à l'entreprise, pour lui garantir que la loi cosmique éternelle lui restituerait son existence future dans le cercle infini de la vie. La Voie Navajo impliquait énormément de temps et de travail : le traitement de la peau de l'animal, la peine que l'on prenait à ne rien laisser perdre et, finalement, les prières qui précédaient le premier délicieux repas de venaison. Leaphorn avait rencontré beaucoup de chasseurs *belagaana* qui partageaient cette attitude consistant à ne pas gâcher «un gramme de viande», mais aucun qui adhérait à cette entente cérémonielle entre l'homme et l'animal. Et ce n'étaient ni le lieu ni le moment d'en débattre. Il se borna à déclarer que si l'on en croyait la rumeur, la chasse devrait être exceptionnellement bonne dans la région de la Brazos cette saison.

Delos sourit.

– J'ai toujours aimé prétendre que c'est le talent du chasseur qui détermine si la saison sera bonne ou non.

– Vraisemblablement exact, concéda Leaphorn. Mais celui qui rentre bredouille aime pouvoir en rejeter la responsabilité.

Le seul trophée accroché aux murs du bureau de Delos était une tête de gros lynx mâle qui montrait les dents au-dessus d'un bureau à cylindre d'aspect très ancien. Mais une armoire contenant des armes, contre une des cloisons, trahissait l'occupation favorite du propriétaire des lieux. Derrière sa porte vitrée, quatre carabines et deux fusils étaient alignés. Delos indiqua un siège à Leaphorn et s'installa à son bureau.

– L'heure vous paraît correcte pour boire un verre ? Scotch ou autre chose ? Mais je parie que vous préféreriez un café ?

– Du café, si ça ne pose pas de problème, répondit Leaphorn en s'asseyant et en analysant ses sensations.

Les têtes empaillées, la collection de fusils, la façon dont Delos avait supposé qu'il voudrait du café, l'impression de dignité sereine et confiante qui émanait de lui.

– Du café, ordonna son interlocuteur à Tommy Vang, pour nous deux.

Puis il s'adossa à son fauteuil, croisa les mains sur son ventre, sourit à Leaphorn.

– Venons-en aux choses sérieuses. Je me suis renseigné auprès de mes amis. J'ai demandé aux gens et il semble que vous soyez membre de la Police Tribale Navajo. J'en déduis que vous n'avez aucune compétence juridique, ici. Par conséquent, je suis curieux de savoir pourquoi vous êtes venu. Ayant appris que j'avais acquis la tapisserie narrative dont la photo a été publiée par le magazine, j'aimerais être persuadé que vous avez simplement, et très généreusement, souhaité me récompenser par le récit de certaines des légendes hautes en couleur associées à son passé.

Delos sourit, haussa les sourcils, octroya plusieurs secondes à son hôte pour réagir.

Leaphorn hocha la tête.

– Mais étant bien avancé dans ma septième décennie, reprit Delos avec un soupir, je sais qu'il faut généralement bien plus qu'une tournure d'esprit généreuse pour inciter quelqu'un à entreprendre un aussi long voyage. Normalement, cela implique une certaine forme de troc. Un échange. Du genre un prêté pour un rendu. Ai-je raison à cet égard ?

– Oui. J'ai toute une liste de choses que j'espère obtenir de votre part, monsieur Delos, reconnut Leaphorn avant de lever l'index. En tout premier lieu, j'espère que vous pourrez me fournir des renseignements qui m'aideront à déterminer ce qu'il est advenu d'un ami à moi. Mel Bork. Il semble avoir disparu. Ensuite, j'espère que vous me permettrez de regarder cette couverture narrative que j'ai vue dans le magazine. Je l'ai admirée il y a de nombreuses années, et je ne l'ai pas revue depuis très longtemps. Enfin, j'espère que vous accepterez de me dire où vous l'avez obtenue.

Delos resta un moment sans bouger, le regard sur ses mains, apparemment plongé dans ses pensées. Il secoua la tête, releva les yeux.

– C'est tout ?

Leaphorn hocha la tête.

– Et qu'est-ce que vous m'apportez en échange ?

– Pas grand-chose, j'en ai peur, répondit l'ancien policier avec un haussement d'épaules. À peu près tout ce que je peux faire, c'est vous raconter ce dont je me souviens des histoires entendues sous le hogan quand j'étais gamin. Certaines parlaient de « la couverture tissée de chagrins ». Et je pourrais vous dire comment entrer en contact avec des vieilles tisserandes qui pourraient vous en apprendre davantage.

Il eut un sourire entendu, reprit :

– Mais je suis sûr que vous pourriez y parvenir par vos propres moyens.

– Peut-être. Partiellement, en tout cas. Mais il n'y a que vous qui puissiez me dire quelle raison vous aviez de croire que je puisse vous aider à trouver votre ami. Ce Mel Bork.

Leaphorn remarqua qu'il avait conjugué au passé son espoir de trouver de l'aide.

– Je continue d'espérer que vous pouvez m'y aider. J'espère que vous allez m'apprendre où il vous a dit qu'il se rendait quand il est parti d'ici. Ou tout ce qu'il a dit d'autre. Certains éléments pourraient me fournir un indice sur sa destination.

Delos leva les mains au ciel et rit.

– Je peux répondre à votre demande, mais si cela vous est utile, c'est que vous êtes assurément tel que mes amis me l'ont dit. Un enquêteur hors pair.

Il souriait maintenant.

Leaphorn, tout en remarquant que son interlocuteur n'avait pas nié la présence de Bork dans sa maison, lui rendit son sourire.

– Ce qui me pousse à vous poser une autre question : Qu'est-ce qui a pu vous inciter à questionner vos amis sur moi ? Et lesquels vous ont prodigué leurs conseils ?

Le sourire de Delos s'effaça.

– J'ai exagéré. Il ne s'agissait que de M. Bork.

– Une autre question, dans ce cas. Pourquoi M. Bork m'a-t-il inclus dans la conversation qu'il a échangée avec vous ?

Delos ne répondit pas. Il secoua la tête.

– Je nous ai entraînés dans une digression. Laissez-moi reprendre au début. M. Bork a appelé, il a sollicité un rendez-vous. Il m'a dit, ou plutôt il a simplement laissé entendre, qu'il travaillait dans le cadre d'une enquête sur une escroquerie aux assurances dans laquelle ma tapisserie narrative tenait un rôle. Il m'a demandé s'il pouvait la voir. J'ai répondu par l'affirmative. Il est venu. Je la lui ai montrée. Il l'a comparée avec la photographie du magazine. Il m'a dit que la vraie couverture et celle de la photo lui paraissaient identiques, ou quelque chose à l'avenant.

Il se tut dans l'attente d'une réaction.

– Qu'est-ce que vous avez répondu à ça ?

– J'ai exprimé mon accord quant à leur profonde similarité.

Un coup frappé à l'entrée du bureau interrompit la conversation. Tommy Vang se présenta sur le seuil, un chariot repas devant lui. Il souriait patiemment.

Delos lui fit signe de s'approcher. Vang déposa un plateau sur une table de service proche du bureau, la fit glisser entre les deux hommes, à un emplacement accessible pour chacun, versa du café dans deux tasses posées sur des soucoupes, ôta les couvercles d'un sucrier en argent et d'un récipient contenant de la crème. Puis, avec un geste étudié et un large sourire, il retira d'un mouvement vif un tissu blanc qui recouvrait une assiette de tranches de cake et une coupe remplie d'une variété de noix.

– Il fait ce cake lui-même, commenta Delos. Du cake aux fruits. Tout simplement délicieux.

– Il a l'air très bon, acquiesça Leaphorn en admirant la cerise posée sur le dessus avant de tendre la main vers sa tasse de café.

– Mais, pour en revenir à votre question, j'ai dit à Bork que pour moi, les couvertures anciennes se ressemblent beaucoup, alors il m'a montré un point blanc sur la mienne. Il m'a dit que c'était une plume d'oiseau tissée dans la trame. Et un endroit rugueux, en précisant que cela provenait d'une variété de buissons qui poussent au camp de Bosque Redondo où les Navajos ont été retenus prisonniers. Et il m'a montré les mêmes emplacements sur la photographie. Je ne pouvais pas discuter avec ça. Puis il m'a demandé si je savais que la couverture était censée avoir brûlé lors de l'incendie d'un comptoir d'échanges. Je lui ai répondu que j'en avais entendu parler mais que j'en avais conclu qu'il devait s'agir d'une autre. Alors il m'a opposé qu'à son avis il devait s'agir d'une couverture extrêmement difficile à reproduire et il m'a demandé où je me l'étais procurée. Il m'a précisé que le propriétaire du comptoir d'échanges avait encaissé l'assurance qui couvrait la tapisserie et que cela ressemblait fort à une escroquerie.

– Et vous lui avez répondu quoi ? fit Leaphorn après avoir acquiescé.

– Je lui ai répondu que je l'avais acquise il y a plusieurs années au marché indien de Santa Fe, je ne sais pas si c'est ainsi qu'on l'appelle. Enfin bon, je l'ai achetée à un Indien, sur la plaza, là où il y a le trottoir couvert.

– Pas dans une galerie ? Sur le trottoir du Palais des Gouverneurs ?

– C'est ça.

– Qui vous l'a vendue ?

Leaphorn avait posé cette question en se disant qu'il perdait son temps. Effectivement.

Delos fronça les sourcils, sembla réfléchir.

– Il avait un nom indien. À consonance espagnole, mais je suis pratiquement certain qu'il venait de l'un des pueblos *. Deux des femmes qui étaient assises juste après lui, en suivant le mur, étaient du pueblo de San Felipe, ça, je m'en souviens.

– Est-ce que le vendeur vous a dit d'où il la tenait ?

– Il m'a dit que c'était une couverture navajo ancienne. Sa mère l'avait achetée des années auparavant. Soit à une fête tribale sur la réserve navajo, soit à cette vente de couvertures aux enchères que les tisserandes organisent dans le gymnase de l'école secondaire de Crownpoint. Il m'a précisé qu'à sa mort elle la lui avait laissée.

– Pas de noms, donc.

Delos secoua la tête.

– Je crains que cela ne vous soit pas d'un grand secours.

– Oh, tant pis.

Il goûta son café. Excellent. En but un peu plus.

– Au moins, cela m'apprend que ce n'est pas la couverture qui a été détruite dans l'incendie.

Mais en prononçant ces paroles, il comprit qu'il ne les avait pas énoncées comme il fallait. Il aurait dû dire : cela prouve que la couverture narrative n'a pas été brûlée. En réalité, cela ne prouvait vraiment rien.

– Goûtez le cake aux fruits, l'encouragea Delos. Tommy est un excellent cuisinier, et ce cake est sa grande fierté. Il y a de tout dedans. Abricots, pomme, cerises, six variétés de noix et noisettes, exactement les bonnes épices, le tout dans des proportions parfaites. Le meilleur cake aux fruits du monde.

– Il a vraiment l'air bon. Le problème est que ça ne m'a jamais réussi.

Il plongea la main dans la coupe contenant les noix :

– Je vais plutôt manger plus que ma part de ces amandes et noix pécan.

Delos haussa les épaules.

– Bon, mais je vous garantis que vous apprécieriez la recette de Tommy. Je vais lui demander de vous préparer un petit en-cas à emporter pour votre déjeuner. Si vous ne l'aimez pas, vous le jetterez aux oiseaux. Bien, allons voir ce que vous pensez de cette célèbre couverture.

Elle était exposée sur un mur, dans un petit salon attenant au bureau, montée sur un cadre en bois massif. Leaphorn l'étudia, essayant de se rappeler la fois, antérieure au feu fatal, où il l'avait examinée dans la petite salle d'exposition de Totter. Elle avait l'air identique. Il repéra les endroits d'un rouge éclatant obtenus grâce au liquide tiré des enveloppes renfermant les œufs d'araignées, les petits points blancs dus aux plumes de colombes, d'autres plumes provenant d'oiseaux de différents coloris, et les endroits où il y avait des fibres de cactus, d'herbe-aux-serpents et autres variétés florales de l'est du Nouveau-Mexique. Il trouva le symbole de Coyote le malicieux, de la sorcellerie, du dollar en argent et autres références à l'appât du gain, le mal absolu dans le système de valeurs du Dineh. Et, un réel déchirement pour lui, toutes ces preuves de chagrin et de perte d'harmonie étaient englobées dans l'étreinte symbolique de Homme Arc-en-Ciel, l'esprit gardien de l'harmonie du Dineh. Ce qui en soulignait l'extrême ironie. Cette tapisserie, comme sa grand-mère le leur avait toujours dit, était un travail d'artiste. Mais il était facile de comprendre pourquoi les shamans qui la voyaient la condamnaient et lui jetaient un sort.

Delos la scrutait également.

– J'ai toujours pensé que c'était un travail intéressant, dit-il. Après la publication de cette photo dans la revue, un avocat que je connais m'a dit que le vieux M. Totter l'avait assurée pour une somme de quarante mille dollars. Et qu'il s'était finalement contenté de douze mille, pour elle. Environ la moitié de la somme qu'il a obtenue pour toutes les autres possessions qu'il a déclarées détruites dans le sinistre.

– Vous pensez que ce pourrait être une copie de l'original ? demanda Leaphorn.

Le regard rivé sur la tapisserie, Delos soupesa cette possibilité. Il secoua la tête.

– Je n'en ai aucune idée. Je n'ai aucun moyen d'en juger.

– Eh bien, si mon opinion avait valeur d'expert, je dirais à la compagnie d'assurances que c'est bien l'originale, arrivée en ligne droite du mur de Totter, qu'il les a arnaqués. Mais il y a prescription, pour ça, depuis bien longtemps, je suppose. Et de toute façon, Totter est mort.

– Mort ? s'étonna Delos en haussant les sourcils.

– Sa rubrique nécrologique a été publiée dans le *Gallup Independent*.

– Vraiment ? Et quand donc cela s'est-il passé ?

– Je ne sais pas exactement. On m'a dit qu'il y avait eu une annonce passée dans le journal il y a plusieurs années de ça.

– Le vieux Totter, je ne l'ai jamais rencontré. Mais il faut croire que ça apporte une nouvelle preuve de la malchance qui suit cette couverture partout.

– Oui, fit Leaphorn. Pourquoi vous ne vous en débarrassez pas ?

– Vous savez, répondit Delos d'un air pensif, je n'avais pas entendu parler du décès de Totter. Je crois que je vais voir combien je peux en tirer.

– C'est ce que je ferais. Je ne suis pas vraiment ce que vous appelleriez quelqu'un de superstitieux, mais je n'aimerais pas l'avoir accrochée sur mon mur.

Delos eut un rire sarcastique.

– Je pense que je vais annoncer sa vente dans les publications pour collectionneurs d'antiquités. Établir la liste de toutes les horreurs proches du génocide qui en ont inspiré le tissage à ces femmes, et de la malchance qui l'a suivie partout. Ce genre de truc légendaire rend les objets d'artisanat encore plus précieux aux yeux de certains. (Il rit à nouveau.) Comme le pistolet qui a abattu le président Lincoln. Ou le poignard qui a tué Jules César.

– Je sais. Nous avons eu des gens qui nous ont contactés pour essayer d'obtenir d'authentiques lettres de suicides. Ou qui ont tenté de nous convaincre d'en faire des photocopies.

– Les goûts, ça ne se discute pas, hein ? fit Delos en souriant. Par exemple, c'est exactement comme vous quand vous dites que vous n'aimez pas le cake aux fruits.

13

Sur la pente, en repartant de chez Delos, un *ding-a-ling* sonore, sur le siège du passager, interrompit ses pensées désordonnées en le faisant sursauter. Il comprit qu'il s'agissait du téléphone qu'il avait oublié dans la poche de sa veste. Il arrêta son pick-up sur le bas-côté, sortit le portable, appuya sur le bouton de communication, s'identifia, entendit la voix de Bernadette Manuelito.

– Lieutenant Leaphorn, c'est l'ancien agent Bernadette Manuelito désormais Mme Chee à l'appareil. Nous avons décidé de ne pas attendre que vous nous rappeliez. Nous avons l'information dont vous aviez besoin au sujet de la rubrique nécrologique. En partie, tout du moins.

– Je n'ai pas encore pris l'habitude de vous appeler madame Chee, répondit-il. Je vais me contenter de dire Bernie.

– Je vais très prochainement redevenir l'agent Manuelito, annonça-t-elle avec entrain. Le capitaine Largo m'a dit qu'ils m'ont gardé mon poste sans le pourvoir. C'est génial, non ?

– Génial pour nous, répondit Leaphorn en prenant conscience qu'il ne faisait plus partie de ce « nous ». Génial pour la Police Tribale Navajo. Est-ce que votre mari réforme ses habitudes ?

– Il est merveilleux, répondit-elle. Il y a bien longtemps que j'aurais dû le capturer. Et il faut que vous veniez nous voir. Je veux vous montrer comment nous arrangeons sa maison mobile. Elle va être très agréable.

– Bon, je suis heureux que vous l'ayez épousé, Bernie. Et je vais accepter cette invitation dès que je pourrai passer.

Il se surprit à tenter de se représenter la caravane rouillée de Chee avec des rideaux aux fenêtres, des petits tapis sur le sol, ici et là. Peut-être même du papier mural aux couleurs gaies collé sur les parois en aluminium.

– J'ai ici le texte de la notice nécrologique, dit Bernie en reprenant son ancien rôle de policière. Vous voulez que je vous le lise ?

– Bien sûr.

– « Erwin James Totter, qui a été durant de nombreuses années le propriétaire et l'exploitant du comptoir d'échanges et de la galerie d'art portant son nom, au nord de Gallup, est décédé la semaine dernière à l'hôpital Saint Anthony d'Oklahoma City. Il y avait été admis ce mois-ci en raison de complications survenues après une crise cardiaque. M. Totter était né à Ada, dans l'Oklahoma, le 3 avril 1939. Célibataire, on ne lui connaît pas de famille. Ancien combattant dans la marine, il avait servi pendant la guerre du Vietnam et a été inhumé dans le cimetière de l'Administration des Anciens Combattants, à Oklahoma City. Plutôt que d'envoyer des fleurs, il avait demandé que toute contribution à sa mémoire soit versée à l'ordre de la Croix-Rouge sur un compte ouvert à l'agence bancaire de la Wells Fargo, à Oklahoma City. »

Bernie marqua une légère pause avant d'ajouter, d'un ton de regret apparent :

– Ce n'était pas très long.

– C'est tout ? Aucune mention de sa famille ? De quelqu'un qu'il laisserait derrière lui ?

– Rien de plus que ce que je vous ai lu. La femme de l'accueil qui m'a aidée à trouver la notice pense qu'elle était arrivée par la poste, avec de l'argent liquide pour couvrir les frais de publication. Elle ne se rappelait plus qui l'avait envoyée. Peut-être M. Totter l'avait-il rédigée lui-même quand il avait appris qu'il se mourait et avait-il simplement chargé l'hôpital de la mettre au courrier. Cette explication vous convient-elle ?

– Pas vraiment, répondit Leaphorn avec un petit rire. Mais bon, il n'y a pas grand-chose, dans toute cette histoire, qui me convienne vraiment. Par exemple, je ne suis même pas franchement convaincu de ce que je peux bien fabriquer ici.

– Vous voulez que je pousse les recherches plus loin ? proposa-t-elle sur un ton plaintif.

– Oh, Bernie. J'espère ne pas vous avoir donné l'impression que je ne suis pas satisfait. Vous avez fait exactement ce que je vous avais demandé. Pour vous dire la vérité, je crois que je patauge sans avancer d'un pouce et ça m'agace.

– Je pourrais peut-être me renseigner auprès de la banque pour savoir si elle a reçu des contributions financières. Et qui les a versées. Est-ce que cela vous aiderait ?

– Bernie, fit Leaphorn en riant, le problème est que je ne sais même pas ce que je recherche. La banque coopérerait vraisemblablement. Mais je ne vois pas quelle raison nous aurions de faire appel à elle. Si nous en avions, quelqu'un pourrait vérifier s'il y a des gens, à Ada, qui portent le nom de Totter. Obtenir des renseignements sur lui. Ça a l'air d'être une petite ville.

– Mais il n'y a pas de crime à la clé ? C'est vrai ? Il n'y a pas eu un incendie, dans l'histoire ?

– Un incendie, oui. Mais aucune preuve de départ de feu volontaire. Un homme qui travaillait pour Totter a péri brûlé vif, mais les experts ont conclu que c'était la faute d'un ivrogne qui avait fumé au lit et qu'il n'y avait aucun indice laissant envisager un crime autre que par imprudence. En tout cas, merci. Bon, est-ce que je pourrais vous demander un autre service ?

La question provoqua un léger silence.

Après tout, se dit-il, elle est jeune mariée, elle a des quantités de choses à faire.

– Aucune importance. Je ne veux pas vous embêter...

– Avec plaisir, dit-elle. De quoi s'agit-il ?

S'ensuivit entre Leaphorn et sa conscience une courte lutte qu'il gagna.

– Si vous êtes toujours, techniquement, officiellement, membre de la police... c'est bien le cas ? Vous êtes en disponibilité, rien de plus ?

– C'est exact.

– Dans ce cas, vous pourriez demander à cet hôpital d'Oklahoma City de vous communiquer la date et les circonstances exactes du décès de Totter, les dispositions prises pour l'inhumation et le reste.

– Je vais le faire, et si le capitaine Largo me suspend de mes fonctions parce que je ne peux pas lui en expliquer les raisons, je le renverrai au lieutenant Joe Leaphorn.

– Ça me va. Et je serai obligé de lui répondre que je n'en sais rien non plus.

Il passa quelques instants à analyser les informations, ou l'absence d'informations, que l'appel de Bernie lui avait apportées. Avec pour résultat d'ajouter une bizarrerie supplémentaire au tas déjà conséquent qui semblait s'amonceler autour de cette maudite couverture narrative. Pour lui, au moins, tout avait commencé par une bizarrerie.

Pourquoi quelqu'un, surtout quelqu'un qui roulait dans un véhicule quasiment neuf et de valeur, irait-il s'introduire dans l'abri de tissage situé derrière le hogan de Grand-Mère Peshlakai pour y voler deux seaux de saindoux remplis de résine de pin pignon qu'elle avait récoltée ? Peut-être ne devrait-il pas établir de relation entre ce vol et la couverture. Il s'agissait de deux affaires distinctes. Un petit larcin dépourvu d'importance qui ne lui était resté en mémoire qu'en raison du profond mécontentement exprimé par Grand-Mère Peshlakai à cause de la manière dont il avait négligé son problème pour aller s'occuper d'une affaire d'homme blanc décédé. Mécontentement qui continuait de lui paraître moralement justifié. Mais il décelait maintenant une possibilité vague qu'il puisse y avoir un lien. La vieille dame avait retrouvé les seaux de saindoux dérobés à la galerie de Totter, ce qui faisait automatiquement de ce dernier le suspect logique du vol. Par ailleurs, il était alors propriétaire de la couverture. Et maintenant il était enterré dans un cimetière de l'Administration des Anciens Combattants à Oklahoma City. Ou il donnait l'impression d'y être.

Leaphorn poussa un grognement. Il en avait plus qu'assez, de tout ça. Il rentrait chez lui. Il allait faire un feu dans sa cheminée. Étaler sur la table de la cuisine sa vieille carte du Pays Indien éditée par l'Association automobile américaine, poser un calendrier à côté et essayer de trouver une signification à toute cette histoire. Après, il appellerait Mme Bork pour lui demander de le tenir au courant s'il y avait du nouveau ou quelque chose qu'il puisse faire pour l'aider. Il était plus facile de passer ce genre de coup de téléphone désagréable quand on était confortablement installé chez soi.

Il ouvrit la boîte à gants, y rangea le téléphone portable, et sa main rencontra le sac de nourriture soigneusement plié que Tommy Vang lui avait donné en le raccompagnant à son véhicule.

– Pour votre trajet de retour, lui avait-il dit en souriant. M. Delos dit que ça donne faim, de conduire. Ça vous fera quelque chose de bon à manger.

Certes, pensa l'ancien lieutenant, mais qui serait encore meilleur s'il prenait le temps et la peine de le mettre dans la glacière qu'il gardait derrière son siège en prévision des moments où il avait faim et soif. Il se pencha au-dessus du siège, souleva le couvercle, glissa le sac entre sa Thermos et une boîte de chaussures qui renfermait généralement une barre de friandises ou deux et sur laquelle Louisa avait inscrit « Rations de secours ». Ce qui le fit à nouveau penser à chez lui en lui donnant très envie d'y être.

Et où il finit par arriver. Mais seulement après avoir roulé environ cinq heures vers l'est sur l'Interstate 40, franchi Winslow, bifurqué sur l'Arizona 87, dépassé Chimney Butte puis tourné à l'est sur l'U.S. 15, laissé Dilkon, Bidahochi, Lower Greasewood et Cornfield puis pris plein est cette fois sur la 264 en direction de Ganado, laissé Tow Story et Saint Michael's avant d'arriver à Window Rock et, enfin, chez lui. Pendant cette ultime partie du parcours, il avait observé l'énorme pleine lune de l'équinoxe d'automne au-dessus du plateau de Defiance. Le temps qu'il se gare, qu'il sorte sa valise du pick-up, fasse du feu et prépare du café, il était presque trop épuisé pour prendre le temps d'avaler le dîner tardif qu'il avait prévu. Mais il se remplit quand même une tasse, sortit deux tranches de salami du réfrigérateur et une miche de la boîte à pain, ce qui lui remit en mémoire le sac de nourriture que Tommy lui avait donné quand il avait pris congé de Jason Delos. Il était toujours dans le camion, toujours protégé de ses appétits par l'aversion qu'il vouait à l'ingrédient, dans les cakes aux fruits, qui lui valait des indigestions. Après tout, il se conserverait bien jusqu'au lendemain. Il s'assit en poussant un soupir, alluma la télé.

Juste à temps, remarqua-t-il, pour les informations de vingt-deux heures. Il mangea son premier sandwich, plongé dans ses pensées en dépit du vendeur de voitures qui vantait en arrière-fond sonore les qualités du pick-up Dodge Ram. Lesquelles pensées n'étaient pas particulièrement joyeuses. L'âtre améliorait beaucoup les choses mais la maison conservait néanmoins cette atmosphère de froide solitude qui vous accueille en rentrant dans un lieu désert. Il consacra un moment à se remémorer combien la vie avait été douce quand Emma était là. Heureuse de le voir, intéressée d'apprendre ce que la journée lui avait réservé, compatissante quand le destin ne lui avait valu que déceptions et frustrations, souvent en mesure de lui faire gentiment et indirectement prendre conscience qu'un élément positif lui avait échappé, un indice qu'il avait omis de vérifier. D'une certaine façon, Louisa Bourebonette lui était, elle aussi, d'une certaine aide. Mais elle n'était pas Emma. Personne ne remplacerait jamais Emma. Néanmoins, il aurait aimé que Louisa soit là ce soir. Elle lui aurait raconté ce qu'elle avait glané de plus pour ses archives sur la transmission orale de l'histoire : elle lui aurait exposé une autre version d'un vieux mythe des Ute * du Sud fréquemment relaté, ou aurait peut-être eu la joie de lui confier qu'elle avait découvert une nouvelle légende qui complétait les anciennes. Mais Louisa n'était pas Emma. Si Emma était là, elle lui rappellerait qu'il devait être plus attentif à replacer devant le foyer l'écran de protection au maillage métallique parce que les bûches de pin pignon qu'il brûlait allaient rejeter de l'air au fur et à mesure que la résine chaufferait et commencer à expédier étincelles et cendres sur le sol. Il se pencha, réajusta la protection, époussetta les cendres qui s'étaient déjà échappées. Louisa n'aurait probablement pas remarqué ce problème.

Et pendant qu'il réfléchissait à leurs différences en buvant sa deuxième tasse de café, la voix du présentateur empiéta sur ses pensées. Il citait les paroles d'un dénommé Elrod qui avait découvert la victime d'un accident de la circulation mortel.

« Si la police a refusé de confirmer l'identité du conducteur avant que la famille ait pu être informée, d'autres sources présentes sur les lieux auraient déclaré que le corps découvert par M. Elrod dans le véhicule serait celui d'un ancien membre des forces de l'ordre de l'État d'Arizona établi à son compte à Flagstaff où il était une figure bien connue. Son véhicule a apparemment raté un virage serré à l'endroit où la chaussée croise la piste d'accès à la station de surveillance des feux du Service des forêts, dans les monts San Francisco. D'après la police, le véhicule est parti en dérapage dans les gravillons du bord de la route avant de franchir le talus et de plonger dans le canyon. Les agents ont précisé que l'épave n'avait pas été aperçue par les véhicules de passage jusqu'à ce que M. Elrod remarque les rayons du soleil couchant qui se réfléchissaient sur le pare-brise. Il a déclaré aux policiers qu'il s'était alors arrêté, avait descendu la pente à pied, vu le corps de la victime sur le siège avant et appelé les autorités à l'aide de son téléphone portable. Le porte-parole des forces de l'ordre a précisé que l'accident était apparemment survenu il y a environ deux jours et que le véhicule était dissimulé à la vue par arbres et buissons.

» Dans un autre accident tragique qui s'est produit ici, à Phoenix, la police précise qu'un adolescent de notre ville a été tué quand le véhicule tout-terrain qu'il conduisait le long d'un fossé d'irrigation a basculé et s'est retourné. De source officielle... »

Mais Leaphorn n'écoutait plus. Il réfléchit aux termes employés : « apparemment survenu il y a environ deux jours ». Il posa sa tasse, se saisit du téléphone et composa le numéro personnel du sergent Garcia. Il médita sur les circonstances de l'accident ainsi que sur le moment où il était survenu pendant que les sonneries retentissaient et que le répondeur lui enjoignait de laisser son message.

– Sergent, Joe Leaphorn à l'appareil. Appelez-moi dès que vous le pourrez au sujet de cette voiture accidentée. Si ça s'est passé il y a deux jours, on dirait bien que ça pourrait être Mel Bork. Et si c'est lui, je pense que nous devrions demander une autopsie. (Il se tut un court instant.) Même si ça donne l'impression d'être un accident de la route comme tant d'autres.

Le reste des informations du soir clignota sur l'écran sans le détourner de ses méditations. Il ouvrit le tiroir de la table sur laquelle était posé le téléphone, fouilla à la recherche d'un bloc-notes et d'un stylo qu'il y rangeait toujours, ouvrit à une page blanche, réfléchit un moment, écrivit SHEWNACK au sommet en majuscules d'imprimerie. Il souligna le nom, sauta cinq centimètres, inscrivit TOTTER, fixa du regard le vendeur de voitures qui offrait une remise aux acheteurs de camions Dodge Ram, et tapota sur le bloc-notes avec le stylo. Un peu plus bas, il marqua MEL BORK. Puis il s'arrêta. Il tendit le bras, éteignit la télévision, observa les flammes qui progressaient sur les bûches de pin pignon, secoua la tête et commença à écrire.

Sous le nom de Shewnack, il nota :

Liste criminels recherchés par FBI. Deux homicides magasin Handy. FBI pense sûrement d'autres.

Meurtre de Handy, été 1981. Shewnack probablement la trentaine passée, dans la région depuis plusieurs mois. Venu de Californie, du Middlewest ou Dieu sait d'où. Disparaît. Réapparaît comptoir d'échanges/galerie Totter en 1985. Pour dévaliser Totter ? Qu'est devenu le butin de chez Handy ? Shewnack a-t-il essayé de tuer Totter, comme Handy, avant d'être tué par Totter qui a décidé de brûler le corps pour effacer les traces du crime, garder pour lui le butin du magasin Handy qu'il aurait apporté, et augmenter son magot en montant une escroquerie à l'assurance ?

Il considéra un moment cette dernière proposition, secoua la tête et la raya. Elle ne semblait pas vraiment logique.
Sous le nom de Totter, il écrivit :

Né 1939, Ada, Okla. Date d'arrivée Four Corners ? Date ouverture comptoir d'échanges/galerie ? Incendie automne 1985. Totter mort à Okla City en 1987. Ni parents proches ni personne. Pourquoi repartir en Oklahoma, alors ?

Il finit son café. Ajouta JASON DELOS sur la feuille, se leva pour aller remplir sa tasse à la cuisine, puis se planta face aux flammes en pensant aux deux seaux de saindoux de vingt litres, vides, que Grand-Mère Peshlakai avait retrouvés à la galerie de Totter. Les Navajos utilisent beaucoup de saindoux et se le procurent généralement dans ces récipients car ils sont eux-mêmes d'une très grande utilité.
Le feu dans l'âtre brûlait maintenant très fort et la pièce se remplissait du merveilleux parfum que seul

peut produire le pin pignon en se consumant. L'arôme de la forêt, des lieux où règnent le silence, la paix, la tranquillité. Il s'assit, prit le stylo et écrivit :

Quelques jours avant incendie, Totter vole apparemment résine dans abri de tissage Grand-Mère Peshlakai. Pourquoi ? Pour accélérer propagation des flammes ? Pour augmenter température incendie, rendre cadavre Shewnack impossible à identifier ? Mais pour quelle raison ? Victime apparemment pas quelqu'un du coin. Apparemment personne venu demander de ses nouvelles. Garcia pensait à un saisonnier qui avait remarqué le panneau EMBAUCHE TEMPORAIRE de Totter. Mais d'où venait-il ?

Il relut ces notes, eut un sourire désabusé, ajouta :

Ou pour rendre étanches certains de ses propres paniers qu'il voulait vendre aux touristes ?

Il commença à biffer cette remarque. S'interrompit. Secoua la tête. Remplaça par :

Joe Leaphorn PERD LA BOULE !

Il laissa un blanc sur la page. Écrivit :

An'n ti'.

Fronça les sourcils. Raya pour remplacer par *an' t I'*. Étudia cette sorte de mot générique que les Navajos utilisent pour se référer à la sorcellerie en général, le prononça à haute voix, l'approuva, le souligna. Puis il écrivit *an't'zi*, celui correspondant au genre de sorcellerie qui fait appel à des poisons à base de poudre de cadavre pour causer des maladies mortelles. En dessous, il nota *ye-na-L o si* qu'il souligna, réfléchit un instant et traça un grand X en travers de toute cette liste. L'expression *ye-na-L o si* décrit ce que les érudits *belagaana* préfèrent appeler des porteurs-de-peau en établissant un lien avec les récits européens comportant des sorciers du style loups-garous.

Au bas de la page, il souligna Leaphorn PERD LA BOULE ! Et ajouta : C'EST DÉJÀ FAIT DEPUIS LONGTEMPS.

Il froissa le feuillet qu'il jeta dans le feu. Il ne croyait pas à la sorcellerie. Il croyait au mal, y croyait fermement, en voyait le résultat tout autour de lui sous ses diverses formes, l'appât du gain, l'ambition, la méchanceté pure, quantité d'autres encore. Mais il ne croyait pas aux sorciers dotés de pouvoirs surnaturels. Était-ce si sûr ? Comme il était mort de fatigue, il décida de tout envoyer promener, d'aller se coucher et dormir.

Plus facile à dire qu'à faire. Ses pensées se tournèrent vers Emma, la façon dont elle lui manquait, son immense désir d'être avec elle. De lui parler de cette couverture, de Delos, de l'incendie chez Totter, de Shewnack, de l'affaire Handy, des gens qui semblaient ne pas avoir de passé nulle part et qui disparaissaient, en cendres et dans des rubriques nécrologiques étrangement envoyées par la poste. Et Emma lui sourirait, le comprendrait parfaitement, lui répondrait qu'à son avis il avait déjà compris toute l'affaire mais qu'il n'aimait pas du tout sa solution parce qu'il haïssait ce concept de « Ceux-qui-Changent-de-Forme », de suspects se transformant en rapaces nocturnes et s'envolant à tire-d'aile. Ce qui paraissait désagréablement proche de la vérité.

De là il se laissa gagner par le regret de ne pas avoir pu être sous le hogan durant tous ces hivers où les membres âgés de la famille de sa mère se livraient à leurs récits de la saison froide, expliquant les raisons qui justifiaient les rites guérisseurs, le fondement du système des valeurs du Dineh. Il avait raté un beaucoup trop grand nombre de ces récits. Pas Emma. Jim Chee non plus. Chee, par exemple, lui avait un jour raconté comment Hosteen* Adowe Claw, un des membres de la confrérie des shamans, avait explicité la signification de l'incident contenu dans l'histoire de l'émergence* du troisième monde envahi par les eaux pour ce monde étincelant, dans lequel Premier Homme s'aperçoit qu'il a oublié sa bourse à medicine* en bas, ainsi que tous les maux dont les humains sont frappés, la soif de richesse, la malveillance, l'assortiment des autres. Il envoie alors un héron dans les eaux sous lesquelles est englouti ce monde antérieur, détruit par le Créateur à cause de tous ces travers, et il ordonne à l'échassier de trouver sa bourse et de la lui rapporter. Il lui ordonne aussi de ne répéter à personne qu'elle recèle le mal, mais de se contenter de parler de « la manière de faire de l'argent ».

14

Ce fut une nouvelle nuit de sommeil difficile, entrecoupé de rêves désagréables, de longues périodes à se demander si le mort retrouvé dans la voiture était Mel Bork, et si ce n'était pas lui, alors qui ? Et qu'était-il advenu de Bork ? Quand il finit par se réveiller complètement, ce fut parce qu'il avait cru entendre une porte qui s'ouvrait. Il se redressa dans le lit, les sens en alerte, l'oreille aux aguets. Cette fois, il entendit la porte se refermer. Ce devait être celle qui permettait d'entrer dans la cuisine en venant du garage. Puis un bruit de pas. De pas légers. Quelqu'un qui essayait de ne pas le déranger. Sûrement Louisa, pensa-t-il. Elle avait dû interrompre sa recherche chez les Utes du Sud un peu plus tôt que prévu. Une partie de la tension le quitta. Une petite partie. Il se rapprocha de la table de nuit dont il ouvrit le tiroir, chercha à tâtons le petit pistolet calibre trente-deux qu'il y rangeait, le trouva, l'empoigna, se souvint qu'un jour, quand quelqu'un était venu avec des enfants, Louisa l'avait persuadé de le décharger.

Un autre bruit de porte. Dans le couloir. Celle de la chambre voisine qu'occupait Louisa. D'autres pas. Des bruits d'eau. De douche. Puis divers échos qu'il identifia comme ceux d'une valise que l'on vide, de vêtements que l'on met sur des cintres dans la penderie ou que l'on range dans des tiroirs. Puis le frottement discret de pieds chaussés de pantoufles. Le bruit de sa poignée de porte qui tournait, de la porte de sa chambre qui s'entrebâillait. La lumière du couloir qui entrait.

Il distingua le contour de la tête de Louisa qui scrutait l'obscurité de la pièce.

– Joe, souffla-t-elle, tu dors ?

Il libéra un énorme soupir.

– Je dormais.

– Désolée de t'avoir réveillé.

– Il n'y a aucune raison de l'être. Je suis ravi que ce soit toi.

Elle rit.

– Tu attendais quelqu'un d'autre ?

Il ne sut pas ce qu'il devait répondre.

– Est-ce que tu as trouvé de bonnes sources d'information chez les Utes du Sud ? demanda-t-il.

– Absolument ! Une vieille dame tout à fait merveilleuse. Connaissant plein d'histoires sur leurs problèmes avec les Comanches * quand ces derniers ont été repoussés vers l'ouest jusque dans l'Utah. Mais rendors-toi. Je te ferai un rapport détaillé au petit déjeuner. Et toi ? À la maison, rien de nouveau ?

– Si on veut. Mais si tu viens d'arriver, tu dois être fatiguée. Ça peut attendre. Va dormir un peu.

Le réveil suivant fut beaucoup moins stressant. Il fut doucement tiré du sommeil par le bruit du café qui passait et l'arôme du bacon dans la poêle à frire. Louisa était à la table de la cuisine, elle lisait quelque chose dans son calepin en sirotant son café. Il s'en versa une tasse et la rejoignit. Elle lui parla de la très, très vieille femme Ute qui l'avait renseignée sur les tactiques extrêmement élaborées que les membres de sa tribu avaient utilisées pour tromper les Comanches, lui parla de vols de chevaux et de pièges tendus à l'ennemi. Après le petit déjeuner, elle devait préparer ses affaires en prévision de son retour à son bureau de l'Université d'Arizona Nord, mais pour l'instant elle voulait qu'il lui expose ce qu'il avait fait, et qu'il lui fournisse un double des factures du mois écoulé afin qu'elle paye sa part. Pendant qu'elle servait les œufs au bacon, il décida de ce qu'il allait lui raconter et des limites dans lesquelles il voulait rester. Il n'allait pas lui avouer qu'il redoutait le décès de Mel Bork, pas avant d'avoir confirmation de l'identité de la victime. Et de toute façon, il ne pensait pas qu'il allait lui faire part de ses soupçons concernant le cake aux fruits de Tommy Vang. Tout cela lui semblait un peu stupide, même si on lui en avait donné, à lui aussi. Il était quasiment certain qu'elle trouverait ça encore plus stupide que lui.

Il entama son récit par la lettre de Mel Bork. Passa rapidement sur tout ce qui s'était produit ensuite, laissant beaucoup de choses de côté et répondant à plusieurs interruptions quand elle lui posa des questions sur la couverture. Le temps qu'il parvienne au terme de son récit, il prit conscience qu'il devait se rabattre sur sa conclusion de la veille au soir : il avait perdu beaucoup de temps et n'avait rien accompli de concret.

Mais l'intérêt témoigné par Louisa s'orientait naturellement vers la couverture et sa signification culturelle. L'histoire de sa filature s'inscrivait précisément dans ses préoccupations professionnelles associées aux cultures tribales. Qu'était-il advenu de cette couverture, à son avis ? Cela déboucha sur une succession d'interrogations allant du haut en bas de la liste qu'il se posait lui-même, et à aucune il ne pouvait répondre par autre chose que des suppositions. En fin de compte, alors qu'ils en étaient à leur deuxième tasse de café, la curiosité de Louisa se tourna vers Jason Delos. L'un de ses étudiants de cycle supérieur, à Arizona Nord, avait travaillé un temps pour lui comme jardinier paysagiste. Il avait fait la connaissance de Tommy Vang et avait rendu passionnante une des séances du séminaire en rapportant des histoires qu'il tenait de lui, propres à la vie de sa tribu dans les montagnes, le long des frontières entre le Vietnam, le Cambodge et le Laos.

– Tout semblait rigoureusement authentique et intéressant, poursuivit-elle. Mais bien entendu, nous prêtions l'oreille à un récit de seconde main. J'ai donc transmis à M. Vang une invitation à venir parler devant notre petit groupe de travail. Mais il ne l'a pas fait.

– Est-ce qu'il t'a dit pourquoi ? J'aimerais bien savoir comment il est entré au service de M. Delos.

– Il m'a juste répondu qu'il ne pouvait pas. Notre étudiant paysagiste a expliqué qu'à son avis certains membres de la famille de Tommy Vang avaient travaillé pour la CIA lors des phases ultimes de la guerre du Vietnam, à peu près à l'époque où nos troupes faisaient des incursions au Cambodge. Mon étudiant était un peu mal à l'aise sur ce sujet. Il m'a confié, plus ou moins entre nous, que, d'après lui, la famille de Tommy avait été pratiquement anéantie durant toutes ces offensives et contre-offensives, que Delos était un agent de la CIA et qu'il l'avait plus ou moins sauvé quand il était gamin et ramené avec lui aux États-Unis.

– Ça alors, dit Leaphorn.

– Cela te paraît-il vraisemblable ? En te basant sur ce que tu sais ?

– Ça me paraît aussi vraisemblable que tout ce que je sais par ailleurs sur Delos. Ce qui se résume pratiquement à rien. La seule chose que je sache de manière quasi certaine, c'est qu'il est passionné de chasse au gros gibier, qu'il aime collectionner les objets anciens ; et si tu désires te procurer cette vieille couverture narrative, il dit qu'il envisage de s'en défaire.

– Il paraît qu'il n'est pas à Flagstaff depuis très longtemps. Assurément pas de souche. Et j'imagine qu'il ne s'intègre pas beaucoup, socialement parlant.

– Ça correspond, confirma Leaphorn.

Louisa l'avait scruté du regard durant la conversation.

– Joe, tu me sembles un peu abattu. Déprimé. Fatigué. Est-ce que c'est l'inactivité qui te travaille ? D'après ce que tu m'as dit, cette histoire de couverture paraît renvoyer à une de tes affaires d'autrefois. Ça ne me donne donc pas l'impression que la retraite t'empêche de continuer à te comporter en enquêteur.

Il rit, plongea la main dans sa poche de chemise pour en sortir les factures des charges courantes.

– Le moment parfait pour te les donner. Voilà combien coûte cet arrangement peu orthodoxe, et peut-être même contraire à toutes les coutumes de notre pays, que nous avons tous les deux. Mais je te laisse effectuer le calcul sur les pourcentages.

Elle prit les relevés, y jeta un coup d'œil.

– Je m'apprêtais à t'en reparler, fit-elle avec un sourire. Je vais les transmettre à mon comptable, à l'université, pour m'assurer que tu ne m'escroques pas. Je te rappelle également que j'ai du retard par rapport à notre accord, pour la location de la chambre. Tu te souviens, je suis venue loger ici trois fois à peu près pendant l'été.

Durant tout cet échange, il l'avait observée en pensant à Emma.

– Tu sais, Louisa, nous pourrions nous économiser ces paperasses, ce genre de choses, si tu te décidais seulement à accepter de m'épouser.

Elle lui sourit.
– Tu viens probablement d'établir le record absolu de la demande en mariage la moins romantique qui ait jamais été faite.
– Elle ne se voulait pas romantique. Elle se voulait purement et simplement pratique.

Louisa baissa le regard vers sa tasse, la prit, la tint un instant en l'air, la replaça sur sa soucoupe avant de se tourner vers lui avec un sourire un peu triste.
– Tu te souviens de ce que je t'ai répondu la première fois que cette idée t'est venue ? Voyons. Il y a environ dix-neuf...
– Il y a quelques années, l'interrompit-il. Je m'en souviens au mot près. Tu m'as dit : « Joe, j'ai essayé une fois et ça ne m'a pas plu. »
– Oui, confirma-t-elle en le regardant avec affection. Ce sont bien mes termes.
– Est-ce que tu as changé d'avis depuis ? Est-ce que tu me trouves plus attirant ?

Ces mots entraînèrent un silence songeur. Un soupir. Un nouveau geste consistant à soulever et à redéposer la tasse. Puis :
– Joe, je suis certaine que tu n'as pas oublié l'adage... j'en suis certaine parce que tu es, je crois, le premier que j'ai entendu s'en servir. Il s'agit de la difficulté qu'ont les vieux singes à apprendre de nouveaux tours. Ou quelque chose qui va en ce sens. Enfin bon, comment te dire ça ? Je crois que je vais utiliser une phrase qu'une vieille dame m'a dite, un jour, au cours d'un de mes entretiens sur la transmission orale de l'histoire. Elle m'a dit : « N'épousez pas un très bon ami parce qu'il est beaucoup plus précieux d'en avoir un que d'avoir un mari. »

Leaphorn laissa la phrase en suspens. Sa réaction était en fait une sorte de soulagement.

Elle l'observait, l'air assez contrit.
– Mais je me suis peut-être trompée. Peut-être m'a-t-elle dit que ce serait la fin de l'amitié.

– Quelle que soit la façon dont elle l'a tournée, ce qu'il y a de sûr, c'est que je ne veux pas que pareille chose nous arrive.

– Et moi non plus, dit Louisa en se levant pour porter son assiette, sa tasse et sa soucoupe dans l'évier. Et juste pour être sûre que tu ne m'imagines pas disposée à redevenir femme au foyer à plein temps, je vais laisser tout ça dans l'évier pour que tu le laves pendant que je rassemble mes affaires. Je ne repasserai pas avant de partir retrouver le gigantesque tas de copies de mi-semestre que j'ai laissées en souffrance.

Elle fit le geste d'ajouter l'assiette de Leaphorn aux autres mais s'arrêta. Lui sourit.

– Les bons amis, ça demande un sacré travail de recherche, ajouta-t-elle.

15

La bonne humeur dans laquelle l'attitude de Louisa avait laissé Joe Leaphorn ne dura qu'environ une demi-heure. Pendant qu'il regardait son amie partir, avec un mélange de tristesse et de soulagement, il entendit la sonnerie de son téléphone. Ce devait être Grace Bork, pensa-t-il, qui appelait pour lui annoncer que Mel Bork était, exactement comme il s'y attendait, le conducteur qu'on avait retrouvé mort dans l'épave de la voiture. Cela déboucherait sur une conversation qu'il avait envisagée, une épreuve qu'il redoutait. Que pourrait-il lui dire ? Seulement qu'il avait perdu son temps. Mais la voix au bout du fil fut celle du sergent Kelly Garcia.

– Bonjour, lieutenant Leaphorn. Je voudrais savoir comment vous avez deviné que le corps serait celui de Mel Bork ?

– Je ne faisais qu'émettre une supposition. C'est d'ailleurs ce que je n'arrête pas de faire, en ce moment. C'était donc lui ? Quelle est la cause du décès ?

Garcia eut un petit grognement d'incrédulité.

– Elle n'est pas évidente ? Une culbute en voiture dans le canyon, avec atterrissage sur le toit de ce qu'il en restait, des fractures, des commotions et contusions multiples, des traumatismes corporels généralisés, cela ne vous suffit pas ? C'est ce que nous avons, là. Et vous insistez toujours pour avoir une autopsie ?

– Pas vous ?

Ce qui entraîna un temps de silence.

– Euh, je dois reconnaître que cela me permettrait d'avoir l'esprit tranquille. Bon sang, j'aimerais bien savoir ce qui a pu provoquer une telle imprudence dans ce virage.

– Vous avez demandé que soit pratiquée l'autopsie ?

– Oui, j'ai un peu suggéré à Saunders que j'aimerais bien qu'il y en ait une. Et il m'a répondu : à quoi ça servirait ? Alors je lui ai dit qu'un vieux policier navajo à la retraite que j'ai connu dans le temps éprouve un vague soupçon à cet égard et a insisté pour que je fasse vérifier la cause du décès. Et Saunders m'a rétorqué que le seul problème, pour en décider, consiste à déterminer lequel des quelque dix-neuf traumatismes consécutifs à l'accident est effectivement responsable de la mort. Il m'a proposé de venir voir le corps et de me laisser décider moi-même.

– Le pathologiste est donc encore Roger Saunders ? J'ai toujours entendu parler de son épouvantable caractère. Est-ce qu'il a répondu qu'il vous faudrait une injonction du tribunal pour l'avoir, ou quoi ?

Garcia gloussa.

– Tiens donc, on dirait que vous êtes au courant, pour Roger, hein ? Il m'a dit qu'il était débordé de travail, pour des affaires d'homicides avérés. Mais quand j'ai pleurniché un peu, il m'a assuré que si nous parvenions à éveiller sa curiosité, il le ferait.

– Dites-lui que pour nous, Bork a pu être empoisonné par une tranche de cake aux fruits. Voilà qui devrait l'intéresser.

Garcia rit.

— Ça m'étonnerait. Je crois qu'il me conseillerait d'aller consulter un psychiatre. Je suis sûr à cent pour cent qu'il me demanderait où nous sommes allés chercher une idée pareille. Alors, la réponse ?

Leaphorn lui relata comment on l'avait encouragé à manger le cake spécial préparé par le cuisinier et homme à tout faire de M. Delos, Tommy Vang, comment Bork s'était vu offrir une tranche de ce même gâteau en guise d'en-cas juste avant de repartir, et comment le facteur temps correspondait pratiquement à la perfection pour que Bork en sente les effets et perde le contrôle de son véhicule à peu près à l'endroit où cela s'était produit. Il ajouta quelques précisions à ses explications, attendit une réaction.

Qui vint sous la forme d'un grognement apparemment dubitatif.

— Vous n'êtes pas convaincu ?

— Euh, ça explique ce que vous disiez quand vous parliez d'émettre des suppositions. Il en faut une dizaine pour arriver à cette conclusion. Vous supposez qu'il a mangé le cake, et après, qu'il a fallu tant de temps pour que ce poison, quel qu'il soit, ait fait effet, que M. Delos ait disposé d'un mobile et ainsi de suite.

— Je plaide coupable.

— Enfin, de toute façon je vais tenter le coup. Vous avez autre chose que nous pourrions soumettre à Saunders, pour susciter son intérêt ?

— C'est tout.

— Ce sera tout, alors. Allez, un petit effort, essaya encore Garcia dont le ton oscillait entre moquerie et incrédulité. Mais vous voulez quand même que j'insiste, pour l'autopsie ?

— Écoutez, il y a aussi le fait que Bork, qui a longtemps été membre des forces de l'ordre, était un conducteur très expérimenté dans notre région de montagnes. Il est extrêmement peu vraisemblable qu'il puisse avoir eu ce genre d'accident. Vous n'êtes pas d'accord ? Et nous avons un autre argument : Delos était probablement persuadé que Bork allait fourrer son nez dans je ne sais quelle escroquerie à l'assurance en rapport avec cette couverture narrative. Cela répondrait peut-être à son désir d'avoir un mobile. Et après, vous pourriez lui faire écouter la menace enregistrée sur la bande du répondeur.

Un nouveau silence de la part de Garcia. Puis un soupir.

– Bon, ça pourrait peut-être séduire le docteur Saunders. Il donne toujours l'impression de prendre son pied chaque fois qu'il découvre des armes du crime inédites. Ça rompt la monotonie. Ça pourrait lui plaire, cette idée de cake aux fruits utilisé pour commettre un meurtre.

– Hé sergent, vous voudrez bien me tenir informé de ce qu'il trouvera ? Delos m'en a donné une tranche, à moi aussi. Elle est dans un sac, dans la glacière de mon pick-up.

Garcia éclata de rire.

– Vous ne prenez pas de risque inconsidéré, hein ? Bon, laissez-la dedans en attendant, et redonnez-moi votre numéro de portable.

Leaphorn s'exécuta.

– Une dernière chose, dit-il. Vous vous souvenez du nom des agents du FBI qui se trouvaient au comptoir d'échanges de Totter ? Qui y ont travaillé après l'incendie ?

– Ah, laissez-moi réfléchir une minute. C'était il y a longtemps.

– Oui, confirma Leaphorn avant d'attendre.

– Voyons voir, fit Garcia avec un petit rire. L'un d'eux était l'agent spécial John O'Malley. Je suis sûr que vous ne l'avez pas oublié.

– Malheureusement. J'ai eu des ennuis avec lui durant toutes ces années.

– Moi aussi. Et je me souviens que Ted Rostic y était aussi. Il travaillait au siège de Gallup, à l'époque, je crois. Un gars bien, lui. Et aussi Sharkey. Vous vous souvenez de Sharkey ? Je ne me rappelle plus son prénom.

– Jay, il me semble. Ou Jason. Encore un avec qui il n'était pas facile de s'entendre. Quelqu'un d'autre ?

– Vraisemblablement. Ils se sont pour ainsi dire mis à pulluler quand il est apparu clairement que le mort était Shewnack. Mais je ne me souviens plus des noms.

– Tous à la retraite depuis le temps, je suppose.

– Sans doute. J'ai appris qu'O'Malley était décédé à Washington. Sharkey, je ne sais pas. Je sais que Rostic est à la retraite. On m'a dit qu'il habite à Gallup.

– Parfait, déclara Leaphorn.

– Qu'est-ce que vous voulez établir ?

– On dirait que je n'arrive pas à lâcher cette affaire. L'incendie chez Totter, je veux dire. Toute l'histoire depuis le début. Si je parviens à joindre Rostic, je vais voir quel souvenir il en a.

La préposée aux renseignements téléphoniques ne trouva aucun numéro référencé sous le nom de Ted Rostic parmi les abonnés de Gallup.

– Mais il y a un Ted Rostic à Crownpoint. Est-ce que ça pourrait être lui ?

– Je parierais que oui.

– Vous voulez que je vous mette en communication ? Moyennant soixante-quinze cents ?

– Je n'ai plus que ma pension de retraite, répondit Leaphorn. Je vais m'en occuper moi-même.

Aussitôt dit aussitôt fait, et Rostic décrocha à la quatrième sonnerie.

– Leaphorn, dit-il. Leaphorn, ça me dit quelque chose. C'est le nom d'un jeune gars que j'ai connu autrefois, il faisait partie de la Police Tribale Navajo.

– Oui, confirma l'ancien lieutenant. Nous nous sommes rencontrés lors de l'affaire Ashie Pinto. Quand un de nos hommes a brûlé dans sa voiture.

– C'est ça. Un bien triste épisode.

– Je m'intéresse actuellement à un autre feu. Celui qui s'est produit il y a des années au comptoir d'échanges de Totter et dans lequel un des criminels les plus activement recherchés par le FBI est mort brûlé vif. Vous vous en souvenez ?

– Oh que oui. Si je m'en souviens. Le nom de la victime était Ray Shewnack. Je crois que ça a été la première fois, dans ma carrière de policier, que j'ai ressenti une authentique excitation. C'était vraiment la grosse affaire. Trouver un de nos principaux fugitifs. Un vrai et authentique danger public, ce Shewnack.

– Il y aurait une raison qui vous empêcherait de m'en parler maintenant ?

– Je suis à la retraite. Mais j'ai du mal à croire que quelqu'un puisse encore s'y intéresser. Qu'est-ce que vous faites ? Vous n'écririez pas un de ces livres sur les tueurs en série célèbres, dites ?

– Non. J'essaye seulement de répondre à une de ces vieilles questions qui ne cessent de nous poursuivre.

– D'où m'appelez-vous ?

– De chez moi, à Window Rock. Moi aussi, je suis retraité.

– Et vous vous ennuyez probablement tout autant que moi. Si vous êtes prêt à faire la route, je vous retrouve à ce petit restau, en face de l'école secondaire de Crownpoint. Pour déjeuner, ça vous irait ? Maintenant que vous m'avez remis cette affaire en mémoire, j'aimerais bien en parler, moi aussi. Est-ce que vous pourriez être là à treize heures ?

– Facilement. J'ai tout le temps qu'il faut. On se retrouve tout à l'heure.

Tout le temps qu'il faut, aucun doute là-dessus. Il y avait à peine cent dix kilomètres entre son garage et le restaurant dédié au poulet frit, et il était tout juste un peu plus tard que le lever du soleil. Il allait s'y rendre en roulant tranquillement, en s'arrêtant peut-être ici et là pour voir s'il pourrait trouver un vieil ami au magasin de Yah-Ta-Hey, et jeter un coup d'œil à l'intérieur des bâtiments administratifs de Twin Lakes, Coyote Canyon et Standing Rock. À l'époque où il était l'agent Leaphorn et où il patrouillait sur cette partie de la Grande Réserve, il avait appris qu'au bâtiment administratif on trouvait presque toujours une cafetière sur le feu, peut-être même un muffin ou autre pour accompagner le café pendant qu'on recueillait les dernières infos sur des faits en cours tels un vol de bétail, un trafic d'alcool ou divers éléments perturbateurs de l'harmonie. Il allait mettre à profit ce voyage placide pour voir s'il parvenait à se mettre dans la peau du vrai retraité qui veut survivre au désœuvrement.

L'arrêt à Yah-Ta-Hey se solda par une déception. Les gens qui y travaillaient semblaient appartenir, sans exception, à la jeune génération. Personne de sa connaissance. À Twin Lakes, le parking était désert, hormis une vieille Ford Pinto dont la propriétaire, une vieille dame qu'il connaissait depuis une quarantaine d'années, était du genre grincheux. Il n'était pas d'humeur, aujourd'hui, à jouer les auditeurs de son inépuisable arsenal de jérémiades visant l'incompétence du Conseil Tribal, ni à fournir des explications sur la raison pour laquelle la Police Tribale Navajo ne réussissait pas à éradiquer le fléau que constituaient, sur le territoire de la réserve, les conducteurs en état d'ivresse.

Il eut plus de chance quand il tourna sur la Route Navajo 9 en direction de l'est. Le soleil matinal scintillait sur les congères précoces des versants supérieurs de Tsoodzil, le mont Taylor figurant sur les cartes routières des *belagaana,* ou *Dootl'izhiidziil* pour le shaman traditionaliste navajo ; c'était la vue préférée de Joe Leaphorn. Localement, on l'appelait la Montagne Turquoise, et elle était connue sous le nom de Montagne Sacrée du Sud, érigée par Premier Homme à partir de matériaux apportés du troisième monde ténébreux et envahi par les eaux, puis, quand elle avait essayé de partir à la dérive, ancrée sur la terre par ce *yei* * puissant à l'aide d'un couteau de silex magique. Ainsi que Leaphorn l'avait appris dans les histoires racontées sous le hogan de sa jeunesse, elle avait reçu une décoration magique faite de turquoise, de brouillard et de pluie femelle, et était devenue le lieu où vivaient *Dootl'altsoil 'at'eed* et *Anaa'ji at'eed* dont les noms pouvaient se traduire par Fille Maïs Jaune et Garçon Turquoise, deux *yei* bien disposés à l'égard des hommes. Le peuple sacré * avait également décidé que c'était sur cette montagne que vivraient toutes sortes d'animaux, y compris les premiers vols de dindons sauvages qu'il ait jamais vus.

Mais plus important que tout dans la mythologie navajo, c'était là que Tueur-de-Monstres et son jumeau réfléchi, Né-de-l'Eau, avaient affronté *Ye'iitshoh*, le chef des dieux ennemis. Après un terrible combat, ils l'avaient tué sur la montagne, commençant de la sorte leur campagne pour libérer ce monde étincelant des maux que constituent la soif de possessions et la méchanceté, les comportements condamnables qui avaient incité le Créateur à détruire le troisième monde et qui, hélas, avaient suivi le Dineh dans sa fuite du monde inférieur.

Et, pensa Leaphorn, ils rôdaient toujours dans cette partie du monde étincelant, sinon pourquoi se produiraient toutes ces choses qu'il ne parvenait pas à comprendre... et qui causaient la mort de gens ?

Quand il se gara sur le parking du bâtiment administratif de Coyote Canyon et qu'il vit le vieux Eugene Bydonie sur le seuil où, son grand chapeau noir typique de la réserve à la main, il disait au revoir à une femme encore plus âgée que lui, Leaphorn mit pied à terre et agita la main.

– *Ya teeh albini*, Eugene, lança-t-il. Est-ce que le café chauffe ?

Bydonie plissa les yeux, le reconnut et cria :

– Bonjour à vous, lieutenant. Joe, ça fait une éternité. Quel crime avons-nous donc commis pour que la police prête à nouveau attention à nous ?

– Euh, vous m'avez servi du café éventé la dernière fois que je suis venu. Comment est-il, aujourd'hui ?

– Entrez, répondit Bydonie en riant et en lui tenant la porte. Je viens d'en refaire.

Pendant qu'ils le buvaient, ils discutèrent du temps passé, d'amis communs dont beaucoup semblaient mourir les uns après les autres, du piètre état des pâtures, du prix des moutons et des tarifs de plus en plus élevés que les tondeurs tentaient d'imposer. Ils terminèrent par un tour d'horizon des différentes tisserandes et de ce qu'elles avaient vendu aux enchères de Crownpoint le mois précédent. Et finalement, Leaphorn lui demanda s'il connaissait Ted Rostic.

– Rostic ? Celui qui habite à Crownpoint ? Je pense que je l'ai rencontré. On dit qu'il a épousé Mary Ann Kayete. La fille de Grand-Mère Notah. Du clan des Rivières-qui-Courent-Ensemble, et je crois que son père appartenait au clan de la Maison Haute.

– Oh, fit Leaphorn. Qu'est-ce que vous savez d'autre sur lui ?

– Eh bien, on dit que c'est un ancien agent spécial du FBI. Il doit vivre de sa pension de retraite. Il conduit un pick-up Dodge Ram à cabine large. On dit que sa femme a enseigné à l'école secondaire de Crownpoint, et qu'on fait parfois appel à lui pour exposer aux élèves en quoi consiste la loi et quelle est son utilité.

Le visage de Bydonie, qui était étroit, creusé par les années et orné d'une moustache grise irrégulière, présenta un sourire ironique.

– Ces gosses que nous élevons aujourd'hui, ça ne leur ferait pas de mal d'entendre beaucoup plus parler de ça. Par quelqu'un qui leur explique ce que c'est que de se retrouver derrière les barreaux.

– Beaucoup de comportements répréhensibles, par ici ? demanda Leaphorn.

– Beaucoup de choses répréhensibles partout, répondit Bydonie. Plus personne ne respecte rien.

– Il faut que j'aille le voir pour lui parler d'une vieille, très vieille affaire sur laquelle il a enquêté. Y a-t-il autre chose que vous pourriez me dire sur lui et qu'il pourrait être utile que je sache ?

– Je ne crois pas.

Même si cette réponse s'avéra exacte, ça ne l'empêcha nullement de discourir tout du long pendant leur deuxième tasse de café. En conséquence, Leaphorn arriva à son rendez-vous du restaurant avec presque sept minutes de retard.

Il vit l'ancien agent du FBI assis à une table près de la vitrine, menu posé devant lui. Petit, massif, il portait des lunettes à monture métallique et ressemblait beaucoup à l'enquêteur que Leaphorn avait connu, en plus âgé.

– Désolé d'être en retard. C'est gentil de votre part de trouver du temps à consacrer à cette histoire.

Ted Rostic recula sa chaise sur le sol, se leva et tendit la main avec un grand sourire.

– Lieutenant Leaphorn. Ça faisait bien des années que je ne vous avais pas vu. À propos, il n'y a aucune raison de vous inquiéter du temps dont je dispose. Comme je vous l'ai dit, je suis à la retraite.

Leaphorn souriait, lui aussi, en se disant à quel point ce système d'inactivité forcée pouvait rendre le temps long et ennuyeux si on l'appliquait à la lettre.

– Je ne suis même pas sûr d'avoir commencé à m'y habituer. Si seulement vous me disiez à partir de combien de temps on peut y prendre plaisir.

– Ne comptez pas sur moi.

Rostic reprit place sur sa chaise, lui tendit un menu.

– Je vous recommanderais soit le hamburger, soit le hot-dog. J'éviterais soigneusement la pizza ou le pain de viande.

– Je pencherais peut-être davantage pour une simple tasse de café et un doughnut. Quelque chose de sucré.

– J'en conclus que vous n'avez pas fait toute cette route dans le but de vous rassasier des spécialités locales. Et je suis très pressé d'apprendre ce qui, après toutes ces années, a éveillé votre curiosité sur la mort de ce cher Ray Shewnack.

Un serveur était arrivé, un adolescent navajo qui leur apporta un verre d'eau à chacun et prit la commande de hamburger de Rostic.

– Et un pour moi aussi, annonça Leaphorn. Plus un doughnut.

– Pareil pour moi. À quoi vous le voulez ?

– Ce qu'ils ont de plus nourrissant, avec glaçage.

– Ce qui avait suscité notre intérêt pour cet incendie, si je me souviens bien, c'était un appel de la police du Nouveau-Mexique. Elle avait reçu un message du shérif du comté de McKinley disant qu'on avait téléphoné du comptoir d'échanges de Totter pour dire qu'un homme, là-bas, avait brûlé vif dans les flammes, et qu'il pouvait s'agir d'un des individus figurant sur notre liste des criminels les plus recherchés. Comme j'étais le plus jeune de la section affectée au Nouveau-Mexique, dans notre antenne de Gallup, c'est moi qui ai été envoyé sur place pour me rendre compte.

Leaphorn but de l'eau, attendant ce que Rostic allait ajouter. Mais ce dernier attendait la question suivante de l'ancien lieutenant.

– Euh, fit Leaphorn. Le correspondant a-t-il expliqué pourquoi il pensait que la victime était un individu activement recherché ?

– C'était une femme. La première à appeler, je veux dire. Le temps qu'elle arrive jusqu'à moi, l'information était de troisième main. De quatrième main, en fait. Une femme avait averti le bureau du shérif, qui avait appelé la police de l'État, laquelle avait contacté le bureau du FBI à Gallup d'où le message m'avait été transmis. Mais apparemment ce type qui était mort dans l'incendie avait un paquet d'avis de recherche rangés dans une chemise sur le siège de sa voiture. Il les avait ramassés à droite et à gauche.

Leaphorn hocha la tête en réfléchissant.

– Et uniquement des avis concernant Shewnack, je présume ?

Rostic rit.

– Je sais à quoi vous pensez. Il y a des gens malsains qui sont capables de collectionner ces avis de recherche. Mais qui, à part Shewnack lui-même, collectionnerait uniquement des affiches parlant de lui ? Il n'y avait même pas l'habituelle photographie dessus.

– Ah bon ?

– Parce que nous ne l'avons jamais eu, son portrait, à cette anguille. Il n'a jamais été arrêté, en tout cas pas sous ce nom. En réalité, je ne connais personne du Bureau qui l'ait vraiment identifié, ce salopard. Pour ses cambriolages, il semblait toujours choisir des endroits où il n'y avait ni vidéosurveillance ni une grande fréquentation. Les gars des services techniques récupéraient tout un tas d'empreintes digitales. La plupart étaient celles des gens qui travaillaient sur place, d'autres restaient impossibles à identifier. Peut-être Shewnack, peut-être un client. Quand ça a commencé à donner sérieusement l'impression que ce type était un authentique et dangereux récidiviste, les gars du labo ont étudié à nouveau les relevés et tenté d'établir des comparaisons entre les différentes scènes des crimes.

Rostic accompagna son rire d'un geste dédaigneux.

– En fait, reprit-il, c'est devenu une sorte de loisir pour certains vieux de la vieille qui avaient du temps à perdre. La comparaison des indices laissés sur les lieux des différents crimes. Un boulot énorme, et en fin de compte ils ont obtenu un jeu d'empreintes qui se retrouvait en quatre endroits différents.

Il avait adopté un sourire forcé pour relater cette partie de l'enquête.

– Après, ils ont fini par réussir à arrêter le gars qui les avait laissées. Ils se sont aperçus que c'était un représentant de commerce qui venait prendre des commandes dans tous ces magasins. Moi aussi, j'y ai consacré une grande partie de mon temps libre parce que cette affaire Shewnack était ma première enquête à sortir véritablement de l'ordinaire. J'ai réussi à dénicher un ancien des opérations spéciales de la CIA, un retraité, qui pensait connaître le nom de cet individu. Ou au moins un nom qui datait d'avant notre fameuse affaire Handy.

Les hamburgers arrivèrent, ainsi que les doughnuts et un supplément de café. Leaphorn mordit prudemment dans la nourriture en attendant que Rostic poursuive. Il ne voulait pas rompre le fil de ses pensées et avait très envie de connaître sa conclusion. La pâtisserie était bonne. Sans atteindre la qualité des Dunkin' Donuts, mais elle avait beaucoup de goût. Le café aussi était bon. Il en but une gorgée.

– Un autre nom ? Une autre identité ?

– Juste des bruits qui couraient chez nous, bien sûr. Vous savez. Le Bureau qui dénigrait l'Agence. Le FBI qui cherchait des moyens de ridiculiser la façon qu'avaient les gens de la CIA de le prendre de haut en préservant leurs petits secrets.

Leaphorn sourit. Hocha la tête.

– Ouais. Et la rumeur voulait que ce Shewnack fasse partie de la CIA ?

Rostic tempéra ces propos d'un haussement d'épaules.

– Qu'il en ait fait partie, en tout cas. D'après ces bruits, il avait travaillé pour l'Agence durant la phase initiale des missions d'opérations spéciales organisées au Vietnam. À l'époque où l'entourage de Kennedy avait décrété que le président Diem n'était pas à la hauteur et où cette petite bande de généraux sud-vietnamiens avaient été recrutés pour diriger le coup d'État. Vous vous souvenez ?

– Bien sûr. Diem a été renversé, mais ça n'a pas donné l'impression d'être une opération très bien menée. Ni très secrète non plus.

– Loin de là. Beaucoup de carrières en ont pâti au sein de l'Agence. Beaucoup de conséquences politiques néfastes en ont découlé. Beaucoup de fragments d'informations très gênants ont commencé à filtrer par la suite, quand des membres de la CIA ont démissionné. Et une de ces informations concernait un individu des opérations spéciales qui se livrait à des activités dans les montagnes, au Laos, je crois me souvenir. Enfin bon, la rumeur courait que les généraux de l'ARVN[1] à qui il remettait les sommes occultes ont commencé à râler qu'on les avait arnaqués sur la part qui devait leur revenir. Le total atteignait une fort jolie somme. Le type qui m'a raconté ça m'a dit qu'elle se montait à plus de huit cent mille dollars.

– Ce n'est pas rien, s'exclama Leaphorn. Moi aussi, j'ai entendu cette histoire, mais la version qu'on m'en a donnée ne comprenait pas de précisions chiffrées.

– Vraisemblablement exagéré, concéda Rostic. Mais bon, l'individu que l'on soupçonnait de se servir au passage était, était... je vais dire ça autrement. Il s'appelait George Perkins à l'époque, mais il démontrait cette redoutable habileté qui a fait de Shewnack notre héros public numéro un. Il a manigancé son truc de telle sorte qu'il a laissé dans toutes les archives appropriées des notes de service, messages et autres, soigneusement choisis pour confronter sa hiérarchie à un choix très désagréable. Car, s'ils le jetaient en prison, il tenterait de démontrer à qui voudrait l'entendre que son unique culpabilité avait consisté à livrer héroïquement l'argent des contribuables américains à une bande de généraux de l'ARVN corrompus. Des généraux qui, selon l'analyse de Perkins, devaient rétrocéder une partie du magot aux argentiers de l'Agence. Et il clamerait qu'il était tout à fait décidé à témoigner pour permettre aux contribuables de récupérer leur argent des mains de ces scélérats.

– Laissez-moi deviner la suite. Par conséquent, ils lui ont dit : « Oh, bon, on va attribuer ça à une erreur de jeunesse. Vous démissionnez et nous tirerons un trait sur ces peccadilles. »

1. Armée de la république du Vietnam. *(N.d.T.)*

— Leaphorn, répondit Rostic en riant, vous y êtes allé, dans le bâtiment J. Edgar Hoover, vous comprenez très bien comment fonctionne la bureaucratie fédérale associée à la sécurité du territoire.

— Mais je ne saisis pas quel est le lien avec Shewnack. Ou avec le reste.

— Eh bien, personne n'a jamais pu établir qu'il y en avait un. Mais la grande habileté avec laquelle il s'est arrangé pour que l'argent se volatilise, en quelque sorte, m'a fait penser à sa manière de planifier les choses. Et par ailleurs, d'après la même source d'information, le voilà qui débarque dans le nord de la Californie sous un nom différent. Comme cela n'aurait pas déplu au FBI que la CIA y laisse quelques plumes, le Bureau a pour ainsi dire gardé l'œil à demi ouvert sur lui. Bien sûr, l'ancien M. Perkins, étant bien loin d'être né de la dernière pluie dans ce domaine, semble avoir compris très vite ce qui se passait. Peut-être se donnait-il déjà le nom de Ray Shewnack. En tout cas, le Bureau a perdu sa trace.

Rostic haussa les épaules, réfléchit à ce qu'il venait de dire avant de poursuivre :

— Mais le facteur temps correspond. Je veux dire, le genre de cambriolage astucieusement mené à la Ray Shewnack s'était produit à plus d'une reprise. Et je crois qu'au moment où le FBI a commencé à comprendre et à effectuer des recoupements Perkins semblait avoir flairé que les agents fédéraux s'intéressaient à lui. Il a disparu du jour au lendemain. Peu après, on s'aperçoit qu'il s'est produit au Nouveau-Mexique deux ou trois cambriolages qui rappellent, aux yeux du FBI, les délits commis par Shewnack en Californie. Puis survient le double meurtre du couple Handy, avec ce coup monté qui laisse des pigeons trinquer à sa place sans qu'il y ait ni témoins ni empreintes digitales nulle part. Arrivé ce moment-là, le *modus operandi* de Shewnack était bien connu.

– Mais pas la moindre preuve matérielle réelle ?
– Non, pas la plus petite trace à ma connaissance.
– Vous avez beaucoup d'expérience dans le métier. Qu'est-ce que vous en pensez ?
– Je dirais que Shewnack a très bien pu être, antérieurement, George Perkins, ou quelqu'un d'autre. Mais je serais aussi prêt à parier que personne n'en aura jamais la certitude. Mon problème est que j'ai eu la malchance d'être envoyé sur les lieux de l'incendie, chez Totter, que ce salopard y était, totalement carbonisé, et que je me suis retrouvé avec lui sur les bras. Et un fumier pareil, ce n'est pas facile à oublier.
– Ce qui m'aiderait serait que vous me donniez une idée de ce que vous avez fait quand vous êtes arrivé au comptoir d'échanges.

Rostic médita. Hocha la tête.

– Deux flics étaient déjà sur place. Un adjoint au shérif et un policier de l'État. Ma seule raison d'agir, en tant qu'agent fédéral, dépendait du fait que la victime de l'incendie soit ou non l'auteur recherché d'un crime fédéral. J'ai donc examiné le corps. Ils l'avaient sorti de cette salle d'exposition ravagée par les flammes et l'avaient posé sur le plancher du comptoir d'échanges. (Il fit la grimace.) Vous autres, vous devez voir beaucoup de spectacles épouvantables alors que nous nous occupons davantage de crimes en col blanc. Dans mes rêves, je continue de contempler cet amas de chairs calcinées et d'os noircis. Et c'est ensuite qu'on m'a montré le dossier rempli d'avis de recherche. Il y en avait onze, avec une inscription en bas de chacun pour indiquer d'où il provenait. Il y en avait de Farmington, du Nouveau-Mexique, de Seattle, Salt Lake City, Tulsa, Tucson, Los Angeles, etc. Onze endroits différents. Mais tous dans les États de l'Ouest.

– Assez pour éveiller les soupçons.

— Plus que ça. J'ai transmis la liste à Gallup et ils ont vérifié les archives concernant Shewnack. Dans six cas sur onze avaient eu lieu des cambriolages très particuliers correspondant à l'idée que nous nous faisions de sa manière d'opérer. Quand les vérifications ont été réalisées par la suite, les cinq autres aussi ont paru s'inscrire dans le même schéma.

— Vous voulez dire, avec le même mode opératoire ? Des crimes planifiés avec soin, exécutés sans laisser d'empreintes digitales, là où il n'y avait pas de caméras de surveillance ? Et dans des localités de taille relativement réduite, avec des complices abandonnés pour écoper à sa place ?

— Ça aussi, dans certains cas.

— Est-ce qu'il y a eu des témoins vivants, pour une ou plusieurs de ces attaques ?

— Comment se fait-il que vous ayez attendu aussi longtemps pour m'interroger sur des témoins oculaires ? fit Rostic avec un rire. Il n'en a pas laissé, bien sûr.

Leaphorn soupira, le cœur un peu soulevé d'entendre cette réponse.

— Il faut croire que je n'avais pas envie de le savoir.

— Je vous comprends. Dans la plupart des cas, ça s'est passé pratiquement comme au magasin des Handy. S'ils se trouvaient en situation de bien le voir, il les exécutait.

Leaphorn hocha la tête.

— De deux balles, en général, ajouta Rostic. Les morts ne parlent pas.

— Un individu très circonspect, d'après le peu que je sais de lui, confirma l'ancien lieutenant. Cela vous a-t-il incité à vous interroger sur la raison qu'il pouvait bien avoir de laisser ces avis de recherche en évidence sur le siège de sa voiture ?

Rostic eut l'air pensif.

– Non, pas à l'époque, mais maintenant que vous m'en parlez, on pourrait penser qu'il les aurait cachés quelque part. Vraisemblablement empaquetés avec ses affaires, sous clef dans le coffre.

– C'est l'une des questions que je m'apprêtais à vous poser. Est-ce que Totter, les pompiers ou les autres policiers avaient tout sorti de la voiture, le temps que vous arriviez sur place ?

– Non. Ils avaient brisé l'une des vitres latérales pour tendre le bras à l'intérieur et y prendre cette chemise qui contenait les avis de recherche, mais la voiture était toujours fermée à clef. Au moment où nous avons reçu l'appel, c'était Delbert James le responsable. Il a dit au shérif que si la victime était Shewnack, c'était très important, qu'il fallait sécuriser la zone par tous les moyens et que personne ne devait toucher à rien avant que nous puissions prendre la direction des opérations.

Leaphorn hocha la tête.

– J'ai vu votre mimique, fit Rostic avant de rire. Je sais comment vous réagissez à ça, les flics locaux. Pour vous dire la vérité, ce n'est pas moi qui vous le reprocherais. Les fédéraux débarquent, ils prennent la direction des opérations, ils foutent tout en l'air parce qu'ils n'ont aucune connaissance de l'environnement. Ils s'attribuent les louanges si une inculpation en résulte, sinon, ils rédigent leurs rapports en disant que toutes les erreurs sont imputables aux policiers du coin qui les ont accumulées.

– Absolument. Mais ce n'est pas vous, les gars sur le terrain, à qui nous en voulons de vous comporter comme ça. C'est aux politiciens de Washington qui sont sur votre dos en permanence.

– Et vous avez entièrement raison. C'est à eux que nous en voulons, nous.

– Et parfois, nous nous apercevons que nous devons travailler avec un agent spécial arrivé tout droit de Miami, ou de Portland, dans le Maine, et c'est lui qui donne ses instructions aux gens de notre peuple alors que...

Leaphorn s'interrompit au milieu de cette diatribe en se rendant compte que même là, au seul souvenir de deux ou trois exemples monstrueux auxquels il était sur le point de se référer, il allait perdre son calme.

– Je peux finir à votre place. Nous donnons des instructions aux gens de votre peuple alors que c'est la première fois que nous posons le pied sur une réserve, et que si nous voulions nous rendre à Window Rock, nous serions obligés de demander quelle route il faut prendre.

– Quelque chose d'approchant, reconnut Leaphorn.

– Ou comme le capitaine Largo me l'a souvent dit : « Ce n'est pas que nous considérions les agents fédéraux comme complètement stupides. C'est juste que vous ne connaissez rien à rien. C'est votre incommensurable et indécrottable ignorance qui vous pousse à accumuler les gaffes. »

– C'est à peu près ça, reconnut Leaphorn en gloussant devant cette imitation du langage emphatique propre à Largo. Mais à l'instant présent, je suis très heureux que ce soit vous qui ayez pris les choses en main et qui vous soyez assuré que personne n'aille fouiller dans le coffre de Shewnack et dans ce qu'il y avait enfermé.

– Il y avait également quelques objets sous clef dans la boîte à gants. Dont un particulièrement utile. Une bouteille de cognac de cinquante centilitres presque vide. Une marque qui coûtait très cher.

Rostic sourit en ajoutant :

– Et comme c'était du verre, une mine d'or pour les empreintes digitales, les toutes premières que nous ayons eues de ce sale assassin.

– Magnifique. C'est exactement ce que j'espérais vous entendre dire. Alors, correspondaient-elles ou non à celles que le Bureau avait dû relever dans tous les autres endroits où vous aviez repéré son *modus operandi* ?

– Nous avons aussi trouvé ses empreintes sur des objets présents dans le coffre. Et d'autres indices matériels. Par exemple, un petit presse-papiers fantaisie rehaussé d'or qui avait fait partie du butin volé dans un magasin de quartier, à Tulsa. Et un petit sac en cuir très cher, avec fermeture éclair, qui portait encore le nom et l'adresse de la victime, à Salt Lake City, cousus dans la doublure. Deux ou trois autres choses encore. Une paire de ces chaussures de luxe à semelle souple qui sont extrêmement pratiques pour s'approcher des gens sans qu'ils le sachent et qui laissent une très légère trace de caoutchouc sur les sols durs si on n'y prend pas garde. Le caoutchouc correspondait à ce que les gars du labo avaient récupéré sur le lieu du crime perpétré à Tucson.

– Un peu comme s'il conservait des souvenirs de ses méfaits. Et l'argent ? Le sergent Garcia a voulu que nous allions au comptoir d'échanges qui a brûlé et le dénommé Delonie s'y trouvait.

– Le comparse du braquage du magasin Handy ?

– Oui. Libéré sous condition. Il avait appris que Shewnack y avait péri dans les flammes et pensait qu'il avait dû cacher le butin de son dernier vol quelque part, retors comme il l'était. Delonie creusait donc en différents endroits pour mettre la main dessus. Il nous a affirmé qu'il n'avait rien trouvé.

– Nous non plus. Nous avons eu la même idée. Ce n'était pas le genre de type à faire confiance à M. Totter. À ses yeux, tout le monde devait chercher à s'approprier son magot.

Rostic termina son hamburger et secoua la tête.

– Je crois que nous pourrions quasiment, et sans risque de nous tromper, lui attribuer la plupart de ces affaires litigieuses. Ce qui le placerait tout près du record, pour un tueur en série.

Leaphorn vida sa tasse et la posa sans faire de commentaire.

– Vous avez d'autres questions ? demanda Rostic. Sur l'incendie ou autre chose ?

– Eh bien, vous n'avez pas vraiment répondu à celle que je vous ai posée à propos des empreintes sur la bouteille. Est-ce qu'elles correspondaient ?

– Bien sûr que non. D'autres questions ?

– Et vous ? Est-ce que tout cela vous satisfait ?

Rostic le dévisagea et soupira.

– Oh et puis merde, je ne sais pas pourquoi exactement, mais quand un individu est aussi roublard que Shewnack en donnait l'impression... Euh, on se sent toujours un peu en porte-à-faux. On n'est pas aussi sûr de soi qu'on le voudrait.

– C'est mon problème à moi aussi. Vous avez le temps de boire une autre tasse ?

– Je suis à la retraite. Je peux soit rester assis ici à échanger avec vous des histoires sur la lutte contre le crime, soit rentrer chez moi et jouer à des jeux sur mon ordinateur. Et à propos, vous ne m'avez toujours pas dit ce qui a engendré votre intérêt pour cette vieille affaire.

Leaphorn fit signe au serveur de leur apporter un peu plus de café.

– Dans ce cas, je vais vous parler de Grand-Mère Peshlakai, d'un larcin de deux seaux contenant chacun vingt litres de résine de pin pignon, dans l'abri de tissage situé derrière son hogan, de la manière dont elle a récupéré les récipients vides au comptoir d'échanges de Totter, dont elle a découvert qu'il était décédé avant d'avoir pu être traîné en justice et...

– Attendez une minute, l'arrêta Rostic en cessant de sucrer son café et en ayant l'air très attentif. Revenez en arrière. Vous êtes en train de me dire que Totter a volé de la résine de pin pignon à cette vieille dame ? Mais pourquoi, bon sang ? Et qu'il est mort ? Dites-m'en plus là-dessus.

Leaphorn lui raconta tout et, avant que son récit arrive à son terme, ils avaient englouti leur troisième tasse et deux doughnuts supplémentaires. Quand il se tut, Rostic médita un long moment sur ce qu'il venait d'entendre.

– Deux questions. Dites-moi pourquoi Totter a volé la résine de pin pignon. Et dites-moi pourquoi vous vous intéressez autant à lui, maintenant, s'il est mort et enterré.

– Si c'est lui qui a volé la résine, et la seule preuve tangible allant en ce sens est la présence des seaux vides au comptoir d'échanges, il pourrait s'agir de quelque chose d'assez proche de ce qui va suivre, mais je vous préviens, ce ne sont que des suppositions.

Là-dessus, il exposa la conversation qu'il avait eue avec Garcia en partant du principe que Shewnack avait eu l'intention de voler Totter, avait tenté le coup, avait été tué par le propriétaire du comptoir d'échanges, lequel avait décidé qu'au lieu de risquer un procès pour homicide il allait utiliser de la résine pour accélérer la propagation des flammes, réduire le cadavre et la salle d'exposition en cendres, anéantissant de ce fait les preuves de l'homicide tout en encaissant sa prime d'assurance incendie sans laisser derrière lui d'indices tels ceux que les spécialistes de ces sinistres tentent de découvrir.

– Vous voulez parler de la résine ? remarqua Rostic d'un air interrogateur.

– Tout le monde brûle du pin pignon, répondit Leaphorn avec un hochement de tête. Et cette résine brûle fort, très fort.

– Alors, quel profit pouvait-il retirer de ce feu ? Vous pensez qu'il a commencé par enlever les objets de valeur ?

– Nous en arrivons maintenant à cette maudite couverture dont la photographie m'a entraîné dans cette affaire. Quelqu'un semble avoir décroché cette tapisserie de son emplacement. À mon avis, ce devait être l'objet le plus précieux qu'il avait. Je l'ai vue à la galerie du comptoir d'échanges, avant l'incendie, et tout à coup elle réapparaît sur le mur d'une vaste demeure à l'extérieur de Flagstaff. À moins que quelqu'un en ait exécuté une copie. Ce qui paraît extrêmement improbable.

Rostic mordillait sa lèvre inférieure, le visage absorbé par ses pensées. Il observa Leaphorn, sourcils froncés, avant de prendre une expression chagrine.

– Voilà qui donnerait une piètre image du Bureau, non ? Mais c'est peut-être ce qui s'est passé. Ça semble se tenir, pour l'essentiel. (Il secoua la tête.) Mais maintenant je voudrais savoir si vous vous sentiriez à l'aise en allant vous présenter devant le juge dans le but d'obtenir un mandat d'arrêt au nom de Totter. Bien sûr, vous n'avez plus à vous en préoccuper puisqu'il est mort. Mais en considérant ce dont vous disposez, si vous parveniez à convaincre un juge d'aller jusque-là, vous croyez que vous pourriez obtenir la mise en accusation ? Vous réussiriez, à votre avis ?

– Il faudrait d'abord qu'il accepte de passer aux aveux, reconnut Leaphorn en riant.

– Parlez-moi de la mort de Totter. Comment est-ce arrivé ?

– Tout ce que je sais, c'est que le *Gallup Independent* a publié une petite rubrique nécrologique en stipulant juste qu'il était décédé de complications consécutives à une crise cardiaque. Une brève maladie, c'étaient il me semble les termes utilisés. Mort dans un hôpital d'Oklahoma City. Le texte précisait que l'enterrement avait eu lieu dans le cimetière de la ville qui dépend de l'Administration des Anciens Combattants, qu'il était né à Ada, dans l'Oklahoma, ne s'était jamais marié, n'avait pas de descendants connus, et que toute contribution pour l'achat de fleurs devait être versée au bénéfice de je ne sais plus quelle œuvre caritative.

Rostic n'avait pas l'air convaincu.

– Qui leur a apporté ce texte ?

– La poste, avec de l'argent inclus pour payer les frais de publication.

– Envoyé par qui ?

– Arrêtez, fit Leaphorn désormais sur la défensive en se souvenant de l'impression que ça lui avait fait quand il était jeune recrue et que son chef le mettait sur le gril. Tout ce que je sais, c'est ce dont se souvenait une des secrétaires du journal. Bernie Manuelito y est allée pour me faire une photocopie du texte. J'ai la rubrique nécro chez moi, et je me souviens qu'elle a été publiée presque deux années jour pour jour après le feu.

– Bon, d'accord. Mais cela m'intéresse de plus en plus. La rubrique mentionnait l'enterrement dans le cimetière de l'Administration des Anciens Combattants à Oklahoma City. Vous êtes sûr qu'il y en a un, là-bas ?

– Non.

Rostic réfléchit.

– Vous savez, dit-il, je crois que je vais vérifier.

– Ça devrait être facile, pour vous. Il vous suffit de téléphoner au FBI, sur place.

– Ha ! se récria Rostic. D'abord, ils me renverraient à l'agent responsable, lequel exigerait d'avoir mon nom, des précisions attestant de mon identité, de savoir si je fais toujours partie du Bureau, si cette affaire m'a été confiée, quelle loi fédérale a été transgressée et quel intérêt le Bureau y trouve. Puis, au bout d'environ un quart d'heure de ce genre d'interrogations, il me dirait de lui envoyer un rapport écrit spécifiant sur quel crime porte l'enquête, et après...

Il remarqua l'expression de Leaphorn, s'interrompit.

– ... Vous voyez ce que je veux dire ? J'y ai travaillé, à l'antenne d'Oklahoma City. C'était strictement règlement-règlement. Je ne vois pas pourquoi ça aurait changé.

– Je peux comprendre ça. J'envisageais de m'y rendre moi-même. Ou alors, de persuader Bernie d'y aller.

– Dans le cadre d'une cnquête concernant un crime commis sur la zone de compétence de la police navajo ? Comment vous allez expliquer ça ?

– Pour dire la vérité, Bernie est un peu en congé administratif, actuellement, et elle est devenue Mme Jim Chee.

– Le sergent Chee ? Votre assistant au bureau des enquêtes criminelles ?

– Oui. Ils viennent de se marier. Je lui demanderais de s'en acquitter de manière, disons, semi-officielle, comme un service personnel. Je lui paierais ses frais de voyage, tout ça.

– J'ai une meilleure idée. J'ai un vieil ami, là-bas, un reporter de longue date. Un gars qui s'appelle Carter Bradley. Il était responsable du siège local de United Press quand j'étais à l'antenne du Bureau, en ville. Il avait la réputation de connaître tous les gens qui savaient des choses. Pas uniquement de connaître ceux qui savaient. En général, c'est facile pour les journalistes. Mais Carter savait qui accepterait d'aborder tel ou tel sujet. Je pense qu'il ferait ça pour moi.

– Mais si vous l'avez connu il y a si longtemps, il est probablement à la retraite depuis.

– Exactement, dit Rostic dans un rire. Tout comme nous. À la retraite. Et s'ennuyant à en crever. À la recherche de quelque chose d'intéressant à faire. Donnez-moi cette rubrique nécrologique et je vais l'appeler, lui exposer la situation, lui dire ce que nous avons besoin de savoir.

– Je ne l'ai pas sur moi. Mais je m'en souviens. C'est assez bref.

– Nous allons découvrir qui a payé ses frais d'hôpital. Qui a pris les dispositions pour son enterrement, s'il avait un casier judiciaire là-bas, dans son État d'origine, tout ce qui peut nous être utile. Je m'en occupe tout de suite.

Il avait plongé la main dans sa poche de veste d'où il sortit un téléphone portable. Il appuya sur diverses touches, dit :

– O.K. Voilà le numéro. Qu'est-ce que je lui demande ?

– Ce que je voudrais savoir, répondit Leaphorn, c'est si M. Totter est réellement mort.

– C'est comme si c'était fait, dit Rostic qui enfonça une touche.

Leaphorn le regardait faire en révisant son jugement au sujet des téléphones portables. Mais cela n'allait vraisemblablement pas marcher. Il patienta.

– Allô, dit Rostic. Mme Bradley ? Oh, comment allez-vous ? Ted Rostic à l'appareil. Vous vous souvenez ? L'agent spécial du FBI, il y a une éternité de ça. Est-ce que Carter serait disponible ?

Rostic adressa à Leaphorn un signe de tête affirmatif et un sourire, fit signe au serveur qu'il reprendrait volontiers du café. Leaphorn l'imita. La conversation allait probablement durer un bon moment.

En fait, non. Après quelques instants consacrés à échanger des souvenirs d'erreurs et de foirages, quelques commentaires sur les douleurs qui accompagnent la vieillesse et sur l'ennui qui caractérise la retraite, Rostic exposa ce qu'il souhaitait savoir concernant le décès de Totter, dicta son numéro de téléphone et demanda le sien à Leaphorn.

– Ah, fit le légendaire lieutenant. Mon numéro de portable, vous voulez dire ?

C'était quoi, déjà ? Louisa, qui avait pleinement conscience de son attitude, l'avait inscrit sur un bout de papier adhésif qu'elle avait collé sur l'appareil, mais il se trouvait dans la boîte à gants de son pick-up. Il se creusa un instant la cervelle, le retrouva.

– Parfait, dit Rostic après l'avoir transmis à son ami. Merci, Carter. Non, ça n'a rien de terriblement urgent, mais le plus tôt sera le mieux. Le lieutenant Leaphorn et moi creusons un peu du côté d'une vieille affaire classée. Classée et archivée. Parfait. Encore merci.

Il coupa la communication, arrêta l'appareil.

– Bon, merci de toute votre aide, dit Leaphorn.

– Notez mon numéro. Et bon sang, si c'est vous qu'il appelle en premier, n'oubliez pas de me tenir au courant. Moi aussi, je commence à m'intéresser à cette histoire.

*
* *

Leaphorn commençait à quitter sa place de stationnement, devant le restaurant, quand l'aspect inhabituel du parking de l'école secondaire de Crownpoint attira son attention. Inhabituel car il était envahi de véhicules. À la différence de la majorité des écoles situées dans les zones urbaines de l'Ouest, la plupart des élèves navajo se rendent à leur établissement en prenant le bus de ramassage scolaire ou à pied et, par conséquent, ils n'encombrent pas les parkings de voitures leur appartenant. La fréquentation était également remarquable par la proportion relativement faible de pick-up. Il y avait surtout des berlines quatre portes assez neuves et des véhicules tout-terrain dont beaucoup portaient des plaques d'immatriculation extérieures au Nouveau-Mexique. Leaphorn avait résolu ce mystère très relatif avant même de le remarquer. C'était le deuxième vendredi du mois, le jour où la coopérative des tisserandes de Crownpoint organisait sa vente aux enchères mensuelle dans le gymnase de l'école. Et donc touristes, collectionneurs et propriétaires de boutiques pour touristes étaient venus de partout en quête de bonnes affaires.

Il s'insinua sur le parking, trouva un emplacement près de la clôture, sortit son portable et appela chez lui. Peut-être que Louisa, en ayant fini plus tôt que prévu avec ses recherches sur les Utes pour le compte de l'Université d'Arizona Nord, était repassée par chez lui. Ce n'était pas le cas, mais son répondeur l'informa qu'il avait reçu un message. Il entra le code correspondant pour l'écouter.

C'était la voix de Louisa.

– Je ne sais pas si ça vaut la peine de t'ennuyer avec ça, lui disait-elle, mais après mon départ pour la réserve des Utes du Sud, je me suis souvenue que j'avais oublié les nouvelles piles que j'ai achetées pour mon magnétophone alors j'ai fait demi-tour pour les récupérer. Il y avait une voiture garée devant ta maison, et quand j'ai tourné sur l'allée, un homme est sorti de derrière le garage et m'a dit qu'il te cherchait. Il m'a dit qu'il s'appelait Tommy Vang, qu'il habitait à Flagstaff et qu'il voulait te parler. Il n'a pas vraiment voulu préciser de quoi, mais ça semblait avoir un rapport avec Mel Bork et cette vieille couverture à laquelle tu t'intéresses. Je crois qu'il travaille pour le propriétaire actuel de cette couverture narrative. Quoi qu'il en soit, je lui ai dit que je n'étais pas sûre de l'endroit où il pouvait te trouver, mais que tu avais parlé de te rendre à Crownpoint pour voir quelqu'un qui s'appelle Rostic. Et qu'il pouvait peut-être te trouver là-bas. Il m'a remerciée et il est parti. Il était mince, mesurait peut-être un mètre soixante-sept ou huit. La petite quarantaine. Il donnait l'impression d'appartenir à une des tribus pueblos, ou alors d'être vietnamien. Très poli. Enfin bon, le fait que je sois partie plus tard que prévu confirme que je ne vais pas repasser à Window Rock. Et à propos, ça donnait l'impression qu'il avait peut-être fouillé dans le garage avant de m'entendre arriver, mais après son départ j'ai vérifié et il ne m'a pas semblé qu'il manquait quelque chose. En tout cas, mon vieil ami, prends soin de toi. À bientôt, j'espère. Je t'appellerai pour qu'on fasse le point sur nos progrès respectifs.

Leaphorn éteignit l'appareil qu'il contempla en réfléchissant au ton qu'avait employé Louisa pour dire : « En tout cas, mon vieil ami. » Et en se disant qu'elle avait peut-être raison pour les téléphones portables. C'était pratique d'en avoir un sur soi. Il le glissa dans sa poche de veste. À moins de se faire des illusions, la voix de Louisa avait été très affectueuse, un peu sentimentale, ce qui était un bon point. Mais il y en avait un mauvais : elle ne serait pas chez lui quand il rentrerait. La maison serait vide, silencieuse et froide. Il poussa un soupir. Aucune raison de se presser de rentrer. Peut-être trouverait-il quelqu'un, à ce rassemblement de tisserandes et d'amateurs de cet art tribal, pour lui apprendre quelque chose de plus sur la couverture narrative. Ou peut-être rencontrerait-il des gens qu'il avait connus dans le temps et avec qui il pourrait parler. Par exemple, le commissaire-priseur qui dirigeait toujours cette vente aurait peut-être des informations pertinentes à lui communiquer.

Il pénétra dans la vaste salle et constata que son désir de converser devrait attendre. Sur l'estrade, le commissaire-priseur, personnage dégingandé et décharné d'une bonne quarantaine d'années, portait ce même chapeau de taille démesurée, avec son ruban rehaussé d'argent, qu'il se souvenait de lui avoir toujours vu sur la tête lors de ventes aux enchères antérieures. Il donnait ses instructions à deux jeunes qui l'aidaient à disposer les couvertures sur une table, à côté de son podium, selon un ordre particulier. Leaphorn se positionna près de la porte, dans le fond de la salle, et inspecta la foule.

Comme à l'accoutumée, il y avait des rangées de chaises des deux côtés, essentiellement occupées par des femmes, dont la moitié environ étaient les tisserandes venues voir les couvertures, protections de selle, écharpes et tapisseries murales à la création desquelles elles avaient consacré d'innombrables heures de travail, évaluées en termes de dollars *belagaana*. Et comme d'habitude, l'autre moitié de l'assistance se composait d'acheteurs potentiels tenant dans leur main l'espèce de raquette blanche en bois avec les gros numéros noirs qui seraient relevés en même temps que les enchères. Leaphorn ne posa sur ce groupe qu'un regard cursif et se concentra sur les tables proches de l'entrée. À cet endroit-là, d'éventuels enchérisseurs inspectaient des vingtaines de couvertures tissées qui seraient un peu plus tard présentées sur l'estrade pour y être attribuées au plus offrant. Et c'était là qu'allaient se trouver les vieux propriétaires de boutiques pour touristes d'Albuquerque, Santa Fe, Scottsdale, Flagstaff et de tous ces lieux où les gens de passage s'arrêtent afin de s'acheter une relique de la vie dans l'Amérique précédant l'arrivée des Blancs. Parmi ces anciens, il espérait repérer quelqu'un qu'il connaissait et qui pourrait avoir des informations sur ce qu'il en était arrivé à appeler « cette maudite couverture ».

Il en aperçut deux. L'un, grand, élancé, petite barbiche taillée avec soin et pull à col roulé noir, était engagé dans une discussion animée avec une femme âgée à propos d'une très grande couverture Nouvelles Terres à la décoration chargée. Leaphorn n'avait probablement rien à attendre de ce personnage, ayant été appelé à témoigner à charge contre lui lors d'une action en justice relative à la vente d'objets d'artisanat navajo dans son magasin de Santa Fe. L'autre était exactement le genre de spécialiste qu'il espérait voir : c'était le responsable d'une boutique, Art et Artisanat du Pays Aride, située dans le quartier de la Vieille Ville, à Albuquerque. Il était petit, pesait largement plus que le poids conseillé pour sa taille, et se penchait sur une petite couverture Two Grey Hills qu'il scrutait à l'aide d'une loupe. Il s'appelait Burlander, se souvint l'ancien policier. Octavius Burlander.

Leaphorn se planta à côté de lui et attendit. Burlander jeta un coup d'œil de son côté. Ses sourcils remontèrent sur son front.

– Monsieur Burlander, si vous disposez d'un petit moment, j'aurais une question à vous poser.

Le négociant se redressa de toute la hauteur de son mètre soixante-cinq et lui sourit en remisant la loupe dans sa poche de veste.

– Je n'ai rien fait, monsieur l'agent, dit-il. Pas cette fois, en tout cas. Eh oui, il s'agit d'un authentique tissage Two Grey Hills, nullement déprécié par le recours à des teintures chimiques et autres hérésies.

Leaphorn hocha la tête.

– Et ma question concerne ce que vous pourriez me dire sur une vieille, très vieille couverture censée avoir été tissée il y a environ cent cinquante ans.

C'était apparemment une couverture narrative, pleine de tristes rappels de la Longue Marche des Navajos, qui avait semble-t-il été détruite dans l'incendie d'un comptoir d'échanges il y a long...

– Celui de Totter, compléta Burlander en grimaçant un petit sourire. Mais nous autres, gens du métier, avons toujours pensé que ce salopard avait vidé les lieux de tous ses objets de valeur avant de livrer sa galerie aux flammes, et que cette célèbre tapisserie appelée *Le Chagrin tissé* avait été le tout premier objet qu'il avait pris.

– Vous avez le temps de m'en parler ?

– Bien sûr. Si vous me dites ce que vous faites là. Lequel, dans toute cette foule (il utilisa ses deux bras charnus et courts pour englober les gens présents) fait l'objet d'une enquête de la part du légendaire lieutenant de la Police Tribale Navajo ?

– Personne. Je suis un citoyen comme les autres désormais.

– On m'avait dit que vous aviez pris votre retraite. Je ne l'ai pas cru. Mais pour en revenir à cette couverture, je n'ai jamais vraiment pensé que Totter l'avait laissée partir en fumée.

– Vous le connaissiez ?

Burlander eut un rictus.

– Uniquement de réputation. Il était dans la région depuis relativement peu de temps. Il venait de Californie, à ce qu'on disait. Il a racheté ce vieux comptoir d'échanges à demi abandonné, y a ajouté la galerie d'art. Il avait la réputation de fabriquer des faux. Vous savez, on dit que les mauvaises nouvelles voyagent vite et loin. Mais je n'avais plus entendu parler de lui depuis l'incendie.

– Une rubrique nécrologique dans le *Gallup Independent* a signalé sa mort à Oklahoma City, quelques années plus tard. Le texte précisait qu'étant un ancien combattant il avait été inhumé dans le cimetière de cette administration, là-bas.

– Je n'étais absolument pas au courant. Je n'aurais pas dû dire du mal de quelqu'un qui est décédé. Mais que vouliez-vous savoir sur cette vieille couverture ?

– Pour commencer, est-ce que vous pensez qu'elle a survécu à l'incendie ? Et si oui, qu'elle a pu être copiée ? Est-il pensable qu'elle ait pu être vendue au marché indien de Santa Fe après le feu ? Et tout ce que vous pourriez savoir d'autre.

Burlander riait.

– C'est vraiment dingue. Je n'en avais pas entendu parler depuis des années jusqu'à pas plus tard que ce matin. Puis voilà le vieux George Jessup qui arrive (de la tête, il désigna le vendeur de Santa Fe que Leaphorn avait remarqué devant les couvertures Nouvelles Terres) et me demande si j'ai entendu dire qu'elle va être mise en vente. Aux enchères : sur e-Bay, peut-être, par Sotheby's ou une grande compagnie spécialisée. Il voulait savoir si j'étais au courant. J'ai répondu que non. Il m'a dit que tout ce qu'il savait venait d'un gars de Phoenix qui le lui avait raconté. Il voulait avoir mon avis sur son prix, et savoir si je participerais aux enchères.

– Votre réponse, alors ? Et combien pourrait-elle valoir ?

– Non. Enfin, je ne crois pas. Mais s'il existait des documents ou autres, attestant de toutes ces histoires qu'on raconte à son sujet, cela ferait énormément monter les enchères venant de certains collectionneurs. (Il fit une grimace.) Il y a des gens vraiment tordus.

– Un type qui habite Flagstaff en est actuellement propriétaire. D'elle, ou d'une copie. Il m'a dit qu'il envisageait de s'en débarrasser. Ce qui me ramène à ma deuxième question. Il l'aurait achetée il y a longtemps au marché qui se tient sur le trottoir couvert du Palais des Gouverneurs, à Santa Fe. Là où les Indiens pueblos vendent leurs produits. Qu'est-ce que vous en pensez ?

– Euh, fit Burlander en fronçant les sourcils, ça me paraît quelque peu délirant. On ne voit pas d'objets vraiment anciens, ni vraiment chers, qui changent de mains à cet endroit.

– J'ai eu la même réaction.

– Mais, bon sang, tout est possible dans ce métier. Cela voudrait dire que Totter l'aurait soustraite en douce avant d'incendier sa galerie. Qu'il aurait trouvé quelqu'un pour la vendre à sa place. À qui ce propriétaire de Flagstaff l'a-t-il achetée ? Et qui est-ce exactement ?

– Il s'appelle Jason Delos. Un gars âgé. Riche. C'est un adepte de la chasse au gros gibier. Il est venu de la côte Ouest, à ce qu'on m'a dit, et il a acheté une vaste demeure sur le versant du mont San Francisco, juste à l'extérieur de Flagstaff.

– Je ne le connais pas. Est-ce qu'il vous a dit pourquoi il veut la vendre ?

Leaphorn réfléchit à la réponse qu'il pouvait faire, secoua la tête.

– C'est assez compliqué. Une photo de son salon a été publiée dans un magazine de luxe. Quelqu'un qui savait qu'elle était censée avoir brûlé est venu la voir et poser des questions. Et en rentrant à Flagstaff, sa voiture a dérapé, elle est sortie de cette route de montagne sinueuse.

Burlander attendit, octroya un moment à Leaphorn pour achever son exposé. Comme rien ne venait, il avança :

– Un accident mortel ? Le conducteur a été tué ?

– On a retrouvé son corps deux jours plus tard dans sa voiture.

Burlander émit un grognement.

– En tout cas, on peut dire que ça correspond tout à fait aux histoires que j'ai entendu raconter sur cette couverture. Vous savez, votre shaman lui aurait jeté un sort, elle aurait causé malheurs et désastres pour quiconque s'en approche. Bon, c'est peut-être pour ça que Delos veut la bazarder...

Il eut un petit rire ironique.

– ... et peut-être est-ce la raison pour laquelle je doute que je sois prêt à participer aux enchères si elle est vraiment mise à prix. J'ai déjà bien assez de problèmes.

La cloche signalant la reprise de la séance mit un terme à leur conversation. Leaphorn se vit remettre une raquette à enchères, le numéro 87, trouva un siège et entreprit de détailler la rangée des tisserandes le long des murs, espérant en repérer une qui lui paraîtrait assez âgée pour ajouter de nouveaux éléments d'informations à ceux qu'il possédait déjà sur la couverture de Totter. Beaucoup étaient vieilles, certaines vénérables, et il y en avait relativement peu de jeunes : une triste constatation, pensa-t-il, dans la perspective de la sauvegarde de la culture du Dineh quand sa propre génération aurait disparu. Mais cette conclusion engendra, parce qu'il était fidèle à ses principes, une réflexion sur la façon opposée de considérer le problème. Peut-être cela signifiait-il simplement que la jeune génération était assez intelligente pour se rendre compte que, ramené à l'échelle des salaires, un travail de tissage qui prend la moitié de l'hiver, comme pour la couverture que le commissaire-priseur présentait justement, laquelle se vendrait peut-être deux cents dollars, n'est pas seulement déraisonnable selon les normes des *belagaana,* mais très inférieur au salaire minimal garanti.

C'était une jolie couverture, aux yeux de Leaphorn, d'environ un mètre quatre-vingts sur un mètre vingt, avec un motif à base de losanges dans de discrets tons de rouge et de brun. Le commissaire-priseur en avait souligné les qualités et, ainsi que l'exigeait le règlement de l'association, avait signalé qu'une partie des fils dont elle se composait ne répondaient pas tout à fait à la norme requise par les collectionneurs, et que certaines couleurs étaient peut-être « chimiques ». Mais le tissage lui-même était d'une adresse remarquable, extrêmement serré, et la valeur dépassait largement les cent vingt-cinq dollars de la mise à prix spécifiée par celle qui l'avait créée. Bien plus, insista-t-il, que l'enchère actuelle de cent quarante dollars.

– Si vous la remarquez dans une boutique de Santa Fe, de Phoenix ou même de Gallup, on va vous en demander au moins cinq cents dollars, et en plus on vous fera payer la taxe de sept pour cent. Qui est prêt à monter à cent cinquante ?

Quelqu'un se proposa, puis une femme assise dans la rangée juste devant Leaphorn leva sa raquette et grimpa à cent cinquante-cinq dollars.

Le commissaire-priseur finit par clore à cent soixante dollars. Ses aides apportèrent la couverture suivante, la présentèrent aux regards admiratifs des acquéreurs, et il ouvrit sa description. Leaphorn atteignit une conclusion raisonnable. Il perdait son temps en restant là. Même si certaines tisserandes qui attendaient étaient suffisamment vieilles pour savoir des choses intéressantes sur la tapisserie de Totter, ce seraient presque assurément des traditionalistes. En conséquence, elles n'accepteraient pas d'aborder avec un inconnu un sujet à ce point marqué par le mal. D'ailleurs, qu'est-ce que cela pourrait bien lui apporter d'apprendre autre chose sur cette maudite couverture ? D'autant qu'il était plus intelligent de se déplacer au milieu de la foule, dans la salle ou au dehors, afin de voir si Tommy Vang était venu à sa recherche. Quelle raison pouvait-il avoir d'agir ainsi ? Parce que M. Delos lui en avait donné l'ordre. Mais pourquoi ? Une question à laquelle il était important de trouver une réponse.

Il sortit sur le parking, s'étira, apprécia la chaleur du soleil, l'air froid et limpide, regarda alentour. Il entendit quelqu'un qui criait :

— Hé, Joe.

Ça ne pouvait pas être Tommy Vang qui ne le hélerait pas ainsi et ne s'adresserait pas à lui en employant un titre moins respectueux que M. Leaphorn.

C'était Nelson Badonie qui, une quarantaine d'années plus tôt, avait été sergent à l'antenne de la Police Tribale, à Tuba City. Il trottinait en direction de Leaphorn avec un immense sourire.

— Je t'ai aperçu à l'intérieur. Comment ça se fait que tu n'aies pas renchéri sur la couverture que ma femme a tissée ? Je comptais sur toi pour la faire grimper jusque dans les quatre cents dollars.

— Ça me fait très plaisir de te voir, Nelson. On dirait que tu t'es mis à bien manger depuis l'époque de Tuba City.

Badonie tapota son ventre rebondi sans cesser de sourire.

— Je viens justement de redescendre à mon poids normal. Et toi, alors ? Tu as tellement maigri que tu n'as plus que la peau sur les os. Et j'ai appris que tu envisageais de prendre ta retraite.

— Oui.

— Tu y penses ou tu l'as fait ?

— Les deux. Je suis au rang des inactifs.

Badonie regardait vers l'entrée, derrière lui, où se tenait une femme.

— Moi pas, dit-il. Voilà mon chef qui me réclame. (Il adressa un signe de main à la femme.) À propos, Joe, tu te souviens de cet adjoint de l'Arizona qui travaillait du côté de Lukachukai, de Teec Nos Pos et sur le versant ouest des Chuskas ? Quand nous étions jeunes ? L'adjoint au shérif Bork, à l'époque ?

— Oui. Je me souviens de lui.

– Tu as entendu qu'il est mort l'autre jour, près de Flagstaff ? Ils ont d'abord cru que c'était un accident de la circulation mais je viens d'apprendre aux nouvelles de midi que pas du tout. En fait, il a été empoisonné.

– Empoisonné ? Empoisonné comment ?

Mais Leaphorn avait la nauséeuse impression de le savoir déjà.

– D'après la radio, le type des services du shérif a déclaré qu'ils ont fait procéder à une autopsie. Ils n'ont pas précisé pour quelle raison ils en ont demandé une alors que c'était un accident de voiture. Mais ça semble établir que le poison avait tué notre ami Mel Bork avant que son véhicule quitte la chaussée.

Badonie haussa les épaules, reprit :

– Ils pensent que ça pourrait être un empoisonnement fulgurant dû à la nourriture. (Il gloussa.) Il a dû manger une trop grande quantité de ce bon chili vert épicé de chez Hatch, peut-être. Mais ça fait vraiment drôle, tu ne trouves pas ? Je veux dire, qu'un truc comme ça puisse arriver ?

– Est-ce qu'ils ont donné d'autres détails ? Mentionné des suspects ? Quelque chose de ce genre ? Une autre raison de penser qu'il n'a pas seulement dérapé, ou perdu connaissance avant de partir dans le décor ?

– Tout ce que le présentateur a dit, c'est qu'ils ouvrent une enquête pour homicide. Il avait du poison dans le sang, je suppose.

Badonie regardait à nouveau derrière lui en direction de sa femme qui requérait sa présence.

– À plus tard, dit-il avec un sourire contraint en filant au petit trot vers sa douce et tendre.

Leaphorn ne le suivit pas des yeux. Il sortit son téléphone portable de sa veste, le contempla en se rappelant qu'il y avait enregistré une longue liste de numéros appartenant à des policiers de la région des Four Corners, la fit défiler jusqu'à ce qu'il trouve celui du sergent Garcia et appuya sur la touche d'appel.

Une voix de femme répondit.

– Oui, dit-elle, il est là. Une petite minute.

Environ trois minutes plus tard, une voix masculine annonça « Sergent Garcia » dans son oreille et lui demanda ce qu'il désirait.

– Je désire en savoir davantage sur le rapport d'autopsie de Mel Bork.

– Tout ce que je sais, c'est ce qu'ils ont dit à la radio. Ils pensent que Bork a été empoisonné. Qu'il est probablement sorti de la route à cause de ça.

– Est-ce que vous avez le numéro du médecin légiste qui a pratiqué l'autopsie ? Vous m'avez bien dit que c'est toujours le vieux docteur Saunders, pas vrai ?

– Ouais. C'est Roger Saunders. Une petite minute, je vais vous trouver son numéro.

Leaphorn le composa, déclina son identité à une secrétaire, fut mis en attente, entendit une autre voix féminine plus âgée lui annoncer que le docteur Saunders désirait lui parler. Pouvait-il patienter encore une minute ou deux ? Il patienta. Fit passer l'appareil de l'oreille droite à la gauche pour permettre au bras qui lui faisait mal de pendre un instant dans le vide. Du regard, il chercha un endroit ombragé pour échapper à la chaleur du soleil automnal, en vit un qui lui offrait en même temps la possibilité de s'appuyer contre l'aile d'une voiture. Il perçut une voix qui disait bonjour, transféra à nouveau le portable du côté où il entendait le mieux.

– Docteur Saunders, dit-il, Joe Leaphorn à l'appareil. Je me demandais...

– Splendide. Ce n'est pas vous, le policier dont Garcia m'a parlé ? Celui qui avait des doutes sur la mort de Bork ? J'ai quelques questions à vous poser.

– C'est réciproque, alors. Vous voulez commencer ?

– Qu'est-ce qui a fait naître vos soupçons ? C'est la grosse question. Ça avait fichtrement l'air d'être le truc qui arrive fréquemment au gars qui roule trop vite, qui dérape et qui va au fossé. Le choc l'aurait tué même s'il n'avait pas ingurgité de poison.

– Mel enquêtait sur un incendie volontaire. Enfin, le caractère volontaire n'a pas été démontré, mais les circonstances étaient douteuses, un homme avait péri brûlé et, juste avant que cet accident de voiture se produise, des menaces de mort avaient été proférées sur son répondeur.

– Des menaces de mort, répéta Saunders qui paraissait à la fois content et comme excité de l'entendre. Vraiment ? Racontez-moi. De qui venaient-elles ? Je sais qu'il était allé du côté des monts San Francisco pour s'entretenir avec quelqu'un qui habite là-haut, juste avant que ça lui arrive. C'est cette personne qui le menaçait ?

Leaphorn poussa un soupir.

– Il y a beaucoup de réponses que nous ne connaissons pas encore, dit-il. Quand nous le saurons, je vous tiendrai au courant. Ce que j'ai besoin de savoir, moi, c'est comment le poison a été introduit dans son organisme, et à quelle vitesse il a pu faire effet. Ce genre de précisions.

– Il y a des chances que ça vous paraisse bizarre, mais on dirait que M. Bork a trouvé le moyen de manger, ou même de boire, un produit que nous appelions de la mort-aux-rats à l'époque où il était légal de l'utiliser. Vous vous y connaissez un peu en toxicologie ?

– Pas beaucoup, avoua Leaphorn. Je sais que l'arsenic est mauvais pour la santé, et que le cyanure est pire.

Saunders rit.

– C'est ce que savent la majorité des gens, et je suppose que c'est pour cette raison que les ouvrages qui traitent de ce sujet sont pleins d'exemples d'utilisation de ces produits, ainsi que de quelques autres presque aussi connus. Le bidule qui a tué Bork est du sodium fluoroacétate. Comme les gens éprouvent des difficultés à prononcer ça, les toxicologues l'appellent simplement le composé 1080. À l'époque où il était en vente libre, il s'appelait Fussol, Fluorakil, Megarox ou Yancock. Depuis une trentaine d'années, l'avoir en sa possession est illégal sauf pour les professionnels de la lutte contre les rongeurs nuisibles. Nous ne l'avions encore jamais rencontré ici, et cela vaut pour tous les collègues que je connais ailleurs. Vous savez, je pense que cette affaire pourrait me valoir une invitation à adresser une communication sur le sujet lors du prochain colloque de l'association nationale regroupant les gens qui aiment farfouiller à l'intérieur des cadavres.

– Ce qui m'amène à me demander comment le criminel a pu mettre la main dessus. Vous avez des idées ?

– Ça ne serait pas trop difficile dans notre partie du monde. Beaucoup d'éleveurs, de fermiers s'en servaient systématiquement pour contrôler la population de rats, de souris et de chiens de prairie. Ils l'ont même utilisé en différents endroits pour les appâts à coyotes. C'est facile d'emploi. C'est basé sur une substance extrêmement toxique appelée...

Il marqua une courte pause.

– Vous êtes prêt à entendre d'autres mots impossibles à prononcer ? Cette substance est extraite d'une plante nommée *Dichapetalum cymosum* qui pousse en Afrique du Sud. Si vous en trouviez dans un tiroir, au fond d'une vieille grange, ce serait vraisemblablement dans une boîte, ou un pot en terre, et ça ressemblerait beaucoup à de la farine de blé. Très facile d'emploi. Une dose minime serait mortelle.

– C'est quoi, minime ? demanda Leaphorn en pensant à Tommy Vang et aux cerises de son cake aux fruits.

– Eh bien, disons que vous disposeriez à peu près du volume équivalent à la quantité de sulfure présent au bout d'une allumette de sûreté. Je dirais que ce serait suffisant pour tuer dix ou douze hommes de la corpulence de M. Bork. Mais écoutez, lieutenant, si vous voulez en savoir plus, vous pourriez appeler notre expert national incontesté sur le sujet, un certain docteur John Harris Trestrail. Il habite dans le Michigan. Je pourrais vous donner son numéro de téléphone. Ou vous pouvez trouver votre renseignement dans l'un de ses livres. Le meilleur à ma connaissance est *Criminal Poisoning*, c'est un peu le guide international de référence en médecine légale. Pour des gens comme moi.

– Je le chercherai, affirma Leaphorn. Mais avez-vous la moindre idée de la façon dont le poison a été administré à Bork ?

– Dans quelque chose qu'il a mangé, probablement. Peut-être un truc qu'il a bu.

– Est-ce que ça pourrait être mélangé à de la pâte à cake ? Ce genre de chose ? Ou mis dans du café ?

– Vous pourriez le mettre dedans, sans doute, parce que c'est soluble dans l'eau. Peut-être pas dans le café. Ça n'a pas d'odeur, mais ça pourrait lui donner un goût acide. Dans un cake ? Je ne sais pas si la température de cuisson aurait un impact dessus.

– Et dans l'une de ces grosses cerises au marasquin que les gens plongent dans leurs cocktails ? Ou qu'ils déposent au sommet de tranches de cakes. Est-ce qu'il serait possible d'injecter une petite dose de cette substance à l'intérieur ?

– Absolument. Ce serait parfait. Dans une cerise, la victime ne le sentirait jamais. Ou pas avant qu'il soit trop tard. Dès que ça se répand dans la circulation sanguine, ça attaque le système nerveux et arrête le cœur. La victime tombe rapidement dans le coma.

– D'après ce que je sais sur le cas qui nous occupe, le poison a dû agir effroyablement vite. Il a quitté le domicile d'un homme auquel il était venu poser des questions, en dehors de Flagstaff, et il rentrait chez lui. On lui avait remis un sac de nourriture, là-bas, au moment de son départ, et il n'a parcouru qu'une trentaine de kilomètres avant de se précipiter dans le canyon. Bon, dans la mesure où c'était un ancien policier et un conducteur très expérimenté sur les routes de montagne, j'évaluerais ça en dizaines de minutes.

– Euh, pour moi, ça correspond parfaitement. Et dites, quand vous aurez appréhendé l'individu qui a trafiqué la cerise, faites-le-moi savoir.

16

Pendant que la conversation tirait sur sa fin, Leaphorn avait suivi d'un œil détaché divers participants à la vente aux enchères qui vaquaient sur le parking, espérant apercevoir quelqu'un qu'il reconnaissait de son lointain passé, mais sa tentative s'était soldée par un échec. Quand il remit le téléphone portable dans sa poche, il remarqua qu'un homme d'allure jeune semblait s'être pris d'intérêt pour son pick-up. Il se tenait juste à côté et le scrutait attentivement.

Leaphorn traversa le parking à une vitesse qui se rapprochait du petit trot, dépassa le massif Ford 250 King Cab garé au bout de la rangée, un Dodge Ram tout aussi volumineux et un quatre-quatre dont il ne put identifier la lignée. Son propre véhicule se trouvait juste derrière. Le personnage mince se redressa en étudiant ce qu'il tenait dans sa main. Tommy Vang. Il dépliait précautionneusement le haut d'un sac en papier, se préparant à l'ouvrir.

– Ah, monsieur Vang. Le professeur Bourebonette m'a dit que vous viendriez peut-être me voir ici.

Tommy Vang avait pivoté avec une agilité remarquable. Pieds écartés, yeux écarquillés, il se tenait face à l'ancien lieutenant, reprenait sa respiration.

— Qu'avez-vous donc trouvé là ? interrogea Leaphorn. On dirait le sac de nourriture que vous m'avez si aimablement préparé chez M. Delos.

Il parlait lentement en se concentrant sur l'expression de Vang qui était passée de la stupéfaction à une neutralité indéchiffrable.

— C'était une très gentille attention de votre part, poursuivit Leaphorn. Je suis confus d'avouer que j'ai été trop occupé pour en profiter.

Vang hocha la tête. Il serrait le sac contre sa poitrine avec l'air d'un garçonnet surpris en train de voler quelque chose.

— Qu'est-ce qui vous a donné cette idée de me préparer à manger ? demanda Leaphorn en tendant le bras pour prendre le sac à Vang, qui n'opposa pas de résistance. Le professeur Bourebonette m'a dit que vous étiez passé me voir à Window Rock. Elle m'a prévenu que vous alliez peut-être venir. C'est bien ça ?

Vang avait recouvré son calme. Il déglutit. Hocha la tête.

— Oui, dit-il. Je voulais vous parler.

— De quoi ?

Il avala à nouveau sa salive.

— Pour vous dire que votre ami... ce M. Bork qui est venu nous voir juste avant vous. Pour vous dire qu'il a trouvé la mort dans un accident de voiture. J'ai pensé que vous deviez être informé.

Leaphorn attendit sans le quitter des yeux.

— Oh ? fit-il.

— Oui, confirma Vang en parvenant à sourire. Vous étiez venu pour essayer de le trouver. Vous vous souvenez ?

— C'est M. Delos qui vous envoie ?

Vang hésita. Réfléchit.

— Oui, fit-il en grimaçant avant de secouer la tête. Non. Il est parti chasser un autre wapiti. Mais je me suis dit que je devais vous prévenir quand j'ai entendu à la radio que M. Bork était mort.

Leaphorn déplia le sac, regarda à l'intérieur, vit un sandwich au pain blanc préparé avec soin, enveloppé dans du papier sulfurisé, et un sac plastique transparent, à fermeture automatique, contenant apparemment une tranche, en forme de V, de ce qui devait être du cake aux fruits.

– Votre cake a l'air excellent, dit-il. Mais souvenez-vous de ce que je vous ai dit, à vous et à M. Delos, je n'en mange jamais vraiment parce que...

Il sourit à Vang, se frotta l'estomac.

– ... parce que ça me rend malade, je ne sais pourquoi. Ça me le faisait déjà quand j'étais gamin. Nous, les Navajos, nous n'avons jamais vraiment beaucoup mangé de cakes aux fruits. Il faut croire que nous ne sommes pas habitués.

Vang hocha la tête. Il paraissait moins tendu et semblait content, tout à coup. Il tendit la main.

– Dans ce cas, je suis heureux que vous ne l'ayez pas mangé. Je vais le reprendre. Il sera bientôt trop dur.

Il secoua la tête, eut un froncement de sourcils désapprobateur en ajoutant :

– De toute façon, il n'est plus aussi bon, alors je vais le reprendre et le jeter.

Leaphorn ouvrit le sac plastique, en sortit la tranche qu'il étudia. Elle était ferme, un peu dure, multicolore à cause des fruits mélangés à la pâte. Il remarqua une touche de jaune, probablement de l'ananas, un bout de pomme, peut-être, un fragment de pêche et de nombreux points rouge foncé. Rouge cerise, pensa-t-il. Une autre cerise, une grosse celle-là, était posée au sommet de la tranche.

– Je dois reconnaître qu'il a l'air vraiment délicieux, commenta l'ancien policier. Je pense que si je l'avais sorti et regardé, je me serais régalé.

Il passa un moment à l'admirer, sourit à Tommy Vang :

– Où avez-vous appris à cuisiner des choses comme ce merveilleux cake ? M. Delos m'a dit que tout ce que vous préparez est excellent.

Vang haussa les épaules, eut un sourire modeste, un peu mal à l'aise.

– M. Delos m'a fait suivre des cours de cuisine. Au début, quand nous nous sommes arrêtés à Hawaii, et après aussi, à San Francisco. (Son sourire s'élargit, devint enthousiaste.) C'était une super-école, là-bas. On faisait des tartes. Toutes sortes de tartes. Et des muffins, des biscuits. J'ai appris à faire cuire le poisson, à préparer différentes soupes de fruits de mer et à cuire les légumes à l'étouffée. J'ai appris pratiquement tout. Même les crêpes américaines. Et celles avec les myrtilles et les canneberges.

– Et ce cake aux fruits, demanda Leaphorn en lui présentant la tranche. C'est vous qui en êtes l'auteur ?

– Oh, oui.

– Eh bien, il a très belle allure.

– J'ai tout fait sauf cette grosse cerise qui est posée dessus. Je coupe les cerises en petits morceaux et je les mélange à la pâte avant de tout mettre au four, mais quand c'est pour quelqu'un d'important, M. Delos achète ces grosses cerises-là, qui coûtent cher, et il décore le haut avec quand je retire le cake du four.

Leaphorn réfléchit un moment à ces paroles.

– Cette tranche-là, elle était pour quelqu'un d'important ?

– Oh oui ! Oui ! fit Tommy Vang avec un immense sourire. C'était pour vous spécialement. M. Delos est entré dans la cuisine et il m'a dit qu'un policier très célèbre venait nous rendre visite. Il m'a fait sortir le cake que j'avais préparé pour M. Bork, il en a coupé une autre tranche et après il est allé chercher le bocal qui contient les grosses cerises qu'il ajoute quand il boit des Manhattan, et il l'a décorée pour vous.

— Et c'est une de ces cerises-là ? demanda Leaphorn en la touchant du bout du doigt.

Tommy Vang confirma de la tête.

Leaphorn la préleva, remarqua qu'elle avait perdu une partie de son moelleux, la retourna entre ses doigts, fit la moue.

— Elle a l'air délicieuse, dit-il en ouvrant la bouche.

— Oh ! s'écria Vang en levant la main. Monsieur Leaphorn. Non, je pense que ces cerises spéciales n'ont peut-être pas été conservées comme il fallait. Je me dis qu'elles ne sont peut-être plus très bonnes après être restées trop longtemps dans le bocal. S'il n'a pas été gardé hermétiquement fermé, dans un endroit froid.

— Pourquoi penseriez-vous une chose pareille ? Cette cerise a un très bel aspect, dit l'ancien policier en la lui tendant. Avez-vous remarqué ce petit trou, là, sur le côté ? Je me demande ce qui a pu faire ça.

Toute amabilité avait maintenant déserté le visage de Tommy Vang. Et la tension était de retour. Il se pencha, scrutant la cerise que Leaphorn lui présentait entre le pouce et l'index.

— Juste là. Vous voyez la trace du trou ?

Le vent avait commencé à souffler en rafales, chassant des feuilles sur le parking, ébouriffant les cheveux de Vang. Leaphorn protégea la cerise de la poussière avec son autre main.

— Je le vois, dit Vang. Oui. Un petit trou.

— Vous l'avez peut-être fait quand vous l'avez fixée sur la tranche. Est-ce que vous vous êtes servi d'une épingle, ce genre de chose ?

– Non, répondit Vang avant de respirer à fond puis de libérer un soupir. Peut-être quand ils les introduisent dans le bocal, les gens qui conditionnent les cerises. C'est peut-être à cause de ça ?

– À mon avis, ils se contentent de les verser dedans. Vous ne croyez pas ? Je ne vois pas quelle raison ils pourraient avoir de les piquer avec une épingle.

– Je ne sais pas.

Les bras croisés sur la poitrine, Vang le contemplait avec une expression de tristesse.

L'ancien lieutenant replaça le fruit sur sa tranche qu'il inséra dans le sac plastique, referma hermétiquement celui-ci, le glissa dans le sac en papier dont il replia les bords.

– Vous m'avez dit que vous veniez me voir pour une raison particulière, Tommy. Alors montons nous asseoir un moment dans le camion, pour échapper au vent, et expliquez-moi ce dont vous voulez me parler. J'aimerais en savoir plus sur la raison pour laquelle vous avez fait tous ces kilomètres, uniquement pour me trouver. Je ne pense pas que c'était seulement pour me tenir au courant de la mort de M. Bork car vous vous doutiez bien que je l'avais déjà apprise par les bulletins d'informations à la radio.

Leaphorn lui ouvrit la portière du passager.

Tommy Vang le regardait avec indécision.

– Je vous en prie, Tommy. Montez. Il y a quelque chose qui vous tracasse. Parlons-en. Ça ne devrait pas prendre longtemps et après vous pourrez rentrer chez vous.

– Chez moi, fit Tommy en secouant la tête.

Il monta dans la cabine et Leaphorn prit place au volant.

– Pourquoi êtes-vous inquiet, Tommy ?

Le Vietnamien avait les yeux rivés sur le pare-brise.

– Pas inquiet, dit-il. Je ne suis pas inquiet.
– Mais j'ai le sentiment qu'il y a quelque chose qui vous tracasse.

Tommy rit.

– Je m'interroge. Vous êtes policier. Vous m'avez surpris alors que je volais quelque chose dans votre camion. Tout ce que vous faites, c'est me parler, très poliment. Vous auriez pu m'arrêter.

– Pour avoir dérobé un morceau de cake rassis ?

Tommy ne répondit rien, se contenta de hausser les épaules.

– Dans ce cas, moi aussi, je m'interroge. Je ne sais pas si vous le savez, mais le shérif a ordonné une autopsie afin de découvrir pourquoi M. Bork a laissé sa voiture tomber dans le canyon. Il a été empoisonné, ils l'ont annoncé aux informations. Apparemment, c'est le poison qui est responsable de la sortie de route. Il n'est pas mort dans l'accident. Il est mort avant. Vous le saviez par la radio, ça ? Vous vous êtes dit que votre cake avait pu le rendre très malade ?

Tommy Vang gardait les yeux baissés, il réfléchissait.

– J'ai dans l'idée que vous êtes peut-être venu ici pour me prévenir. Juste pour m'empêcher de le manger ?

– Pas le cake. Le cake n'aurait pas pu faire de mal à M. Bork. Le cake que je fais est bon.

– C'est la cerise, alors ? C'est ça ?

– La cerise est peut-être gâtée. Dehors, à la chaleur, les fruits pourrissent s'ils ne sont pas conservés comme il faut...

Vang s'exprimait d'une voix si étranglée que Leaphorn avait du mal à le comprendre.

– ... peut-être que c'est ce qui a rendu les gens malades.

Les gens, pensa Leaphorn. D'autres gens ? La maîtrise que Tommy avait des nuances de la langue anglaise était parfois un peu incertaine, mais il semblait ne pas avoir que Mel Bork à l'esprit. Leaphorn réfléchit, décida de ne pas insister et d'en reparler ultérieurement.

– Bon, laissons ça de côté, alors. Je suis curieux de savoir comment vous avez fait la connaissance de M. Delos. Je suppose qu'il travaillait pour notre gouvernement, en Asie du Sud-Est, pendant la guerre du Vietnam. C'est là que vous l'avez rencontré ?

– Au Laos, précisa Tommy en regardant le pare-brise. Dans nos montagnes. Il y a longtemps, très longtemps.

– Au Laos ? reprit Leaphorn en regrettant de ne pas se souvenir mieux de la géographie de ce continent et du déroulement de la guerre.

Si sa mémoire était exacte, le Laos devait avoir une frontière commune avec pratiquement tous les pays alentour. Le lieu rêvé pour le présumé rôle d'agent de la CIA de Delos. L'Agence avait tiré parti de tous les avantages que pouvait offrir la région.

– Est-ce là-bas que vous avez commencé à travailler pour M. Delos ?

– Mon père, oui. Et mes oncles, les...

Il vida ses poumons, secoua la tête, interrompit sa contemplation du pare-brise pour se tourner vers Leaphorn.

... et pratiquement tout le monde dans notre village. Tous les Vang, les Thao, les Chue, en tout cas. Toutes les familles à l'exception des hommes de la famille Cheng. Eux, ils avaient en majorité rejoint les rangs du Vietcong. Et les Pham. Je ne sais pas très bien, pour eux, mais je pense qu'ils travaillaient peut-être pour le Pathet Lao.

– Vous n'êtes pas vietnamien, alors ?

– Nous étions des Hmongs. Notre peuple fuyait la Chine. Il voulait échapper aux guerres incessantes. Il est descendu dans les montagnes du Laos, peut-être à la même époque que les Européens ont, je crois, émigré en Amérique. Dans ma famille, les gens âgés utilisaient encore des mots de chinois. Mais la CIA s'en moquait. Elle a recruté les hommes de notre village. Nous devions déjà combattre contre les Vietnamiens et contre le Pathet Lao. Pour tenter de protéger nos villages. Après, les Américains sont venus et ils ont voulu qu'on leur apporte notre aide pour leur guerre. C'est comme ça que j'ai fait la connaissance du colonel. Il ne s'appelait pas M. Delos à l'époque. C'était le colonel Perkins. C'était lui qui recrutait les membres de ma famille.

– En quoi le colonel voulait-il que vous l'aidiez ?

Tommy eut un rire aux accents ironiques.

– Vous diriez sans doute que c'était quelqu'un qui recherchait des renseignements. Il arrivait à notre maison, et mon père, mes oncles, ainsi que les hommes des familles Thao et Chue venaient lui parler. Et M. Delos disait à chacun où il voulait qu'il aille et ce qu'il voulait qu'il observe. La plupart du temps, il les envoyait au Vietnam pour surveiller les pistes que le Vietcong utilisait. Quand ils étaient de retour, M. Delos revenait et ils lui racontaient ce qu'ils avaient vu.

– Est-ce qu'il vous a demandé de faire des choses pour lui ?

Tommy changea de position sur son siège, passa sa main sur ses yeux.

– Au début j'étais trop jeune pour ça et ma mère ne m'aurait pas laissé partir de toute façon. Et puis, une nuit, mon oncle est rentré, il a dit que des soldats du Nord-Vietnam les avaient vus et qu'ils avaient tué mon père et le plus jeune de mes oncles. Ou peut-être qu'ils les avaient seulement capturés. Il n'en était pas sûr et je n'ai jamais réussi à le savoir. Mais après, le Vietcong est arrivé dans notre village, alors ma mère, ma sœur et moi, on a dû se cacher dans les montagnes.

Là-dessus, Tommy Vang reprit son étude du pare-brise, perdu dans ses souvenirs.

Leaphorn attendit, aussi peu désireux d'interrompre pareilles pensées qu'il l'était d'intervenir au milieu d'une conversation, et il se contenta d'examiner son interlocuteur. Très mince, nota-t-il. Très soigné. Cheveux coupés. Bien rasé. Vêtements boutonnés. Manches de chemise propres. Pantalon qui avait trouvé moyen de conserver son pli. Vang leva la main, en passa le dos sur sa joue. Pour essuyer une larme, peut-être. Le vent projeta de la terre contre la portière du petit camion. Deux femmes passèrent en se hâtant, l'une d'elles enveloppée dans une couverture. Tommy Vang soupira, changea de position.

– Nous vivions dans une sorte de caverne qui nous servait d'abri, là-haut sur les sommets, après. Les avions américains sont arrivés, très bas, en faisant beaucoup de bruit, et ils ont bombardé notre village au napalm. Ils avaient dû apprendre que les Vietcongs l'avaient investi. (Il rit.) Je me suis toujours demandé si c'était M. Delos qui le leur avait dit. En tout cas, nous sommes redescendus pour récupérer ce qui restait.

Sur ces mots, il retomba dans le silence, regardant droit devant lui.

Accablé par ses souvenirs, songea Leaphorn.

– Il ne restait pas grand-chose, reprit-il. Même pas les cochons. Le feu du napalm avait déferlé en plein sur leurs enclos si bien qu'ils n'avaient pas pu s'échapper. (Il soupira.) Entièrement carbonisés. Je m'en souviens encore. Ça sentait comme les énormes festins de viande rôtie qu'on faisait, pour les banquets de mariage. Une sorte de spécialité des anciens, chez les Hmongs.

Il adressa un coup d'œil à Leaphorn comme s'il ne paraissait pas très sûr, et ajouta :

– Je pense qu'on est censé apprendre que le Créateur nous a octroyé des âmes multiples ou, je devrais peut-être dire, des âmes de remplacement, et ces âmes de remplacement continuent à vivre dans nos animaux.

– J'ai lu des choses là-dessus quand j'étais étudiant en anthropologie. Dans un article sur les rites funéraires hmong.

– Je n'en sais pas assez là-dessus. J'étais trop jeune. Les anciens étaient occupés à combattre le Vietcong et les autres. Et à se cacher. Trop occupés pour enseigner aux enfants. Vous comprenez ?

– Oui. Ça nous est arrivé d'une autre manière, à certains d'entre nous. On nous a emmenés de force dans des pensionnats. Mais quand avez-vous finalement été de nouveau en contact avec M. Delos ?

– Ça s'est passé plus tard. Ma mère est morte et on m'a mis dans un camp de réfugiés. M. Delos m'a trouvé et il a commencé à me payer pour que je lui fournisse des informations sur tous ceux, dans le camp, qui étaient...

Il s'interrompit en essayant de déterminer comment formuler son explication.

– Les gens qui étaient ce qu'il appelait des « sympathisants cong ». Je l'ai fait et après, c'était l'été suivant, je crois, il est venu me chercher et il m'a emmené à Saïgon. J'y ai travaillé pour lui. On habitait dans un grand hôtel. Il allait travailler à l'ambassade américaine, jusqu'à ce que les Nord-Vietnamiens arrivent, et là les hélicoptères sont venus, les Américains sont montés dedans et ils sont partis. Je lui ai dit que je pouvais retrouver mon chemin pour rentrer à Klin Vat. J'allais retourner auprès de mes proches de la famille Vang et participer à la reconstruction de notre village. M. Delos m'a dit que ce n'était pas une bonne idée.

Il présenta sa main pour expliciter la façon dont M. Delos avait développé ses arguments.

– D'abord, il m'a dit qu'il s'était renseigné. Il avait appris qu'entre le Pathet Lao et l'armée nord-vietnamienne assoiffés de vengeance il ne semblait plus y avoir de gens du peuple hmong en vie dans ce village. (Pour ponctuer ces mots il abaissa un de ses doigts.) Deuxièmement, il ne restait rien du village. (Un deuxième doigt se replia.) Il avait à nouveau été bombardé au napalm. Et troisièmement, M. Delos m'a dit qu'il ne semblait plus y avoir personne dans cette partie de nos montagnes. Il pensait que les Vang, les Cheng et les Thao avaient dû s'éparpiller pour échapper au Pathet Lao et au Vietcong.

Il referma la main, baissa les yeux dessus, l'air triste.

– Mais vous voulez quand même y retourner ?

Tommy Vang se tourna vers lui et le dévisagea avec incrédulité.

– Bien sûr. Oui, bien sûr. Je suis seul, ici. Tout seul. Il n'y a absolument personne. Et là-bas, je sais que je pourrais trouver des gens de mon peuple. Pas beaucoup, peut-être. Mais il y aurait quelqu'un. Je crois. J'en suis presque sûr.

Il se détourna vers la vitre, garda le silence. Puis il leva les mains, un geste qui englobait tout ce qu'il voyait. Le vent qui soulevait la terre, le paysage aride du haut pays désertique à l'approche de l'hiver.

– Il fait froid, ici, dit-il en s'adressant à la vitre. Et là-bas il y a la verdure, la chaleur, les fougères, la mousse, les hautes herbes et les bambous qui oscillent. Il y a ce sentiment que toutes les choses sont vivantes. Ici, tout ce que je vois est mort. Des rochers morts, des falaises avec de la neige dessus. Et le sable.

Une herbe-qui-roule rebondit sur le pare-brise.

– Et ça, ajouta-t-il. Ces sales plantes qui ne sont rien d'autre que des tiges cassantes et des épines pointues.

– Alors vous voulez repartir ? Vous y pensez sérieusement ? Vous avez réfléchi à la façon dont vous allez le faire ? Pris vos dispositions ?

– M. Delos m'a dit qu'il allait s'occuper des modalités pratiques, répondit Tommy Vang dans un soupir. Quand le moment sera venu, il me renverra dans mon pays.

– Est-ce qu'il a commencé à s'en occuper ?

– Je ne sais pas. Il n'en parle pas. Mais il m'a dit que quand il en aura terminé avec tout ce qu'il a à faire ici, il me mettra dans l'avion. À moins qu'il le prenne en même temps que moi.

Terminé avec quoi ? pensa Leaphorn. Mais cette question-là allait devoir attendre. De toute façon, il pensait en connaître la réponse.

– Est-ce que vous rentreriez au Vietnam ? Ou au Laos ? Je ne pense pas que les Hmongs aient des passeports, des visas d'entrée ou ce genre de documents officiels.

– Si ça a été le cas un jour, ça ne l'est probablement plus maintenant. J'imagine que nos montagnes ne nous appartiennent plus. Nous avons combattu au côté des Américains et ils sont repartis chez eux.

– Oui. Il nous arrive d'agir sans avoir vraiment pris la mesure de ce que nous faisons. Après, nous disons que nous sommes désolés. Mais je suppose que cela n'est pas d'une grande aide.

Tommy Vang ouvrit sa portière.

– Vous voulez bien me rendre mon morceau de cake ? Il faut que je parte, maintenant. J'ai d'autres choses à faire.

– Il est encore tôt. Vous m'avez dit que vous étiez venu me parler. Nous n'avons pas beaucoup discuté. Est-ce que vous avez découvert ce que vous vouliez savoir ?

Vang s'adossa à nouveau au siège.
- Je ne sais pas. Je crois que j'ai découvert des choses auxquelles je ne m'attendais pas.
- Quoi, par exemple ?
Vang lui sourit.
- Par exemple, que vous êtes quelqu'un de gentil. Ça, je ne m'y attendais pas.
- Vous ne m'aimiez pas ?
- Non. Parce que vous êtes policier. Je ne pensais pas que je pourrais trouver un policier gentil.
- Pourquoi ça ?
- J'ai parfois entendu dire du mal d'eux. C'était probablement des mensonges. Peut-être qu'il y a des policiers qui sont méchants et d'autres qui sont gentils. (Il sourit, haussa les épaules.) Mais il faut que je parte, maintenant. Il faut que je trouve un endroit, par là...
Il agita les deux mains dans un geste vague.
- ... Je connais le nom, mais il n'est pas sur ma carte.
- Je peux peut-être vous aider, pour ça, fit Leaphorn en appliquant une petite tape sur l'épaule de Vang. Ça vous prouverait peut-être que je suis l'un des policiers gentils. Comment s'appelle-t-il, cet endroit ?
Vang sortit de sa poche de chemise une carte postale pliée. Il la déplia, lit ce qu'il y avait d'écrit dessus.
Leaphorn comprit « bâtiment administratif » mais le reste se perdit dans l'interprétation hmong du message.
- Montrez-la-moi, dit-il en prenant la carte.
Sur laquelle il lut :

Tomas Delonie. Torreon. Bâtiment administratif. Prendre 371 nord, puis Navajo 9 est jusqu'à Whitehorse Lake, rouler vingt kilomètres nord-est jusqu'au Pueblo Pintado, prendre 9 sud-est environ soixante-cinq kilomètres, 197 nord-est petite distance. Chercher panneaux Mission Navajo de Torreon. Demander chemin.

– Je pense que vous allez avoir du mal à trouver cet endroit, conclut-il. Il serait bon que je vous aide.
– Oui, reconnut Vang. Ce nom. Torreon. Je ne le trouve pas sur ma carte. Certaines de ces routes non plus. Elles ne sont pas incluses. Pas marquées.

Il présenta le document. C'était une vieille édition établie par les stations-service Chevron.

– Une vieille carte, commenta Leaphorn. J'en ai une meilleure.

Tomas Delonie, pensait-il. Pourquoi Tommy Vang effectuait-il ce trajet ?

– C'est M. Delos qui vous a donné ces indications, j'imagine. Il ne disposait pas d'une carte récente. Et je doute fort qu'il connaisse très bien cette partie est de la réserve navajo.
– Sans doute pas.
– Mais c'est lui qui a noté ces indications ?
– Oh, oui.

Leaphorn ouvrit la bouche avec l'intention de demander pourquoi. Mais Vang allait-il lui dire si Delos avait expliqué la raison du voyage, et ce qu'il voulait apprendre concernant Delonie ? Il préférait aborder le sujet avec précaution.

– Il voulait être sûr de l'endroit exact où M. Delonie vit, je crois, reprit Vang, où il travaille, ce genre de choses. Des renseignements dont il aurait besoin s'il voulait venir lui rendre visite. Il ne me l'a pas expliqué, mais c'était à peu près ça, à mon avis. Il m'a dit de me comporter comme si j'étais juste un touriste. Vous savez. De poser des questions, de regarder partout. Mais il voulait que je sois capable de lui dire quel type de véhicule conduit M. Delonie :

voiture ou camion, marque, couleur. S'il vit seul. Des choses comme ça. À quelle heure il se rend à son travail. À quelle heure il rentre. S'il a une femme, quelqu'un qui vit avec lui.

Il s'interrompit, plongea la main dans la poche de sa veste, ajouta :

– Et il m'a donné ça.

Il sortit un très petit appareil photo qu'il montra à Leaphorn en annonçant avec un sourire fier :

– C'est un de ces nouveaux modèles avec les microprocesseurs. Très moderne. On regarde dans le viseur, on voit ce qu'on photographie et on appuie sur le déclic. Après, si on n'aime pas la photo, on peut l'effacer et recommencer jusqu'à ce qu'on en ait une bonne. Qu'est-ce que vous en dites ? Superbien, non ?

– Il vous a demandé de photographier Delonie ?

Une idée surprenante pour Leaphorn.

– Non. Non. Pas comme si je faisais son portrait. Rien de semblable. Il m'a dit de prendre des images, comme ça. De sa maison, de son camion, ce genre de choses. Mais il ne voulait pas que M. Delonie me voie prendre ces photos. Il m'a expliqué que beaucoup de gens n'aiment pas qu'on les photographie.

– Est-ce qu'il vous a demandé d'interroger M. Delonie sur quelque chose en particulier ?

– Oh, non. Je devais seulement me comporter en touriste. Être curieux, c'est tout. Regarder un peu partout. Il serait préférable, m'a dit M. Delos, que M. Delonie ne me remarque même pas.

– Et il vous a parlé de lui ? Il vous a dit que c'était un vieil ami ? Quelque chose come ça ?

– Non, mais je ne crois pas que c'était un ami.

Leaphorn l'étudia.

– Qu'est-ce qui vous fait penser ça ?

– Rien, en fait, répondit Vang avec un haussement d'épaules. Juste la tête qu'il avait en parlant de lui. Cela me fait croire que M. Delonie rendait M. Delos inquiet. Ou quelque chose comme ça.

Exactement, pensa Leaphorn. Tommy Vang n'a pas toutes les informations mais il est intelligent et perspicace. Assez fin pour tenter de voir derrière les apparences en dépit de leur surface lisse et brillante.

– Vous savez, Tommy, je pense que la seule solution raisonnable que nous ayons, c'est que je vous conduise là-bas. Nous pouvons laisser votre véhicule ici, à Crownpoint. Fermez-le à clef. Nous préviendrons les gens, au bureau de la Police Tribale. Ils le surveilleront.

Vang ne semblait pas convaincu.

– Sinon, vous avez toutes les chances de vous perdre, insista Leaphorn.

– Je pense que je suis obligé de prendre le camion dans lequel je suis venu. Il faut que je l'aie.

Leaphorn remarqua qu'il paraissait nerveux, effrayé.

– Pourquoi ne pas faire la route avec moi, simplement ?

Vang le regarda, détourna les yeux, les dirigea vers le sol.

– Après être allé à l'endroit où M. Delonie habite, euh... Après avoir fait ce que M. Delos m'a dit de faire, je dois aller à l'endroit où il va tirer le wapiti, l'y attendre, et il cherchera son camion, alors si je suis dans un autre, je crois qu'à ce moment-là il pensera que je n'ai pas cessé de lui désobéir.

– Oh, fit Leaphorn.

Il attendit la suite.

– Oui, poursuivit Vang. Je crois que je ferais mieux de l'attendre dans ce camion que je conduis.

– Est-ce que vous auriez peur de lui ?

– Peur ?

Il réfléchit. Hocha la tête.

– Oui, avoua-t-il. Très peur.

Leaphorn prit son temps. Bien sûr qu'il avait des raisons d'avoir peur. Tout, dans sa vie, dépendait de Jason Delos. Et avant tout son retour dans les montagnes hmong.

– D'accord, concéda-t-il. Dans ce cas, nous allons faire le contraire. Laisser mon camion au siège de la Police Tribale et prendre le vôtre.

Ce qu'ils firent. Vang monta dans son pick-up pour le suivre, se rangea derrière lui sur le parking de la Police Tribale puis coupa le contact et attendit pendant que l'ancien policier entrait dans le bâtiment.

À l'intérieur, il serra la main du caporal Desmond Shirley et lui expliqua ce qu'il faisait. Puis il revint à son véhicule, récupéra dans la boîte à gants son téléphone portable et son pistolet calibre trente-huit réglementaire. Il les glissa dans sa poche de veste, ferma la portière à clef et s'approcha de l'endroit où Vang l'observait.

– Je pense qu'il serait préférable que ce soit moi qui conduise.

Vang eut l'air surpris.

– Vous le connaissez mieux que moi, mais je connais les routes, et tous ces véhicules se ressemblent beaucoup.

Vang libéra la place en se glissant sur le siège du passager.

Leaphorn prit la direction du nord, dépassa l'aéroport de Crownpoint puis traversa vers l'est quarante kilomètres d'un paysage totalement désertique en direction de Whitehorse Lake. Durant la première demi-heure environ, ils roulèrent dans une sorte de silence tendu. Vang gardait les yeux rivés sur sa propre carte, apparemment pour s'assurer que Leaphorn les conduisait bien où il devait aller. À la petite localité de Whitehorse, la chaussée de la Route Navajo 9 vire au nord pour grimper sur

Chaco Mesa * et se rendre aux anciennes ruines de Pueblo Pintado avant de s'orienter vers le sud-est et Torreon. Leaphorn délaissa le goudron pour les cinquante-deux kilomètres de piste de terre qui vont directement à Torreon sans effectuer le long détour.

– Ah, monsieur Leaphorn, intervint Vang qui avait l'air mal à l'aise. Vous quittez la 9. Pourtant ma carte indique qu'elle nous conduit là où nous pourrons trouver M. Delonie.

– C'est vrai. Mais cette piste de terre y mène sans passer par Chaco Mesa. Nous arriverons plus vite et serons tout de suite au bâtiment administratif de Torreon. Nous devrons nous y arrêter pour demander où nous pouvons trouver Delonie.

– Oh. Il pourrait y être ? Un bâtiment administratif, c'est comme un immeuble fédéral ? Pour les Navajos qui habitent là-bas ?

– Oui, confirma Leaphorn. Mais Delonie n'est pas navajo. Je sais qu'il est en partie indien, potawatomi ou seminole, parce que son nom a une consonance française.

– Française ? répéta Vang dont l'intonation suggérait qu'une explication ne serait pas superflue.

– Ces deux tribus vivaient autrefois dans la partie du continent où beaucoup de Français s'étaient installés. Comme la Louisiane et la région de la côte Sud. Après, les Potawatomis ont aidé le général Jackson a vaincre les Britanniques durant la guerre de 1812. La bataille pour La Nouvelle-Orléans. Et quand Jackson a été élu Président, il a octroyé la citoyenneté à ceux qui l'avaient aidé. Il a fait d'eux « la Tribu citoyenne ». Ensuite, quand les Blancs ont voulu les terres sur lesquelles ils vivaient, il les a fait regrouper par l'armée et les a déplacés au Kansas.

Leaphorn jeta un coup d'œil vers son compagnon, s'aperçut qu'il n'écoutait pas son explication et décida d'abréger.

– Bref, après, les chemins de fer ont construit une ligne transcontinentale, la terre du Kansas a pris de la valeur et les Blancs l'ont voulue. Les Potawatomis ont donc été une nouvelle fois rassemblés et déportés en Oklahoma. Que l'on a appelé le Territoire indien, à l'époque. Beaucoup de Seminoles s'y sont retrouvés aussi, mais je ne me souviens plus comment ça s'est passé.

Vang médita.

– On dirait que ça ressemble un peu à ce qui est arrivé à notre peuple. Mes parents m'ont raconté que nos ancêtres avaient d'abord vécu tout au nord, en Chine, et qu'ils avaient continuellement été chassés vers le sud jusqu'à être repoussés dans les montagnes. Mais si M. Delonie n'est pas un Navajo, pourquoi les gens du bâtiment administratif sauraient où on peut le trouver ?

– Parce que, quand il n'y a pas beaucoup d'habitants dans une région, tout le monde se remarque. Vous avez dû vous apercevoir qu'il y a très peu de gens, par ici. (Il jeta un coup d'œil au compteur.) Sur les trente-sept kilomètres que nous avons parcourus depuis Whitehorse, nous n'avons pas dépassé un seul lieu d'habitation. Et il n'y a qu'une quarantaine de personnes qui vivent à Whitehorse. Partout où il y a très peu de gens, ceux qui sont là donnent l'impression de tous se connaître, quelle que soit leur tribu ou leur race.

– C'était aussi comme ça dans nos montagnes. Mais seulement dans les montagnes. Ailleurs, là où il y avait plus de monde, personne n'aimait les Hmongs.

– Regardez au sud, dit Leaphorn avec un geste vers le sommet qui dominait cet horizon-là.

Une couche de neige hivernale précoce suffisait pour garantir aux rayons du soleil un reflet scintillant.

– La carte que vous avez l'appelle le mont Taylor, il se trouve à quatre-vingts kilomètres et il n'y a strictement personne entre nous et cette montagne.

– Elle paraît si proche, constata Vang d'un air songeur.

– C'est un ancien volcan, répondit Leaphorn en se rendant compte qu'il se plaisait à jouer les guides touristiques chaque fois qu'il conduisait quelqu'un qui ne connaissait pas bien son territoire. La plus grosse montagne dans cette partie de la réserve. Trois mille quatre cent cinquante mètres et des poussières. Elle revêt pour nous une grande importance religieuse et historique. Dans le récit des origines de notre peuple, elle a été érigée par Premier Homme quand les Navajos ont pour la première fois posé le pied ici. C'est l'une de nos quatre * montagnes sacrées. Quatre montagnes qui marquent les limites de nos terres. Nous avons plusieurs noms pour désigner celle-là. Le nom cérémoniel navajo est *Tsoodzil* et l'appellation complète *Dootl'izhiidzii*, qui se traduit par « La Montagne Turquoise. » Pourtant, sur la carte, elle tient son nom du général Zachary Taylor, et nous la nommons aussi la « Mère des Pluies » parce que les vents qui soufflent de l'ouest entassent les nuages à son sommet avant de les chasser au-dessus du plateau.

Leaphorn remarqua que depuis un moment Vang tentait de réprimer un sourire. Y vit ce qui lui sembla être une occasion de se rapprocher de lui. De le comprendre. D'être compris.

– Vous souriez, dit-il. Pourquoi ?

– À cause de la façon dont vous prononcez ces deux noms navajo, expliqua le Hmong en retrouvant la même expression. Notre langue a des mots qui ressemblent à ça. Il faut émettre des sons bizarres pour les prononcer.

– Certains de nos mots s'accommodent mal de l'alphabet des Blancs, répondit Leaphorn. Et dans la mesure où notre peuple est originaire de Chine... enfin, un grand nombre d'anthropologues au moins en sont persuadés. Et des preuves plus que tangibles montrent que c'est également votre point d'origine. Ça ne me surprendrait donc pas si nous avions des liens qui remontent très loin dans le temps. Que disent les récits de votre tribu quant à ses origines ?

Vang parut surpris. Plissa le front. Dit :

– Je ne comprends pas de quoi vous parlez.

– De ce que nous, nous appelons le « cycle des origines ». Par exemple, chez les judéo-chrétiens, la culture blanche basée en Europe, Dieu a créé l'univers en six jours consécutifs, et après, il a décrété que nous devions nous reposer le septième.

Leaphorn résuma le reste en mentionnant le jardin d'Éden.

– Adam et Ève, acquiesça Vang. J'en ai entendu parler, oui.

Il porta la main à son flanc et ajouta :

– Et c'est pour ça que nous avons une côte en moins d'un côté.

Leaphorn garda un moment de silence, jeta un coup d'œil interrogateur au Hmong. Celui-ci acquiesça. Oui, ça l'intéressait.

– Eh bien, la tradition navajo, du moins telle qu'on me l'a enseignée dans mon clan, ne désigne pas aussi clairement le pouvoir de la création, ni la manière et l'ordre qui y ont prélude. Nous croyons que nous avons d'abord existé dans une succession de mondes antérieurs, mais pas exactement sous la forme d'êtres humains de chair et de sang. Nous étions plutôt proches de concepts, un peu comme une idée de ce que nous allions devenir en fin de compte. Quoi qu'il en soit, dans notre premier monde, nous commettons des actes répréhensibles. Le Créateur le détruit alors et nous nous échappons dans un deuxième monde. Ces premiers humains...

Leaphorn s'interrompit à nouveau, scruta Vang.
– Ce n'est pas trop embrouillé ?
– Continuez.
– On va appeler cette première version des humains les préhumains. Enfin bon, nouvelle conduite répréhensible, le deuxième monde est détruit et ils s'échappent dans le troisième monde. Là, notre récit des origines devient plus détaillé. Nous apprenons comment les préhumains sont séparés en deux sexes ; les hommes et les femmes. Les hommes se chargent de la chasse, de la pêche et de la guerre pendant que les femmes élèvent les enfants. Le comportement égoïste, méchant et avide reprend le dessus, et le Créateur répète le processus. Dans la variante du mythe qu'enseigne mon clan, une sorte de version supérieure de Coyote enlève le bébé d'un autre de ces êtres primitifs, que nous appelons Monstre des Eaux. Il est saisi d'une telle fureur qu'il déclenche un déluge terrifiant, engloutissant le troisième monde sous les eaux en guise de châtiment. Nous grimpons alors à l'intérieur d'un roseau creux et nous nous échappons dans ce monde-ci.

Leaphorn désigna d'un geste le paysage qu'ils traversaient, les pentes érodées de la butte qu'ils dépassaient, les chaînes de montagnes lointaines, le paysage semi-désertique des plateaux arides avec ses herbes-aux-lapins, herbes-aux-serpents, graminées en touffes, genévriers et, au-dessus, les petits nuages cotonneux épars qui décoraient le ciel bleu limpide du haut pays.

– Notre quatrième monde. Nous l'appelons le Monde Étincelant.

Il lança un coup d'œil vers Tommy Vang dont le regard était rivé sur le pare-brise.

Son exposé avait été plus long qu'il n'en avait eu l'intention, mais le visage de son compagnon montrait qu'il était intéressé. Peut-être même immensément intéressé.

– Vous voulez me poser des questions ? lui demanda-t-il.

– Oh, oui, s'écria Vang. Vous êtes montés ici...

« Ici » fut identifié par un geste de la main vers le paysage.

– ... vous êtes montés dans un roseau creux ?

– Hé bien, si je comprends correctement l'histoire, ce n'étaient pas encore véritablement des humains. Mais ils avaient des caractéristiques humaines. La même tendance à pousser les autres pour prendre leur place, à passer avant tout le monde, à s'octroyer ce qu'il y a de mieux. En plus, ils se sentaient obligés de se venger si, par exemple, quelqu'un leur nuisait. Les mauvaises habitudes qui leur avaient toujours valu des ennuis. On peut sans doute simplement appeler ça de l'égoïsme. L'irrépressible désir de s'attribuer les choses.

Vang médita avant de hocher la tête.

– Tous les comportements négatifs qui avaient incité l'Esprit Créateur à les punir. Les raisons qui l'avaient poussé à déclencher le déluge. Pour tout détruire. C'est l'explication ?

– Je crois. En tout cas, pour moi, c'est la seule qui me semble avoir un sens. Dans n'importe laquelle des diverses religions, le Créateur semble avoir donné vie à l'espèce humaine, avoir transmis aux humains un certain nombre de leçons sur la façon de bien vivre, d'être heureux, de le rester en aimant ses voisins, en donnant à manger aux pauvres, en n'étant pas égoïste. De ne pas chercher à s'approprier la gloire, la fortune, un garage pour ranger trois voitures, tout ça. Mais il n'a pas fait de nous des esclaves. Il nous a communiqué le moyen de comprendre la différence entre le bien et le mal, mais il nous a également dotés du libre arbitre.

Vous savez. Est-ce que vous désirez être riche ou est-ce que vous voulez avoir une vie vertueuse. Le choix nous appartient.

– Je crois que notre peuple a été créé de manière très comparable. Mais je n'ai jamais vraiment eu l'occasion d'entendre nos histoires. Et je ne crois pas que les Hmongs aient jamais eu de vraies possibilités de s'enrichir. (Il poussa un soupir.) Ils n'ont même pas eu la possibilité d'enseigner ces choses à leurs enfants.

La phrase de Vang s'acheva par une nuance de tristesse et il baissa les yeux sur ses mains.

Un peu comme moi, pensa Leaphorn. Tommy Vang, assis à ses côtés, était un autre résultat de l'interruption brutale de l'enfance. Celle de Vang, par la guerre. Celle de Leaphorn, par l'ancienne politique d'assimilation du Bureau des affaires indiennes. Par les cars scolaires qui emportaient les petits Indiens dans des pensionnats, loin de chez eux. Loin des hogans où les membres âgés de la famille leur auraient enseigné les histoires ancestrales, celles du premier, du deuxième et du troisième monde. Les cars les ramenaient quand venait l'été, bien sûr, pour s'occuper des troupeaux et aider pour toutes les autres tâches, mais l'été était une période où la tradition préconisait une autre catégorie de récits sur la chasse, les relations avec les mondes animaux. Les histoires des origines ne pouvaient être relatées que durant les périodes de froid, pendant la saison où dort le tonnerre, alors que règne le silence, que la neige oblige les gens à demeurer dans les hogans, et qu'il n'y a rien pour détourner leur attention, rien pour empêcher les enfants d'écouter, de réfléchir et de comprendre.

Et de la sorte, méditait Leaphorn, le programme d'assimilation avait amputé la majorité de ses contemporains du cœur et de l'âme propres au système des valeurs navajo. Ce qui suscita une autre pensée. Pourquoi l'agent Jim Chee, plus jeune et plus moderne, né suffisamment tard pour échapper à l'assimilation, était-il beaucoup plus au diapason de la Voie Navajo? Pourquoi Jim Chee croyait-il toujours qu'il pouvait être à la fois un policier chargé de faire respecter la majeure partie des lois *belagaana* et un shaman capable de diriger les cérémonies destinées à guérir ceux qui ont violé les règles de la culture navajo et à leur redonner l'harmonie?

– Pourquoi vous ne me diriez pas ce dont vous vous souvenez? reprit-il. Quand j'étais beaucoup plus jeune, j'ai étudié l'anthropologie. Je n'ai appris que peu, très peu de choses sur les cultures dans votre partie du monde. Est-ce que votre Créateur n'avait pas un émissaire, un peu comme un ambassadeur, qu'il avait dépêché sur terre plus ou moins pour gouverner l'humanité?

– Ah, oui, fit Vang qui paraissait ravi. Comment vous avez appris ça?

– Essentiellement dans les livres. Nous en étudiions un dont le tire était...

Il s'interrompit un instant pour sonder sa mémoire :

– Je crois que c'était *Hmong, A History of a People*.

– Est-ce que ça parlait de Hua Tai?

– Il faut que j'essaye de me souvenir.

Leaphorn remarqua que l'attitude de Vang s'était brusquement modifiée. La léthargie patiente dont il ne se départait presque jamais s'était muée en enthousiasme.

– Hua Tai, c'était le Dieu qui créait le monde et les gens, non? Mais le peu que nous apprenions concernait son lieutenant. Je crois qu'il s'appelait « Hierchou » ou quelque chose comme ça. Je l'imaginais un peu comme Mahomet. Vous savez, le prophète qui représentait Dieu dans le monde arabe.

– Son nom se prononce « Yer Shua », précisa Vang en articulant les syllabes très lentement et en les répétant. J'ai entendu parler de Mahomet. Il est un peu question de lui aux informations à la télévision. À propos de la guerre en Irak. Mais Yer Shua était différent, je pense. Il était en partie Dieu et en partie homme, je crois. Je me souviens d'avoir entendu relater qu'il était fermier, comme la plupart des Hmongs, qu'il élevait des cochons et qu'il avait un grand nombre d'épouses. Et c'était lui qui essayait de veiller sur les Hmongs. Je veux dire, de les protéger.

– Nous, les Navajos, nous avons ce que nous appelons des *yei*. Puissants, comme esprits, mais bons. Et les *belagaana*, les Blancs, ont... eh bien, ça dépend s'ils sont chrétiens, juifs ou encore autre chose. De toute façon, leurs êtres surnaturels malfaisants sont des diables, des sorciers, ou ils portent d'autres noms. Les bons sont les anges.

Ils franchirent la ligne de partage des eaux sur la Route Navajo 9 pendant que Leaphorn couvrait cet aspect de la théologie, puis la crête de Torreon se dressa à une dizaine de kilomètres devant eux et, au-delà, l'arroyo* de Torreon et la localité elle-même, avec son bâtiment administratif et, supposa Leaphorn, quelque chose comme cent cinquante habitants éparpillés dans la vallée. Dominant le tout, à quelque cinquante kilomètres au sud-est, le pic Cabezon, dressé tel un grand pouce éclairé par le soleil sur un fond de nuages disséminés. Les pensées qui prenaient forme dans l'esprit de Leaphorn se concrétisèrent en une décision soudaine. Il ralentit, gara le véhicule sur le bord, là où la route d'accès à un ranch avait élargi l'accotement.

– Torreon est là-bas, dit-il à Vang en montrant du doigt les constructions éparses loin devant eux.

Avant d'arriver, discutons de ce que nous allons y faire.

Il libéra sa ceinture de sécurité, ouvrit sa portière.

– Discuter ? De quoi ?

– Je souhaite que vous continuiez à me parler des Hmongs, déjà. Et si ça vous intéresse, je vous en dirai plus sur le Dineh et sur notre relation traditionnelle avec le Créateur et les esprits. Ensuite, nous devrions prévoir comment nous allons nous y prendre pour trouver M. Delonie. Et il serait bon que nous nous dégourdissions un peu les jambes. Je me fais vieux et je m'ankylose.

– D'accord, acquiesça Vang.

Leaphorn mit pied à terre, s'étira, s'appuya contre l'aile du camion, admira la vue tout en élaborant sa tactique. Vang le rejoignit, lui jeta un regard interrogateur et s'appuya contre la portière.

– Pas beaucoup d'habitants, dit Leaphorn. Quelques-uns en contrebas, puis sur des kilomètres et des kilomètres dans toutes les directions, aucune trace d'êtres humains.

Il tendit le doigt en direction du village.

– « Torreon » signifie tour. Quand cette petite vallée a été occupée par des gens, au début, ils en ont construit une en pierres parce que des ennemis ne cessaient de les attaquer.

Vang réfléchit.

– Comme ce que l'on raconte sur les Hmongs. Partout où nous allions, les gens nous attaquaient.

Il jeta un coup d'œil à Leaphorn, eut un sourire ironique.

– Nous avions même un dieu comme ça. Il s'appelait Nau Yong, et on le surnommait « Le Cruel » parce que ce qu'il aimait, c'était capturer beaucoup de Hmongs, les déchiqueter et boire leur sang. (Il eut une grimace.) Comme si c'était un gigantesque tigre dans la forêt. Les gens disaient qu'il était le chef de tous les esprits mauvais. Un peu comme leur roi.

– Est-ce qu'il habitait au sommet d'une montagne ? demanda l'ancien lieutenant après un instant de réflexion.

Vang parut surpris.

– Comment le savez-vous ?

– Je l'ai peut-être lu quelque part. Mais c'est en général comme ça que ça fonctionne.

Il montra le sud où le sommet du mont Taylor était visible à l'horizon.

– Notre Montagne Sacrée du Sud. C'est elle qui indique la limite de notre pays. Selon les traditions de mon clan, c'était là qu'habitait un être surnaturel nommé Ye-iitsoh. C'était notre version à nous de votre, euh, Nau Yong. Plus ou moins responsable de tout ce qu'il nous est resté de rapacité, de haine, de malveillance, d'égoïsme, de cruauté, etc. D'après la façon dont les choses se sont passées, lors de notre émergence, notre esprit appelé Premier Homme, quand il a fui le déluge qui nous a obligés à grimper pour nous installer ici, a envoyé un échassier afin qu'il plonge dans les eaux et récupère ce qu'il nommait sa « façon de faire de l'argent ». En d'autres termes, ça englobait tout ce qui engendrait l'appât de la richesse et l'égoïsme.

Leaphorn surveillait l'impact de chacune de ses paroles sur le visage de Tommy Vang.

– Vous comprenez ? interrogea-t-il.

– Tout à fait, confirma le Hmong en tendant les mains devant lui. Tout le monde combat ses semblables pour avoir plus d'argent, une plus grande voiture, une plus grande maison, pour devenir célèbre à la télévision. Pour parvenir lui-même au sommet de cette montagne. Pour écraser les Hmongs sur son chemin. Leur marcher dessus.

– L'idée générale y est, déclara Leaphorn avec un petit rire.

– À ce qu'on m'a dit, vous, les Navajos, vous dites que la façon de repérer les sorciers, les gens qui sont mauvais, consiste à chercher ceux qui possèdent plus que le nécessaire et dont les proches ont faim.

Leaphorn acquiesça de la tête :

– Et toujours selon notre histoire des origines, deux bons *yei* ont décidé de parcourir ce Monde Étincelant et d'éliminer tous les méchants *yei* afin que le commun des mortels, vous et moi par exemple, y trouve la sécurité. Ils ont tué Ye-iitsoh sur la montagne, ils lui ont coupé la tête.

Leaphorn montra le pic Cabezon.

– C'est sa tête, expliqua-t-il. Elle a roulé jusque-là et s'est changée en pierre. Et le sang de Ye-iitsoh a ruisselé sur l'autre versant de la montagne et a séché pour donner la grande coulée de lave noire qu'on voit le long de l'autoroute près de Grants.

– Il faut croire que tout le monde se fait la même idée du mal. À peu de chose près.

– Et les gens qui luttent contre le mal aussi, ajouta Leaphorn. Parfois, ça ne peut être que des policiers.

– Comme vous ? demanda Vang en le regardant.

Leaphorn prit le temps de répondre.

– Peut-être comme nous deux. J'ai plusieurs questions à vous poser.

– Oh, fit Vang qui réfléchit un moment. Qu'est-ce que vous voulez savoir ?

– D'abord, lorsque M. Delos vous a ramené d'Asie, vous êtes arrivés à San Francisco, c'est ça ?

– Oui. On est descendus dans un hôtel, là-bas.

– En quelle année était-ce ?

– En quelle année ? fit-il en secouant la tête.

– Bon, quel âge aviez-vous ?

– Dix ans. Peut-être onze. M. Delos a dû m'acheter de nouveaux vêtements parce que j'avais grandi.

– Et qu'est-ce que vous faisiez, à l'hôtel ?
– Une femme venait m'aider tous les jours. Une Chinoise. Elle m'apprenait à parler un meilleur anglais. Par exemple, nous regardions le programme pour les enfants, à la télévision, et elle m'expliquait. Et après elle a commencé à m'enseigner la cuisine, comment repasser les chemises, tout garder propre et bien rangé. Ce genre de choses. Parfois, elle m'emmenait en taxi pour me montrer la ville. Et tous les soirs, on s'arrangeait pour prévoir le dîner si M. Delos devait rentrer, et elle m'apprenait à le préparer. Et après, j'enlevais les assiettes et les couverts et elle partait.

Il se tourna vers Leaphorn en souriant :
– C'était amusant. Et ce qu'on mangeait était bon, très bon.
– Elle ne restait pas passer la nuit.
– Non. Non. Seulement la journée. Cinq jours par semaine. Et ça s'est poursuivi toute la première année, je crois. Après, M. Delos a jugé que j'étais prêt pour aller dans une école de cuisine et que je passerais les journées dans une sorte de restaurant qui faisait boulangerie et épicerie. Le patron était originaire de Manille. Un monsieur gentil, il connaissait un peu le peuple hmong, mais l'autre langue qu'il parlait était parfois l'espagnol et parfois un genre de dialecte tribal. De son île, je crois.
– Vous habitiez toujours à l'hôtel ?
– Oh, non. Nous nous étions installés dans un immeuble d'habitation. Suffisamment près pour que je puisse me rendre à pied à mon travail.
– Et que faisait M. Delos ?
– La plupart du temps, il était absent. Parfois des gens venaient le voir, et il me disait de prévoir le repas, d'acheter du vin, tout ça. Je disposais des fleurs sur la table. Je m'arrangeais pour que tout soit beau. J'enfilais une espèce de tablier et un

chapeau blanc qu'il m'avait acheté, et je faisais le service. J'aimais bien ça.

– Il était absent la plupart du temps ? Pendant des jours, des semaines ou des mois ? Est-ce que vous savez où il allait ?

– D'habitude, seulement quelques jours, mais parfois c'était pendant longtemps. Une fois pendant plus d'un mois. Je crois que cette fois-là, il était allé à Phoenix, une autre fois c'était à San Diego, et une autre à Albuquerque.

– Est-ce qu'il vous disait toujours où il allait ?

– Non, mais plus tard, après m'avoir appris comment faire, il me demandait de m'occuper du voyage. (Il souriait à nouveau.) Il disait que j'étais son valet-majordome. Comme l'employé qui se tient dans le hall des hôtels et qui organise tout à votre place.

– Vous appeliez les agences de voyages, vous prévoyiez les horaires, achetiez les billets, tout ?

– Oui. M. Delos me disait toujours de contacter la même agence. C'était une femme qui s'en occupait. Mme Jackson. Toujours en première classe. Et elle savait parfaitement où il préférait être assis, elle savait qu'il aimait prendre l'avion tard le soir. S'il désirait qu'une voiture l'attende à l'arrivée. Toutes ces choses-là.

– Vous lui donniez simplement le numéro de la carte bancaire ? C'est ça ?

– Oui. Enfin, non. Elle l'avait. Elle disait : « Monsieur Vang, est-ce que je prélève ça sur sa carte de crédit habituelle ? » Et après, elle lui envoyait par e-mail le papier qui lui permettait de monter dans l'avion et je lui imprimais.

– Des vols à l'étranger aussi ? Mais il n'en faisait peut-être pas ?

– Si. Mais pas souvent. Un à Mexico. Un à Manille. Un à Londres, mais celui-là, je crois qu'il m'a demandé de l'annuler.

– Et elle s'occupait aussi des visas ?
– Oui. Une dame très gentille.

Leaphorn hocha la tête en pensant aux avantages dont jouissent les gens fortunés.

– Parfois, il fallait deux billets. Parce qu'il m'emmenait pour m'occuper de ses affaires s'il restait plusieurs jours.

Leaphorn demeura quelques instants silencieux en analysant ces paroles.

– Elle s'occupait de votre visa quand il vous en fallait un ? Tommy, est-ce que M. Delos vous a fait naturaliser ? Citoyen américain, je veux dire. Est-ce qu'on vous a fait prêter serment et tout ça ?

– Oh, oui. Ça a été très excitant. C'était quand j'ai eu vingt et un ans. Le même jour que celui où je me suis inscrit pour pouvoir voter.

– Plusieurs années auparavant, je dirais quand vous aviez dix-sept ou dix-huit ans, est-ce que M. Delos est resté absent pendant très longtemps ? Peut-être même une année ?

– Oh, ça a duré plus longtemps que ça. Durant cinq ans environ il a été absent presque tout le temps. Parfois il me téléphonait pour le courrier ou pour savoir s'il avait des messages. Et ensuite il appelait pour me dire de venir l'attendre à l'aéroport, il restait peut-être pendant une semaine et après il fallait qu'il reparte.

– Et vous restiez à l'appartement, c'est tout ?

– Je travaillais pour M. Martinez, à son restaurant qui faisait boulangerie, répondit Vang avec un rire à la tonalité désabusée. Ces périodes-là, je ne les aimais pas. Je regardais la télévision, je faisais des promenades et je travaillais beaucoup. Personne à qui parler. Je passais du temps à la bibliothèque à essayer d'apprendre ce qu'il était advenu du peuple hmong.

– Et vous pensiez à rentrer dans votre pays ?

– Pas d'argent. Parfois, j'essayais d'en parler à M. Delos, mais il se contentait de me répondre que quand tout serait terminé ici, il me ramènerait lui-même chez moi.

– Il ne vous a jamais versé de salaire ?

– Il me disait que c'était exactement comme s'il était mon père. Il payait mes vêtements, le logement, la nourriture, tout ce dont j'avais besoin. Il me faisait enseigner des choses. Exactement comme si j'étais son fils.

Leaphorn étudia Tommy. Oui, cette affirmation paraissait sérieuse. Il la trouva également terrible.

– Le moment est venu de repartir, dit-il. M. Delonie va rentrer chez lui, à peu près maintenant, après sa journée de travail. C'est le moment de reprendre la route. D'arriver à Torreon et de trouver où il habite.

Tandis qu'il attachait sa ceinture, il s'aperçut que Tommy le fixait du regard, qu'il fronçait les sourcils en désignant du geste la boîte à gants.

– Votre téléphone. Je crois que je l'entends sonner à l'intérieur.

Leaphorn s'en saisit, releva le clapet. Appuya sur le mauvais bouton. Puis sur le bon. Prêta l'oreille.

– Allô ?

– Je parle bien au lieutenant Joe Leaphorn ? s'enquit une voix. Ted Rostic m'a demandé de vous contacter au sujet d'une rubrique nécrologique. Je m'appelle Carter Bradley, et je crains d'avoir de mauvaises nouvelles à vous annoncer.

Il eut un rire étouffé, ajouta :

– À moins qu'elles soient bonnes.

– À propos de Totter ?

– Ouais. Aux archives de l'hôpital Saint Anthony, on m'a répondu qu'aucun patient nommé Totter n'a été admis dans l'établissement. Pas cette année-là, en tout cas. J'espère que c'est la bonne, que j'ai.

Il la précisa à Leaphorn qui confirma.
- C'est la bonne.
- Quelqu'un qui s'appelait Tyler est décédé quelques semaines après cette date. Mais c'était une femme.
- Je me demande si la personne qui a envoyé la rubrique au journal a pu se tromper d'hôpital. Ça paraît peu vraisemblable, mais vous...
- Écoutez, interrompit Bradley, le texte disait que Totter avait été inhumé dans le cimetière de l'Administration des Anciens Combattants. Il s'avère que non. Il n'y a aucune trace de cet enterrement et les archives de cet organisme sont très sûres.
- Bon, je vous remercie. Je ne peux pas dire que ça me surprenne.
- Moi, si. Quelle raison quelqu'un pourrait avoir de monter un canular pareil ?
- J'ai bien peur de ne pas le savoir. Avez-vous appelé Ted Rostic ?
- Oui. Il n'en savait rien non plus. Mais il ne paraissait pas plus surpris que vous.

Leaphorn reprit la route en se demandant ce qu'il allait pouvoir faire de ce renseignement. Tommy Vang l'observait avec une apparente curiosité. Leaphorn soupira.

- Tommy, dit-il. Je vais vous révéler des choses extrêmement importantes. Extrêmement sérieuses pour vous et pour d'autres aussi. Cet appel était au sujet de M. Totter, le propriétaire de la fameuse couverture qui était accrochée sur le mur, chez M. Delos. Vous êtes au courant ?
- J'en ai entendu parler. Sa galerie a brûlé, mais la couverture a été sauvée on ne sait pas comment. Et M. Totter est parti, il est mort, il a été enterré.
- Cet appel venait d'un vieux journaliste qui est désormais à la retraite. Quelqu'un qui est un peu comme moi. Il s'est livré à des vérifications à ma

demande, en Oklahoma où M. Totter était parti, disait-on. Mais M. Bradley a découvert que M. Totter n'est pas décédé là-bas, à l'hôpital. Et qu'il n'a pas été enterré.

– Oh, fit Tommy qui semblait supris et dans l'attente d'une explication.

– Je pense qu'il est toujours vivant. Et que c'est quelqu'un de très dangereux.

– Oh, fit Tommy en levant les sourcils.

– Tommy, vous n'allez pas apprécier ce que je vais vous dire. Et je ne peux presque rien prouver. Mais quand nous aurons trouvé M. Delonie, c'est ce que je vais lui dire à lui aussi. Et peut-être que lui, il sera en mesure d'établir si j'ai tort ou raison.

Il haussa les épaules :

– Il est sûrement le seul, d'ailleurs...

– Je suppose que tout cela est lié à ce que M. Delos fait avec ses cerises ? demanda Tommy d'une voix triste.

– Oui, et davantage encore. D'une certaine manière, je dirais que c'est lié à toutes les données religieuses dont nous avons parlé. Au sujet du chef des esprits maléfiques que vous, les Hmongs, vous appelez Nau Yong.

– D'accord. Je vous écoute.

– Remontons très loin en arrière à l'époque où vous étiez encore adolescent et où vous habitiez à San Francisco. Seul, à ce moment-là, parce que M. Delos passait la plus grande partie de son temps ailleurs pour ses longs voyages d'affaires. Cet ailleurs, c'est une station-service qui faisait également boutique pour touristes et magasin d'alimentation, au bord de la route. Elle était tenue par un couple nommé Handy. Un jour, un homme est arrivé. Il a dit qu'il s'appelait Ray Shewnack. C'était un bel homme, imposant, avec un grand sourire. Il se faisait facilement des amis.

Leaphorn relata ce qui s'était passé ensuite, la manière dont Shewnack avait tué Handy et sa femme, trahi ses nouveaux amis et disparu avec l'argent.

– Maintenant, passons directement à l'époque où, adulte, vous viviez essentiellement seul en Californie parce que M. Delos partait souvent pour ses affaires. Un homme qui se fait appeler Totter achète un magasin en bord de route, il y ajoute une galerie d'art indien, vend diverses choses. Le temps passe : les trois complices qui ont été jetés en prison pour le meurtre du couple Handy commencent à être libérés sous condition.

Il s'interrompit, scruta Tommy qui avait les lèvres pincées, le regard braqué droit devant lui, et qui semblait plongé dans ses souvenirs. Leaphorn espérait qu'il atteignait des conclusions.

– Je vous demande de bien faire attention au moment et au lieu. Ces trois complices que le dénommé Shewnack avait trahis étaient sur le point de sortir de prison. Pour revenir dans cette région très peu habitée où tout le monde connaît tout le monde. Gardez cette idée en tête. Et souvenez-vous que les trois allaient reconnaître Shewnack s'ils le voyaient. D'accord ?

Tommy acquiesça.

– À ce moment-là, donc, Totter engage un homme, quelqu'un que nul ne connaît dans la région, semble-t-il, afin de l'aider au magasin. Un incendie se déclare, l'employé meurt calciné au point de ne pouvoir être identifié mais en laissant derrière lui un certain nombre d'objets qui permettent de déterminer qu'il s'agit de Shewnack, lequel, à cette date, figure sur la liste des criminels les plus recherchés par le FBI. Shewnack est déclaré officiellement mort. Totter encaisse l'assurance pour l'incendie, vend le magasin et disparaît. La rubrique nécrologique est ensuite publiée, établissant que Totter a lui aussi cessé de vivre.

— Bon, d'accord, d'accord, intervint Tommy Vang. Mais il n'est pas mort. Et vous êtes pratiquement convaincu que l'homme qui s'appelait Shewnack est devenu M. Totter, qu'il s'est débarrassé de Shewnack avant de faire savoir que Totter était mort, et maintenant il a disparu à nouveau.

— Pas exactement disparu, cette fois. Je crois que nous connaissons le nom qu'il utilise désormais.

Il n'avait pas quitté Tommy des yeux et ajouta :

— Vous êtes d'accord avec moi ?

Tommy relâcha sa respiration.

— Vous voulez dire que ça serait M. Delos, l'homme qui empoisonne les gens avec de grosses cerises rouges ?

— Et qui, grâce à son plus récent cadeau se composant de cerises, a pris toutes les précautions afin que, si elles tuent M. Delonie, ce sera Tommy Vang qui aura apporté le poison à la victime, Tommy Vang dont les empreintes digitales seront partout sur le bocal et dont l'écriture est présente sur le message qui accompagne le paquet.

Il attendit une réaction. N'en obtint pas.

— Cela vous donne-t-il l'impression de se tenir ?

Tommy hocha la tête.

— Je me rappelle qu'il m'a fait appuyer avec mon pouce sur le couvercle du bocal. Il m'a dit que c'était pour s'assurer que c'était bien fermé, mais il était vissé à fond.

Il leva son pouce, en inspecta l'extrémité, le frotta contre sa chemise.

— Et je me souviens de ce qu'il m'a dit une fois, sur les gens. Sur moi. Il m'a dit que quand Dieu a créé les hommes, il les a laissés se répartir en deux groupes. Un petit nombre d'entre eux, très petit, et exclusivement de sexe masculin, sont les prédateurs.

Ils sont comme notre Dieu des esprits mauvais qui dévorait l'âme des autres. Et puis il y a ceux qui restent. Tous, pratiquement, à part eux. Ce sont les proies. Les faibles, c'est le mot qu'il a employé. Les gens sans défense. Il m'a dit que quasiment tous les Hmongs étaient des proies. Mais que j'étais peut-être l'exception. Qu'il pouvait peut-être m'apprendre à devenir l'un des puissants.

Il se tut, secoua la tête.

– Et il a essayé de vous l'apprendre ?

– Au début, quand nous habitions à l'hôtel. Mais rapidement, il s'est mis très en colère et a abandonné. Il m'a dit d'oublier tout ça. Et ensuite, après un certain temps, il essayait à nouveau de me l'enseigner.

– Est-ce que cette attitude était motivée par des choses précises ?

– Je suppose que je le décevais chaque fois. Mais un jour, je suis entré dans la salle à manger où l'argenterie était rangée et j'ai vu la vieille femme qui travaillait à son service cacher plusieurs louches dans son sac à main. Je lui ai dit qu'elle ferait mieux de les remettre parce que M. Delos s'en apercevrait, qu'il appellerait la police et qu'elle serait jetée en prison. Et là...

Leaphorn transgressa une des règles de base de la politesse navajo. Il leva la main pour lui couper la parole.

– Laissez-moi voir si j'ai deviné. Il s'est mis en colère. Il vous a dit que vous auriez dû la laisser emporter les objets volés jusqu'à la porte, la rattraper à cet endroit-là au moment où elle partait, et lui faire comprendre qu'elle était dorénavant à votre merci. Chaque fois qu'elle n'obéirait pas à vos ordres, vous seriez en position de porter plainte contre elle.

Tommy hochait la tête.

– C'est exactement ce qui s'est passé. Il m'a fait asseoir, m'a expliqué comment les gens qui possèdent le pouvoir font pour l'obtenir. Comment ils prennent le contrôle. Mais je pense qu'il a vu que cela n'y changerait rien et il m'a dit que je serais sans doute une proie toute ma vie. Qu'il était temps que j'apprenne. Et il a tourné les talons.

– Il n'a plus essayé de faire de vous l'un des puissants ?

– Pas après ce jour-là. Presque jamais.

– Bon, allons voir si nous pouvons trouver M. Delonie.

Deux pick-up et une vieille Chevy quatre portes étaient garés devant le bâtiment administratif de Torreon, mais le propriétaire de l'un des camions partait justement. Non, il n'avait pas vu Delonie de la journée et ne savait pas où il pouvait être. L'autre pick-up, en y regardant de plus près, avait visiblement été laissé sur place à cause d'un pneu arrière éclaté, et il n'y avait personne dans le bâtiment à l'exception de Mme Sandra Nezbah, une femme d'une quarantaine d'années à l'embonpoint marqué qui les accueillit avec un sourire chaleureux. Mais non, elle n'était pas sûre de l'endroit où Delonie pouvait se trouver. Elle consulta sa montre. Probablement chez lui. Et où était-ce ? Elle les précéda vers une porte latérale avant de pointer le doigt à l'est, en direction des versants de la crête de Torreon. La maison de Delonie était la petite avec le toit plat et la vaste grange sur l'arrière, et le véhicule qui se trouvait à côté de la grange ressemblait au sien.

17

Il s'y trouvait encore quand Leaphorn se gara près de l'allée, coupa le contact et accorda aux habitants le délai nécessaire, imposé par la politesse navajo, pour réagir à la présence de visiteurs. Une attente de courte durée car Delonie les avait entendus et se tenait à côté de la porte de la grange d'où il les observait.

– *Ya eeh teh*, lui cria Leaphorn en sortant. Nous sommes heureux de vous trouver chez vous.

– Le lieutenant Leaphorn ? fit Delonie qui n'avait pas bougé et semblait plutôt mal à l'aise. Qu'est-ce qui vous amène ici ? Vous travaillez pour mon responsable de conditionelle, maintenant ?

– Je voudrais vous présenter Tommy Vang, répondit l'ancien policier avec un geste de la main vers le Hmong qui mettait pied à terre. Nous souhaiterions vous faire part de certaines informations et voir ce que vous en pensez.

Delonie réfléchit à cette déclaration. Adopta un rictus sceptique.

– Je suis prêt à parier que vous ne vous apprêtez pas à m'annoncer la découverte du butin volé par Shewnack lors du cambriolage du magasin Handy. Alors, vous l'avez déterré ?

– Plus important que ça. Nous désirons vous communiquer des éléments et voir si vous êtes d'accord avec nous pour conclure que l'individu que nous avons, jusque-là, appelé Shewnack, est toujours vivant. Qu'il continue à sévir, en fait.

Delonie respira à fond.

– Toujours vivant ? Shewnack ? Vous m'annoncez que ce salopard n'a pas grillé chez Totter ? Qui était-ce, alors ? Qu'est-ce que vous voulez dire ?

– Il va nous falloir plusieurs minutes pour vous expliquer tout ça. Vous avez un peu de temps ?

– Pour ça, j'ai jusqu'à la fin de mes jours.

Il les fit entrer chez lui, leur indiqua la pièce de devant :

– Installez-vous.

Puis il disparut dans ce qui semblait être la cuisine.

– J'ai environ un demi-pot de café. Je vais le faire réchauffer, voir quel goût il a.

Un coup d'œil autour de la pièce apprit à Leaphorn que Delonie ne valait pas mieux que la majorité des célibataires, du point de vue du ménage. Pour s'asseoir, il y avait un vieux canapé massif dont les coussins affaissés disparaissaient partiellement sous une couverture de l'armée ; un fauteuil inclinable recouvert de plastique noir craquelé ; un fauteuil à bascule protégé par un coussin carré très usé ; trois chaises de salle à manger en bois à dossier droit, dont deux attendaient devant une table encombrée et la troisième était appuyée contre le mur. Un linoléum imitation carrelage, dans les bleuvert, décorait le sol, mais l'effet était gâché par de trop nombreux passages au fil des années. Au-delà de ce décor, une porte vitrée coulissante donnait sur un patio entouré de murs.

– Asseyez-vous, leur cria Delonie. Ce caoua est un peu éventé mais buvable et il sera chaud dans une minute.

Leaphorn regardait Tommy Vang en espérant mettre à profit cette minute pour décider de la façon dont ils allaient s'y prendre. Mais les yeux de Vang, et son attention, étaient tournés vers l'extérieur où une escadrille d'oiseaux-mouches étaient occupés à filer dans les airs, à boire, à se chamailler et à faire du surplace autour d'une série de mangeoires accrochées aux chevrons du patio. Ils étaient peut-être une douzaine, estima l'ancien lieutenant, mais ils bougeaient trop vite pour en établir un compte précis. Il lui sembla reconnaître au moins trois espèces différentes.

Dans la petite cour au-delà des mangeoires suspendues s'activaient des volatiles en plus grand nombre. Delonie, ou quelqu'un d'autre, avait converti l'espace en une forêt désorganisée composée de poteaux de clôture dont chacun était surmonté de mangeoires à grains. Elles étaient complétées par une variété d'autres, certaines accrochées aux branches de pins pignons, plusieurs fixées au mur de la cour, et une plus grande, une bûche partiellement évidée afin de contenir la nourriture destinée à des oiseaux de taille supérieure et dotée d'une petite vasque en béton à laquelle on avait donné une forme qui pouvait rappeler celle d'une coquille de palourde géante. Pour le moment, deux tourterelles s'y désaltéraient. Partout, alentour, l'air bruissait d'une activité ailée.

Tommy Vang regarda Leaphorn avec un large sourire en pointant le doigt sur le spectacle aérien.

Delonie arriva de la cuisine, un plateau en équilibre sur la main droite. Une boîte de lait concentré, un paquet de sucre d'où dépassait le manche d'une cuiller, et trois tasses y étaient posés. Sa main gauche tenait une cafetière fumante. Il mit le plateau sur la table, versa le café.

– Prenez une tasse, rajoutez ce que vous voulez, après quoi je suis impatient de vous entendre raconter comment ce salopard de Shewnack a ressuscité du royaume des morts.

Il adopta le fauteuil inclinable pour la conversation à venir mais s'assit au bord sans chercher à profiter de son confort. Après avoir versé un peu de lait concentré et une petite cuillerée de sucre dans sa tasse, il remuait l'ensemble. De loin en loin il jetait un regard sur Vang mais gardait la plupart du temps les yeux fixés sur Leaphorn.

Le légendaire lieutenant buvait son café noir. Il avala une gorgée, contint sa réaction première, sourit à Delonie. Éventé, mais chaud. Et c'était le premier qu'il buvait depuis longtemps.

– D'abord, je souhaite vous parler de Tommy Vang qui joue un grand rôle dans cette histoire et vous a apporté un cadeau. Il vous le donnera plus tard, quand nous en aurons terminé avec nos explications. C'est à lui qu'il revient de vous exposer ce qu'il fait là, et ça remonte à la guerre du Vietnam.

Delonie adressa un signe de tête affirmatif à Vang, but une gorgée de café et attendit, toujours posé à l'extrême bord du fauteuil.

– Entendu, dit-il.

– Allez-y, Tommy, l'encouragea Leaphorn. Parlez à M. Delonie de l'agent de la CIA, de la façon dont il a travaillé avec votre famille dans les montagnes, de celle dont il est venu vous chercher dans le camp de réfugiés. Tout ça.

Tommy Vang fit ce qu'on lui demandait. Avec des hésitations au début, et d'une voix basse qui gagna en puissance quand il constata que Delonie était intéressé... même en l'écoutant parler de ses cours de cuisine et de ses attributions de valet. Quand il arriva aux périodes où il se retrouvait souvent seul et où son patron ne revenait pas pendant des semaines et des semaines, il eut une hésitation et jeta un coup d'œil vers Leaphorn en quête d'instructions.

– Nous en venons maintenant au moment où vous êtes sur le point d'entrer en lice. À cette époque-là environ, ce personnage disparaît de San Francisco, et un autre qui se fait appeler Ray Shewnack arrive par ici. Vous vous souvenez?

L'expression de Delonie avait changé pendant que Leaphorn prononçait ces paroles. Il se pencha en avant, le regard intense.

– Un peu, que je m'en souviens, de ce jour-là. Il faisait froid. Ellie et moi, on était allés au casino de la Cité du Ciel. On avait déjeuné, on avait discuté avec des gens et Benny Begay nous a vus. C'est lui qui nous a amené ce Shewnack. Ils jouaient au poker à sept cartes dans la salle de jeu et il a fait les présentations. Il a dit que Shewnack venait de Californie, qu'il était enquêteur à la police criminelle de Santa Monica. En vacances dans la région. Juste venu jouer les touristes.

Delonie hocha la tête à destination de Leaphorn :

– Qu'est-ce que vous en dites? Un policier en vacances.

– Je pense que ça correspond assez bien à ce que nous allons vous raconter. Changements de noms, changements de lieux, jamais le même deux fois.

– Quel sale fils de pute. Comme les pires de vos sorciers. Ceux-qui-Changent-de-Forme.

– Pour vous avouer la vérité, j'y avais pensé moi aussi, reconnut Leaphorn.

– Dès le début, je l'ai bien vu que ce type s'intéressait à Ellie. Il s'est assis, il nous a parlé de la profonde admiration qu'il avait à l'égard de notre région, a déclaré qu'il allait venir s'installer ici. Il voulait savoir où nous habitions. Où nous travaillions. Vous ne pourriez pas rêver un comportement plus amical.

Delonie but un peu de café, reposa la tasse bruyamment sur la table et reprit :

– Si seulement j'avais eu l'intelligence de voir ce qui se préparait. Si seulement j'avais eu un pistolet et si j'avais été assez intelligent pour le faire, j'aurais descendu ce salopard. Tout le monde y aurait gagné.

L'intonation de fureur présente dans cette déclaration entraîna un moment de silence. Leaphorn remarqua que l'expression de Tommy Vang passait de la soudaine surprise à l'inquiétude fébrile.

– Mais comment quelqu'un pourrait-il prédire l'avenir ? demanda Leaphorn. C'est ce que vous faites en ce moment même, vous adoptez une attitude amicale envers quelqu'un que vous ne connaissez pas.

– Ouais, fit Delonie qui partit d'un rire amer.

– Alors qu'est-ce qui s'est passé après ?

– Après, il n'a pas arrêté de venir au magasin des Handy. Au volant d'une Cadillac bleu pâle quatre portes. La première fois, il a pris de l'essence, il a vérifié la pression des pneus et le niveau d'huile. (Il eut un sourire désabusé.) Vous vous souvenez de l'époque où les gens faisaient ça ? Je veux dire, quand ils demandaient au pompiste de vérifier pour eux ? Hé bien, lui, il le faisait tout seul. Pour vous prouver à quel point il pouvait se montrer sympa. Et après il entrait, il s'achetait des cigarettes, parlait avec Ellie et Handy. Avec force sourires, tout en amabilité. Ça a duré un certain temps.

Delonie se tut. Regarda par la fenêtre. Secoua la tête.

– Très vite, si bête que je puisse être, j'ai vu qu'Ellie était infiniment plus attirée par Shewnack que par moi. Et très vite il a commencé à venir vers l'heure de la fermeture, et on allait un peu plus loin sur la route, ou alors il arrivait qu'on retourne au casino d'Acoma * où on mangeait quelque chose en liant connaissance. Parfois on faisait une partie de poker. Et Shewnack nous donnait des précisions sur sa carrière de policier, il expliquait surtout que la stupidité crasse des criminels facilite la tâche des flics. Il avait plein d'histoires à raconter là-dessus. Et après il nous disait à quel point il serait facile, dans nos contrées vastes et désertes, d'empocher plein de fric en organisant des hold-up. Il n'y avait pas autant de flics qu'ailleurs. Ils n'étaient pas très bien formés. Pas si intelligents que ça, en plus. Il affirmait que le secret consistait à savoir comment s'y prendre pour ne pas laisser d'indices derrière soi. Et ainsi de suite. Il avait une réserve d'histoires intéressantes sur la façon dont ça se passait, et la façon dont en réalité les flics ne démontraient pas une si grande détermination pour arrêter les gens. Sous-payés, dénigrés et débordés. On entendait souvent ça, dans sa bouche. Il suffit de laisser les choses suivre leur cours naturel et les criminels stupides se trahiront tout seuls. Bon, c'est vrai, je reconnais que c'était assez intéressant, et Ellie se laissait vraiment absorber par ses paroles. Un jour, elle lui a demandé comment il organiserait son coup, s'il voulait braquer un magasin, et il a répondu, tu veux dire comme le magasin où vous travaillez tous les trois, et elle a répondu ouais, comment tu t'y prendrais ? Et il a dit : « Eh bien, les vrais pros auxquels nous sommes confrontés de temps en temps, en Californie, préparent très bien leur coup. D'abord, est-ce qu'il y aura assez d'argent à emporter pour que ça justifie le temps investi dans la préparation ? » Et il a conclu que le magasin Handy ne serait pas une cible potentielle parce que la recette de la journée ne pouvait s'élever qu'à quelques centaines de dollars.

Il se tut, but du café, regarda l'activité des oiseaux au dehors.

– Sachant ce que je sais maintenant, je suis certain qu'il savait parfaitement que c'était faux, mais

Ellie a marché à fond. Elle lui a expliqué que Handy n'allait jamais déposer son argent à la banque plus d'une fois par semaine, et qu'il arrivait qu'un mois entier s'écoule avant qu'il prenne sa voiture pour l'emporter à celle de Gallup. Elle lui a révélé qu'il rangeait tout dans un coffre-fort secret. Enfin bon, la gentille petite Ellie ne lui a rien caché. À chaque question qu'il posait, elle répondait. Et après, le moment venu, vous savez ce qu'il lui fait ?

Delonie laissa la question sans réponse, le regard fixé sur le patio derrière les portes-fenêtres.

– Ces oiseaux sont encore plus actifs au printemps, dit-il. Ils commencent à essayer de construire un nid, de s'accoupler. Même les colins de Gambel viennent pondre leurs œufs sous les épais buissons, là-bas. Et quand ils éclosent, ils pénètrent parfois dans le patio avec leurs oisillons. Le mâle se perche sur le mur et il surveille qu'il n'y a pas de chats, de rapaces ni rien qui représente un péril. Et la femelle les guide un peu partout. Elle leur apprend à courir dans les broussailles ou à se dissimuler sous des objets quand elle les prévient d'un danger.

Les lèvres de Delonie s'étaient recourbées en un sourire triste car un souvenir lui revenait.

– Parfois, j'arrivais à ramener Ellie ici pour les observer avec moi. (Il secoua la tête.) Elle était d'une compagnie très agréable. Elle aurait dû m'épouser comme je le lui avais demandé. Je crois qu'elle l'aurait fait si Shewnack n'était pas venu.

– Je me suis entretenu avec les policiers qui se sont occupés de cette affaire, intervint Leaphorn. Ils m'ont dit que pour eux, c'était vraiment une fille très bien.

– La prison a dû la changer. C'est ce que ça m'a fait, à moi. Quand j'en suis enfin sorti, j'ai tenté de la retrouver mais elle a refusé de me voir. J'ai fini par abandonner. Et puis, tout récemment, j'ai appris qu'elle était morte.

– Vous saviez que Benny Begay l'est, lui aussi ?
– C'est ce qu'on m'a dit.
– Ça signifie que vous êtes quelqu'un d'une importance extrême pour cet homme qui se fait appeler Shewnack. Le seul qui reste et qui soit capable de l'identifier comme étant l'auteur de ce double meurtre.
– S'il n'était pas déjà réduit en cendres.
– Vous y croyez, à ça ?
– Écoutez, qui je devrais croire, vous ou le célèbre FBI ?
– Nous allons vous laisser le choix.

Leaphorn entreprit alors de relier les points séparant les lieux et les époques entre l'homme qui se faisait appeler Shewnack et qui partait du magasin des Handy avec le butin, et celui qui se faisait appeler Totter et qui faisait son apparition dans le haut pays aride des Four Corners où il s'achetait un vieux comptoir d'échanges et faisait construire une galerie. Puis l'incendie qui tuait un itinérant que Totter avait embauché, dont le FBI avait décrété qu'il s'agissait de Shewnack. Et ensuite, Totter qui touchait l'assurance avant de disparaître.

– Après..., s'apprêtait à poursuivre Leaphorn quand Delonie l'arrêta en levant la main.
– Après, nous apprenons que M. Totter est mort, lui aussi. Comment cela s'inscrit-il dans le schéma que vous me proposez ?
– Ça ne s'y inscrivait pas jusqu'au moment où nous avons vérifié la notice nécrologique, et il s'avère qu'elle est fausse. L'homme qui se faisait appeler Totter n'est pas mort.
– Toujours vivant ? Où ça ?
– Non loin de Flagstaff, en ce moment, si nous avons raison. Nous pensons qu'il s'agit de quelqu'un qui a été agent de la CIA au Vietnam. Monsieur Vang l'a connu quand il portait le nom de George

Perkins. Et si on remonte cette étrange piste, on aboutit à sa mise en cause dans un vol d'argent appartenant à la CIA et destiné à des tentatives de corruption. Il s'est fait flanquer à la porte de l'Agence, a sorti Tommy Vang d'un camp de réfugiés hmong, s'est installé, si on peut dire, à San Francisco. Comme Tommy vous l'a exposé, il était très souvent parti en voyage. C'était le cas, par exemple, pendant la longue période qui a précédé l'assassinat des Handy, et à nouveau quand Totter a repris le comptoir d'échanges et s'en est servi comme base de ses activités. Après...

Delonie leva à nouveau la main.

– Laissez-moi terminer à votre place. Après, quand ceux d'entre nous qui purgeaient leur peine pour le double homicide des Handy ont commencé à être libérés sous condition, il a conclu qu'ils allaient le voir et le dénoncer. Il a donc embauché quelqu'un pour l'aider, l'a fait périr dans l'incendie, a laissé des indices pour persuader le FBI qu'il s'agissait de Shewnack, éliminant de la sorte ce problème-là. C'est ça ?

– À peu de chose près, répondit Leaphorn.

– Il me semble que les correspondances sont vraiment très fragiles. Vous voulez me persuader que ce Jason Delos est Shewnack ?

Leaphorn acquiesça.

– Vous avez oublié la couverture, intervint Tommy Vang. Et vous avez oublié la façon dont Totter a volé la résine de pin pignon pour que le feu ne donne pas l'impression d'avoir été déclenché intentionnellement.

– Quelle résine de pin pignon ? Et quelle couverture ? fit Delonie avec un sourire crispé. Je sais que ce Shewnack a plus ou moins démontré que je suis stupide, mais j'en ai tiré les leçons. Qu'est-ce que vous essayez de me vendre, ce coup-là ?

Leaphorn expliqua le rôle de la couverture, expliqua, de manière assez peu convaincante, celui de la résine dans les seaux de saindoux pour rendre l'incendie très ardent sans qu'il laisse aucune trace de ces produits chimiques qui favorisent la propagation des flammes et que les spécialistes des actes de pyromanie ont appris à détecter.

Delonie réfléchit à l'ensemble, puis hocha la tête.

– Si j'étais un jury de mise en accusation, je pense que ça m'intéresserait peut-être. Mais je crois que j'exigerais davantage de preuves. Ce que vous me présentez là ne me paraît pas très concluant, si ?

Il eut un rire et reprit :

– Vous remarquez le vocabulaire que j'utilise. C'est une chose qu'on apprend en prison. Il y a beaucoup de pseudo-spécialistes du droit, derrière les barreaux. Mais je pense que je me demanderais à quel résultat vous essayez de parvenir, avec tout ça.

Leaphorn se posait la même question. Il se demandait ce qu'il faisait là. Il était fatigué. Avait mal au dos. Était censé être à la retraite. Delonie avait raison. S'il réussissait à le convaincre de témoigner à la barre, de déclarer sous serment que Jason Delos était en réalité Ray Shewnack, l'avocat de la défense ferait valoir que Delonie était un prisonnier libéré sous conditions et insisterait lourdement sur l'absence complète, totale, absolue de la moindre preuve tangible.

Oh, et puis zut, se dit-il.

– Je pense que vous seriez obligé de conclure que nous essayons de vous sauver la vie, monsieur Delonie. D'empêcher ce Ray Shewnack « réchappé des flammes de l'enfer » de vous éliminer en tant qu'ultime menace potentielle.

Il sortit la petite boîte de la poche de sa veste. La lui tendit.

– Voilà le cadeau qu'il vous fait parvenir.
– Comment ça, me sauver la vie ?

Il prit la boîte avec des gestes circonspects, la retourna, lut le message qui y était fixé, y apposa le doigt.

– Qui a écrit ça ?
– Moi, répondit Tommy. M. Delos me l'a dicté.
– Et c'est censé venir de ce Delos ?
– C'est un petit bocal de cerises. Les grosses cerises qu'il met dans les cocktails qu'il aime se préparer avec du bourbon.

Delonie arracha l'emballage, déchira la boîte et en sortit le bocal qu'il examina attentivement.

– C'est sympa comme truc à envoyer à quelqu'un, dit-il. Si je croyais que ce Delos est bien Ray Shewnack, je serais extrêmement surpris. Je n'ai jamais vraiment pensé qu'il en avait quelque chose à fiche, de moi. Il souriait à tout le monde, il vous donnait de grandes tapes dans le dos, mais ça se voyait.

– Vous ne trouverez pas ses empreintes digitales dessus. Ni sur ce beau papier qui a servi à l'envelopper, sur le bocal ou sur son couvercle. Personne n'a rien touché à l'exception de Tommy Vang. Delos lui a même demandé d'appuyer avec son pouce sur le couvercle. L'endroit parfait pour y laisser une empreinte.

Delonie dévissa le capuchon, regarda dans le récipient, renifla.

– Ça sent bon, dit-il.

Tommy Vang, qui témoignait d'une extrême nervosité, se pencha en tendant la main.

– N'en mangez pas, implora-t-il.
– Nous pensons qu'elles sont empoisonnées, précisa Leaphorn.

Delonie fronça les sourcils.

– Les cerises ?

Il mit la main dans sa poche, en sortit un couteau qu'il déplia, pêcha un fruit dans le bocal, le fit rouler sur la table.

– Elle a l'air bonne, dit-il en la scrutant.

– Je crois que si vous la regardez de très près, vous allez trouver une toute petite trace de perforation quelque part. À l'endroit où une aiguille a injecté une dose d'un produit comparable à de la strychnine. Quelque chose que vous ne tenez pas à avoir dans votre estomac.

Delonie se servit du couteau pour faire rouler le fruit sur un bout de papier qu'il souleva afin de l'étudier. Il reposa l'ensemble, se tourna vers Leaphorn en fronçant les sourcils.

– Un petit trou minuscule, confirma-t-il.

– Un détective privé de Flagstaff, un ancien policier nommé Bork, est allé voir M. Delos pour se renseigner sur cette couverture dont nous vous avons parlé. Il lui a posé toute une série de questions sur la façon dont il l'avait acquise puisqu'il s'agissait d'un des objets d'artisanat qui avaient normalement été détruits dans l'incendie chez Totter. Delos lui a donné un petit en-cas à ramener chez lui. Il y avait une tranche de cake dedans, et M. Delos avait ajouté une de ces cerises très spéciales sur le dessus. Peu de temps après, sur le trajet du retour, M. Bork est mort empoisonné.

– Oh, fit Delonie.

– Je suis arrivé ensuite pour essayer de découvrir ce qui était arrivé à Bork. J'ai posé beaucoup de questions à M. Delos à propos de la couverture, comment elle se trouvait en sa possession, etc. Il a demandé à M. Vang de me préparer un petit repas, à moi aussi. Il y avait une tranche de cake aux fruits et il a rajouté une de ces cerises dessus.

– Pas moi, précisa Tommy Vang. C'était toujours M. Delos qui le faisait. Il s'en servait pour décorer.

Uniquement pour les gens importants, il disait. Et il en mettait une au sommet de la tranche. Je ne savais pas qu'il y faisait des trous, comme ça.

– Pourquoi ça ne vous a pas empoisonné, vous ? s'enquit Delonie.

– Je n'aime pas le cake aux fruits et je n'ai pas eu le temps de prélever la cerise pour la manger. Finalement, Tommy Vang a appris ce qui était arrivé à M. Bork. Ça l'a rendu très inquiet. Il m'a donc retrouvé et a essayé de récupérer le sac qui contenait le repas.

Delonie fit rouler deux nouvelles cerises hors du bocal, les regarda puis tourna les yeux vers les portes coulissantes en observant l'activité des oiseaux.

– Vers cette heure-là il y a généralement une bande de corneilles qui viennent. Si je ne suis pas là, elles chassent les passereaux et se goinfrent sur les présentoirs. Elles ne font pas que se nourrir, elles en mettent partout. Je les chasse. Avant, j'avais un fusil, je pouvais tailler dans le tas, mais mon responsable de conditionnelle n'a pas voulu que je le garde.

– Vous voulez les empoisonner ? lui demanda Leaphorn.

– Les corneilles, ça mange pratiquement n'importe quoi. Elles les goberaient d'un coup. Si elles contiennent vraiment du poison, elles seraient moins nombreuses à chaparder les œufs dans les nids des autres espèces. Ça me paraît une bonne façon de voir si vous me dites la vérité.

Delonie remit donc les cerises dans le bocal, ouvrit la porte-fenêtre et sortit sur le patio. Quelques-uns des plus gros oiseaux s'envolèrent mais Leaphorn remarqua que la majorité des petits semblaient le considérer comme ne présentant aucun danger. Il posa quatre cerises à la file sur le mur, une sur le toit de quatre des mangeoires, revint dans la pièce, se tourna pour inspecter son œuvre et ressortit précipitamment. Il récupéra celles qu'il avait déposées sur les mangeoires, les remit dans le bocal, rentra, referma la porte-fenêtre, se positionna suffisamment loin à l'intérieur pour ne pas être repéré par les oiseaux qu'il entreprit d'observer.

– Au cas où vous vous demanderiez pourquoi j'ai récupéré celles-là, sachez qu'elles seraient beaucoup trop grosses pour que les troglodytes et les passereaux communs puissent les avaler, mais ça pourrait tenter les tourterelles ou d'autres espèces plus grosses. Ces oiseaux sont obligés de se protéger contre toutes sortes de prédateurs. Rapaces, corneilles, serpents, rats, chats errants. Tuer quelques corneilles, c'est un petit service que je leur rends, mais je ne voulais pas éliminer d'espèces qui ne sont pas nuisibles.

Leaphorn jeta un œil sur sa montre.

– Combien de temps pensez-vous que nous allons devoir attendre avant de constater si ça marche ?

– Pas longtemps, fit Delonie en riant. Les corneilles sont finaudes. Elles observent. En fait, il y en avait un petit nombre de la troupe habituelle, dans les arbres, là-bas, qui surveillaient quand je suis sorti. Elles ne sont pas toutes là en permanence parce qu'elles savent que la plupart de mes mangeoires sont bricolées pour qu'elles ne puissent pas y insérer leur grosse tête. Mais quand elles me voient sortir en portant quelque chose qui pourrait ressembler à de la nourriture, elles commencent à rappliquer sans retard. Elles veulent en profiter avant les oiseaux de petite taille.

Tandis qu'il achevait son explication, deux corneilles se perchèrent dans un pin pignon, juste derrière le mur. Trois autres les imitèrent. L'une d'elles remarqua les cerises, se posa sur le mur. Elle en prit une dans son bec, la trouva trop grosse à avaler, s'envola en l'emportant dans l'arbre. Plusieurs minutes s'écoulèrent. La vue des cerises attira une de ses congénères. Elle donna un coup de bec et resta là à s'efforcer de la déchiqueter suffisamment pour pouvoir l'avaler. Puis elle s'attaqua à une autre, la fit tomber à terre, s'élança pour la rejoindre dans le patio. Une troisième corneille s'empara de la dernière cerise, la garda brièvement dans son bec. Puis elle la reposa sur le mur et s'y attaqua. Le fruit tomba dans l'herbe en contrebas et l'oiseau partit à sa recherche.

Leaphorn consulta sa montre. Combien de temps avait-il fallu au poison pour tuer Bork ? Pas moyen de le savoir, mais il avait apparemment agi au point d'affecter sa conduite en un nombre de minutes relativement limité. Bork pesait peut-être dans les quatre-vingt-dix kilos. Une corneille, ça devait être de l'ordre de plusieurs centaines de grammes. À l'instar des poules, ces oiseaux avaient-ils un jabot où la nourriture est broyée avant d'être évacuée dans le gésier ? Il l'ignorait. Mais pendant qu'il s'interrogeait là-dessus, Tommy Vang lui toucha l'épaule.

– Regardez, dit-il en pointant le doigt.

La corneille qui avait emporté son butin dans le pin pignon agitait ses ailes. Elle donna l'impression de chuter sur une branche plus basse, de se rétablir, de battre des ailes et de s'élancer dans une sorte de vol désordonné. Un vol très bref. Brusquement, sa tentative tourna court et elle tomba derrrière le mur.

– Empoisonnée, je crois, commenta Tommy Vang. Vous deviez avoir raison pour ces minuscules perforations.

Delonie était maintenant à côté d'eux, il observait.

– Celle qui est sur le sol aussi, là, dit-il. Regardez ça.

Affalé sur l'herbe, l'oiseau tentait de se relever, de remuer ses ailes. Il agonisait.

– Ça aurait dû être moi, commenta Delonie. Messieurs, je crois que je vous dois un grand merci.

– Ce que vous pourriez faire en échange serait d'aller rendre visite avec nous à M. Delos afin d'obtenir la certitude que c'est bien l'homme que vous avez connu sous le nom de Ray Shewnack, de telle sorte que nous puissions le faire appréhender, le mettre en accusation et l'enfermer pour de bon.

Mais au moment où il prononçait ces paroles, Leaphorn comprit qu'il lui faudrait une chance insensée pour réussir à atteindre le premier de ces objectifs.

– Où devons-nous aller pour que j'aie la possibilité de le voir ? s'enquit Delonie. Jusqu'à Flagstaff, je suppose.

– M. Vang va nous aider, pour ça. M. Delos est parti à la chasse. Au wapiti. Il voulait tirer un gros mâle digne d'être monté en trophée, sur un de ces ranches où on accueille les chasseurs, le long de la frontière entre le Nouveau-Mexique et le Colorado. M. Vang doit s'y rendre demain pour lui rapporter un certain nombre d'informations vous concernant. Où vous habitez, si vous vivez seul ou non, où vous travaillez, quelles sont vos habitudes, quel véhicule vous conduisez. Ce genre de choses.

Delonie observait Vang pendant qu'il prêtait l'oreille à ces éléments d'information.

– Vous étiez chargé de nouer connaissance, ou simplement de m'espionner ?

– Il était préférable que vous ne me voyiez pas. C'est ce qu'il m'a dit. Je devais juste déterminer quand vous n'étiez pas chez vous, laisser ces cerises dans votre boîte aux lettres, ou devant votre porte, et repartir.

Delonie réfléchit.

– Quel salopard. Il avait drôlement bien calculé son coup, hein ? Il avait bien deviné que je les mangerais tout en restant assis là à me demander qui avait bien pu me les envoyer. Et il avait raison. Je n'aurais pas eu assez de bon sens pour prendre le temps de la réflexion.

– Pourquoi l'auriez-vous fait ? demanda Leaphorn. Vous n'aviez aucune raison de nourrir des soupçons. Vous saviez que Shewnack était mort. Officiellement certifié par le Bureau fédéral d'identification.

Delonie hocha la tête.

– Bon, essayons de voir comment nous allons pouvoir le coincer pour de bon. Si nous voulons le surprendre pendant qu'il est à la chasse, il va falloir que nous arrivions de bonne heure. C'est à ce moment-là que les wapitis et les cerfs sortent du couvert des arbres pour se désaltérer un peu histoire de se réveiller. Et c'est le moment que choisissent ces sportifs en chambre pour les tirer. Il faut que nous commencions nos préparatifs. Ça fait un sacré trajet, pour monter là-haut.

18

La préparation de cette entreprise les contraignit à débarrasser suffisamment la table pour que Tommy Vang puisse étaler sa vieille carte routière. Ils étudièrent les marques que Delos avait inscrites dessus et le message qu'il lui avait rédigé avec les instructions. Ils prirent place sur les trois chaises à dossier droit, le maître de maison au milieu.

Delonie posa le doigt sur la zone que Delos avait entourée d'un cercle.

– C'est là qu'il tire son gibier ? C'est ça ? Si oui, le meilleur choix qui s'offre à nous serait de remonter en passant par Cuba.

Il se tut, secoua la tête.

– Mais là, nous avons un choix à faire. Soit le trajet le plus long, par la 537 goudronnée qui traverse la réserve apache Jicarilla, soit le raccourci. En sortant de Cuba on continue vers le nord dans la direction de La Jara en prenant le vieux Highway 112 et on va jusqu'à Dulce. Les deux conduisent au même endroit. Le premier itinéraire est beaucoup plus long, mais la chaussée est asphaltée de bout en bout. La route secondaire 112, là, oblige à négocier beaucoup de portions de terre.

Leaphorn essayait de se souvenir de l'état du plus court de ces trajets. Épouvantable à l'époque de la fonte des neiges, mais probablement très praticable en cette période de l'année. Pendant qu'il méditait, Delonie émit une critique à l'égard de la vieille carte de Delos, se leva, disparut dans ce qui était vraisemblablement une chambre et revint avec d'autres documents dont un volume relié contenant des reproductions de cartes d'état-major établies par le Service des relevés géologiques des États-Unis, une carte recensant les tracés des pipelines que Leaphorn ne reconnut pas, et un exemplaire de celle du Pays Indien, éditée par l'Association automobile américaine, que Leaphorn utilisait lui-même. Delonie les posa sur la table, repoussa le volume des relevés géologiques, la carte des tracés de pipelines, puis plia celle du Pays Indien de façon à exposer la portion adéquate, le long de la frontière entre le Nouveau-Mexique et le Colorado. Il y reporta au crayon le cercle qui figurait sur la carte de Delos. S'y référa pour vérifier, effectua des modifications minimes et étudia les notes manuscrites de Delos qui y figuraient.

– Vous pouvez lire ce qu'il a griffonné, là ? demanda-t-il à Tommy Vang.

Celui-ci se pencha sur la carte, l'air surpris. Il prit le crayon que Delonie avait laissé tomber dessus.

– Pas de problème, affirma-t-il en posant la mine sur un gribouillis. Là, il a marqué : « Wash traverse route. Garer dans wash. Attendre. Je viendrai. » Et ça, là, qui ressemble un peu à un grand M, les traits qui sont ici, à côté, c'est « *Lazy*[1] *W* ». (Il rit.) *Lazy*, je dirais, parce que ce n'est pas un M mais un W couché sur la tranche.

– C'est sûrement la marque que porte le bétail de ce ranch, avança Delonie tout en étudiant Vang avec les sourcils froncés. Depuis combien de temps vous travaillez pour cet homme ? Il vous a ramené

---

1. *Lazy*, paresseux. *(N.d.T.)*

d'Asie quand vous étiez gamin, c'est ça ? Ça doit faire dans les trente ans. Vous connaissiez déjà l'anglais ?

Vang rit.

– J'avais neuf ou dix ans, je crois. Je parlais seulement hmong, un tout petit peu vietnamien et quelques mots de chinois. Mais j'ai étudié l'anglais à San Francisco avec la télévision. En suivant un programme pour les enfants. (Il rit à nouveau.) Des trucs amusants. Des clowns, des marionnettes et des petits personnages qui voulaient représenter des animaux. Mais ça apprenait les chiffres et, si on était attentif, on pouvait saisir le sens des mots qu'ils prononçaient.

– Vous n'avez jamais mis les pieds dans une école normale, alors ? conclut Delonie avec une intonation incrédule.

– Mais on apprend beaucoup à la télévision. Par exemple en regardant *Law and Order*, *NYPD Blue* et les autres, on apprend beaucoup de choses sur la manière dont les policiers comme M. Leaphorn font leur travail. Et on apprend les différentes sortes d'armes. Les seules qu'on connaissait quand j'étais petit, c'étaient les fusils que les Américains nous apportaient, et parfois ceux que mes oncles prenaient au Vietcong et au Pathet Lao.

Delonie réfléchit un instant et son visage se durcit.

– Vous êtes en train de me dire que ce misérable salopard ne vous a jamais inscrit dans une école digne de ce nom ? Que vous n'avez jamais vraiment eu quelqu'un pour vous enseigner quelque chose ?

– Oh, si, protesta Tommy Vang qui paraissait choqué. M. Delos m'a fait entrer dans une école de cuisine. J'aidais les gens et ils m'apprenaient à faire du pain, des gâteaux, des soupes et... euh, pratiquement tout.

– Mais personne ne vous a appris à lire ? À écrire, ni rien de ce genre ?

– Euh, pas en étant assis à une table, dans une salle de classe normale comme j'en vois à la télévision. Pas comme ça. Mais j'ai appris beaucoup d'autres choses. M. Delos et la femme qui dirigeait l'endroit où il y avait la nourriture et où j'ai appris à cuisiner, ils m'ont fait entrer dans une boutique de nettoyage à sec. Où les gens effectuaient des retouches sur les vêtements des clients.

Cette pensée le fit sourire.

– J'ai appris à recoudre, à raccommoder, à repasser et à faire ce qu'on appelle le « dégraissage ». J'étais très bon, pour ça.

Delonie avait l'air sombre.

– Il ne vous a donc jamais envoyé dans une école normale. Il vous a gardé chez lui où vous avez travaillé à son service. Vous lui avez fait la cuisine et vous avez un peu rempli le rôle de domestique.

Il se tourna vers Leaphorn :

– Ça correspond bien à peu près à ce que vous me disiez, non ? Sauf que je ne vous prenais pas au sérieux.

– Pourtant, c'était comme ça. M. Vang était le cuisinier de M. Delos, son serviteur et plus ou moins son secrétaire. Il s'occupait de l'organisation de ses voyages. Ce genre de choses.

– Vous avez travaillé pour ce salopard pendant vingt-cinq ans environ, alors, si je ne me trompe pas. Quel salaire vous versait-il ?

– Un salaire ? Pas quand j'étais très jeune, je pense, mais plus tard, quand j'allais faire les courses, M. Delos me disait que je pouvais garder la monnaie pour acheter ce dont j'avais besoin.

– Ce dont vous aviez besoin, reprit Delonie. Mais encore ?

Vang haussa les épaules.

– Des chaussettes et des sous-vêtements, et quand j'ai été plus âgé, des lames de rasoir et de ce déodorant qu'on se met sous les bras. Parfois je m'achetais des chewing-gums ou des barres de friandises, des choses comme ça. M. Delos, ça n'avait pas l'air de l'embêter.

Delonie récupéra le crayon et entreprit d'inscrire des chiffres dans l'angle de la carte.

– Je compte le salaire minimal à une moyenne de cinq dollars l'heure en Californie parce que ça fluctue. Il est au-dessus maintenant. Il était plus bas à l'époque. On va dire une semaine de quarante heures à raison de cinq jours par semaine, même s'il travaillait sept jours et à temps plein, je vais dire quarante. Ça ferait deux cents dollars par semaine. Bon, il faudrait réduire ça de moitié parce qu'il était nourri et logé. Disons cent par semaine. Ça vous paraît juste ?

Sans attendre leur réponse, il exécuta les calculs.

– Je vais considérer que ça s'est étalé sur vingt ans, j'enlève les années qui ont précédé la fin de l'adolescence, pour lui. Et je retire deux semaines qui correspondent aux congés, chaque année, même s'il n'a jamais pris de vacances. Cela nous donne mille semaines tout rond. D'accord ? Multiplions ça par cent dollars la semaine. Le résultat, c'est que Delos lui doit cent mille dollars. Oui ? Maintenant, si nous ajoutons des intérêts cummulés annuellement, cela signifie que M. Delos...

Leaphorn, qui n'interrompait pratiquement jamais personne, le fit pourtant.

– Monsieur Delonie, nous voyons parfaitement ce que vous voulez démontrer. Mais ne pensez-vous pas que nous devrions changer de sujet et en revenir à ce que nous devons faire demain ?

Delonie le dévisagea. Posa le crayon. Le reprit.

– D'accord. Vous avez sans doute raison. Je ne parviens quand même pas à me rentrer dans la tête que ce Delos va être Ray Shewnack. Si je le vois, et si c'est vraiment lui, je crois bien que je vais l'abattre sur place.

– Si vous faites ça, vous retournez directement en prison. Et pas uniquement parce que vous aurez transgressé les termes de votre conditionnelle.

– Je sais, acquiesça Delonie. Mais bon sang, ça vaudrait le coup.

– Le problème, c'est qu'il faudrait que j'y aille aussi. Et Tommy Vang également.

– Vous croyez possible de vous rendre là-bas, de lui mettre la main dessus, de le ramener aux autorités et d'obtenir une condamnation ? Je veux bien être pendu si je vois comment. Avec moi, qui ai été reconnu coupable d'un crime aggravé, comme unique témoin à charge ?

– Laissez le jury en décider. De toute façon, on ne peut pas mettre le lapin à cuire avant de l'avoir tué.

Delonie eut une grimace désabusée et se pencha à nouveau sur la carte.

– Bon, dit-il, si Delos veut retrouver M. Vang exactement à l'endroit où il l'a indiqué, ça doit vouloir dire que son affût se trouve à proximité. Pour moi, nous devons quand même pouvoir nous y rendre en voiture. Il doit très bien connaître la zone.

– M. Delos y est déjà allé, précisa Tommy Vang. Il m'y a emmené une fois, quand j'étais beaucoup plus jeune. (Il sourit à ce souvenir.) C'est là que j'ai appris à cuisiner sur un réchaud à bois. Surtout à faire frire la viande, bouillir les aliments et servir les cocktails pour les gens. Mais ce n'était pas facile de cuisiner tant qu'on ne savait pas maîtriser la chaleur. C'était bien trop chaud, ou après trop froid. (Il haussa les épaules.) C'est comme ça que ma mère était obligée de faire.

– Il y a donc une cuisine, conclut Delonie. Ils doivent mettre une cabane, là-bas, à la disposition de ces chasseurs d'opérette pour qu'ils puissent rester au chaud et avoir leurs aises.

– Une petite maison en rondins, précisa Vang. Une grande pièce, surtout, et une petite cuisine. Il y avait aussi un réservoir d'eau sur le toit. On tournait une grosse valve et l'eau coulait dans l'évier de la cuisine.

Son visage exprima la désapprobation. Il ajouta :

– Ça ne paraissait pas très propre. Tout était sale. L'eau aussi, je veux dire. On aurait dit qu'elle avait la couleur de la rouille.

– Vous avez grandi dans les montagnes, non? objecta Delonie. Ça vous rappelait peut-être un peu votre pays. La cabane en rondins, le feu de bois et tout.

– Oui, confirma Vang en baissant les yeux. Mais on n'était pas sales comme ça.

Delonie le fixait d'un regard renfrogné.

– L'espèce de salaud. Il aurait dû vous remmener dans votre pays.

– Il a dit qu'il le ferait. Qu'il allait le faire.

– Vous y croyez toujours?

– Avant, j'y croyais, répondit Vang après un instant de réflexion. Pendant longtemps, j'y ai cru.

Puis il se pencha sur la carte. Peut-être l'étudiait-il et peut-être pas, pensa Leaphorn, mais il ne voulait pas qu'ils le voient sur le point de pleurer.

– Juste ici, dit Vang.

Il toucha un point marqué à l'encre qui, selon le code de lecture de la carte, identifiait une route comme étant « peu sûre » et à éviter par mauvais temps.

– C'est là que nous allons, je pense, dit Leaphorn. Nous ne devrions pas rencontrer de difficultés en cette période de l'année.

– Je crois que ça va se trouver sur le domaine du vieux T.J.D. Cater, en conclut Delonie. J'ai chassé vraiment tout près quand j'étais beaucoup plus jeune. Il possédait beaucoup de terres, personnellement, mais le permis qu'il avait pour faire paître ses bêtes s'étendait sur une certaine superficie qui appartenait à la Forêt nationale et lui était cédée par bail. Ça montait haut dans les montagnes, je me souviens. Il y avait des panneaux partout. Interdiction d'entrer. Il avait signé un accord avec les gens du Service de protection de la faune sauvage pour qu'il laisse les wapitis et les cerfs brouter son herbe et boire son eau. En échange, ils lui remettaient un certain nombre de permis de chasse qu'il pouvait revendre.

— Mais M. Delos m'a dit qu'il allait chasser sur le ranch Witherspoon, objecta Vang. Et c'est là qu'il est allé l'année dernière. Cette marque qu'il a faite, ce petit gribouillis, il m'a dit que ça correspondait à une grosse pancarte au bord de la route. Pour avertir que toute personne qui entrerait sur la propriété sans autorisation serait assignée en justice. Un gros écriteau qui dit « Privé » et ensuite il y a ce que M. Delos m'a dit qu'ils appellent le « *Lazy W* » peint sur un panneau cloué à un arbre.

— Ouais, poursuivit Delonie. Quand le vieux Cater est mort, c'est Witherspoon qui a racheté la propriété. Et ça ressemble à sa marque, pour les bêtes. À ce que j'ai entendu dire. De toute façon, le propriétaire n'y change rien, pour chasser là-haut, soit il fallait s'introduire en douce, soit il fallait payer un droit à ces salopards.

— Bien, fit Leaphorn. Maintenant, si on décidait quel est le meilleur trajet pour s'y rendre ?

Delonie repoussa sa chaise et se leva.

— Je vous laisse choisir, lieutenant Leaphorn. Je vais nous préparer à manger. Demain, la journée sera longue et probalement très intéressante. Ce serait une bonne idée de manger et d'aller nous coucher.

19

Pour Leaphorn, trouver le sommeil s'avéra plus facile à dire qu'à faire. Après leur avoir préparé des côtelettes de porc presque grillées avec de la sauce, du pain et du café, Delonie les avait installés, lui et Tommy Vang, dans un espace qui avait autrefois apparemment servi de seconde chambre mais était désormais envahi d'objets divers se composant essentiellement de meubles cassés. Vang s'installa sans difficulté sur un canapé défoncé, contre le mur, laissant Leaphorn s'allonger sur une pile de trois vieux matelas posés au sol.

C'était assez confortable, et il était assurément assez fatigué, mais il avait l'esprit occupé à dresser des plans en prévision des différentes situations désagréables qu'il ne cessait d'imaginer. Idéalement, Delonie aurait très vite la possibilité d'apercevoir Delos et il identifierait sans conteste l'homme qui s'était fait appeler Ray Shewnack et avait assassiné les Handy de sang-froid avant de poursuivre sa carrière au point d'atteindre un rang élevé sur la liste des criminels les plus recherchés par le FBI. Dans ce cas, Leaphorn parviendrait à juguler la haine que Delonie nourrissait depuis longtemps et tous deux feraient demi-tour pour se procurer un mandat d'arrestation au nom de Delos. Dans un autre, plus heureux encore, Delonie observerait dans sa lunette télescopique et déclarerait très vite que Delos n'était pas Shewnack, qu'il ne lui ressemblait en rien, et il demanderait ce qui avait bien pu inciter Leaphorn, bon sang, à les entraîner dans cette entreprise délirante. Ce sur quoi ce dernier lui présenterait ses excuses, reprendrait la route de Window Rock et essaierait d'oublier toute cette histoire.

Mas qu'adviendrait-il de Tommy Vang, alors ? Et si Delonie gardait l'œil rivé à la lunette télescopique jusqu'à ce qu'il ait la certitude que c'était bien Shewnack avant de l'abattre ? Pire encore, si Delos, qui avait abondamment démontré sa tendance à la prudence, les repérait d'abord, identifiait le danger et ouvrait le feu ? À en juger d'après les têtes naturalisées exposées sur ses murs, il était bon tireur. Et il savait indubitablement que Delonie était un ennemi dangereux. Le fait qu'il ait également empoisonné une de ces cerises, délicieuses en apparence, en la destinant à Leaphorn, attestait clairement que le nom du lieutenant figurait également sur sa liste de personnes à éliminer.

Leaphorn envisagea successivement une multitude de pensées similaires, parmi lesquelles la possibilité que Tommy Vang puisse encore entretenir un soupçon de loyauté à l'égard de Delos, qu'il ne faille placer en lui qu'un certain degré de confiance, sans oublier la manière dont la situation du Hmong en général pouvait être réglée. Il y réfléchissait encore quand il s'assoupit. Reprit ses réflexions au même point quand, dans la pièce voisine, les pas lourds de Delonie et l'arôme du café l'arrachèrent à un assoupissement agité.

Il se frotta les yeux. Le clair de lune qui pénétrait par la fenêtre poussiéreuse lui révéla Vang recroquevillé sur le canapé, perdu dans le sommeil de l'innocence. Leaphorn l'observa un moment, décida de le ranger dans la catégorie des alliés, moyennant quelques petites réserves, et enfila ses chaussures.

Un peu après trois heures du matin, ayant achevé de boire leur café, ils s'entassèrent dans le pick-up avec lequel Tommy Vang était venu, traversèrent discrètement la ville de Cuba endormie pendant que la lune planait très haut au-dessus des monts San Pedro, et ils progressaient désormais à allure soutenue sur la route secondaire 112. Vang avait proposé de conduire parce qu'il connaissait le véhicule, mais une nouvelle fois Leaphorn avait fait remarquer que ces petits camions se ressemblent tous et qu'il connaissait les routes. Vang s'était donc installé sur le strapontin, derrière eux, et pendant la première demi-heure environ, il examina le 30-30 de Delonie. Il avait vu quantité d'armes à feu, expliqua-t-il (les fusils de l'armée américaine qui équipaient l'ARVN, les modèles de fabrication russe confiés au Vietcong, et ceux d'origine chinoise du Pathet Lao), mais jamais une seule qui s'armait en actionnant un levier. Avant qu'ils aient parcouru beaucoup de kilomètres, il s'assoupit sur son siège.

Delonie occupait celui du passager, bien éveillé mais plongé dans une sorte de contemplation silencieuse. Durant des kilomètres il ne prononça pas une parole, à l'exception d'une remarque sarcastique, « Circulation dense, ce matin », qu'il grommela quand ils croisèrent leur première voiture en approximativement quatre-vingts kilomètres. Puis tout à coup il s'agita, jeta un regard à Leaphorn.

– Si nous sommes où je crois, dit-il, cette montagne est celle qu'on appelle le pic de l'Homme Mort, et il y a une intersection juste un peu plus loin. Si j'ai bien lu la vieille carte de Vang, vous allez prendre à gauche. C'est ça ? Ça vous fait longer Stinking Lake puis traverser une grande partie des terres de la réserve apache Jicarilla avant d'arriver à Dulce. Et après ?

– Après, nous prenons à l'est sur l'U.S. 84 pendant environ six kilomètres, nous retrouvons une chaussée goudronnée durant quelques minutes puis nous obliquons vers le nord sur des gravillons en direction d'un petit village ancien qui se trouve là-haut et s'appelle, euh, Edith, il me semble me souvenir, puis nous continuons un peu vers le nord-ouest : nous pénétrerons au Colorado par une piste sinueuse au pied d'Archuleta Mesa, et nous devrons rouler très lentement parce que nous essayerons de repérer cette petite bifurcation que Delos a indiquée.

– Ouais, fit Delonie en observant par la fenêtre. Ce relief qu'on voit là, il doit faire partie des San Juan, je suppose, mais cette longue crête, on la surnomme le mont de la Craie. J'y ai chassé un peu, quand j'étais plus jeune.

Il poussa un soupir, ajouta :

– Pas facile comme région. On ne savait jamais si on était sur le territoire des Jicarillas, si on avait franchi la limite du Colorado et si on empiétait sur la réserve des Utes du Sud, on ne savait même pas dans quel État on était.

Ce souvenir fit naître un petit rire.

Leaphorn lui jeta un regard.

– Quelque chose de drôle ?

– Ça n'y changeait rien, en fait. Nous n'aurions pas obtenu de permis de chasse, pas plus venant d'un État que de l'autre, ou des Apaches, et je ne pense pas que les Utes du Sud en délivrent.

– Je crois qu'il est temps que nous commencions à chercher l'endroit où nous devons tourner.

– Et moi je crois qu'il est temps que vous coupiez vos phares. Si Delos est dehors et se prépare pour la chasse, il va remarquer que quelqu'un approche. Et qui cela pourrait-il être de si bon matin ? Beaucoup trop tôt pour que ce soit Tommy.

– Vous avez sûrement raison.

La lune était maintenant couchée, mais l'horizon, à l'est, affichait les lueurs qui précèdent l'aube. Il ralentit, éteignit les phares, progressa à une allure d'escargot jusqu'à ce que ses yeux se soient accoutumés à l'obscurité. Ils descendirent le versant de la colline qu'ils venaient de grimper, franchirent un petit pont sous lequel ils entendirent les clapotements d'un cours d'eau, négocièrent un virage sec de l'autre côté et se retrouvèrent dans l'ombre dense d'un bouquet de saules qui poussaient sur la rive. Leaphorn remit les phares.

Juste devant eux, leur faisceau éclaira un panneau. PRIVÉ. Et en dessous, la calligraphie recherchée d'un W couché sur le côté. Leaphorn adopta une vitesse extrêmement réduite, éteignit à nouveau les phares. Juste au-delà du pin ponderosa sur lequel la pancarte était placardée, une piste de terre quittait la chaussée de graviers qu'ils avaient empruntée jusque-là.

– Ah, fit Delonie, ça doit être le W paresseux avec lequel le vieux Cater marquait ses bêtes. Nous y voilà. On va voir ce qui se passe maintenant.

Leaphorn ne fit pas de commentaire. Juste après l'arbre, des traces de roues quittaient la piste. Il les suivit, remit les phares qui éclairèrent une barrière composée de trois rangées de fils de fer barbelés tendus entre deux poteaux. Accrochée au barbelé du haut, une autre pancarte annonçait DÉFENSE D'ENTRER SOUS PEINE DE POURSUITES, écrit à la peinture rouge sur une plaque de fer-blanc carrée.

Leaphorn freina. Coupa les phares.

– Pourquoi vous ne la défoncez pas tout bêtement ? demanda Delonie.

– Ça rajouterait à la liste « destruction volontaire de biens appartenant à des tiers », répondit Leaphorn. À vous de jouer.

– Vous avez des tenailles ?

Leaphorn rit.

– Non. Mais ce poteau de barrière me donne l'impression d'être un petit tronc de tremble. Je ne pense pas que vous ayez besoin de tenailles.

Delonie mit pied à terre, empoigna le tronc, associa la force de sa jambe à celle de ses bras, cassa le poteau avant de le rejeter sur le côté avec les barbelés, de s'écarter et de faire signe à Leaphorn de passer.

La barrière une fois franchie, la piste descendait vers un petit cours d'eau. Ils cahotèrent sur le pont étroit qui l'enjambait puis sur la route menant au ranch, maintenant profondément creusée d'ornières. Elle les conduisit à des bouquet de saules denses et d'arbres broussailleux, sur la rive, qui assuraient une ombre presque totale. Leaphorn remit les phares juste assez longtemps pour distinguer où il allait puis il rendit son royaume à la nuit. Il était préférable de se laisser guider par les traces, en mettant à profit le peu qu'il parvenait à distinguer dans le noir, plutôt que de prendre le risque que leurs phares préviennent Delos de leur arrivée.

Ils roulèrent très lentement, très silencieusement, laissant les roues avant guider le pick-up le long du cours d'eau sinueux.

– Ça s'éclaircit devant nous, annonça Delonie.

Effectivement. Et la piste présentait tout à coup moins d'ornières alors qu'elle commençait à monter. Devant eux, ils devinaient maintenant une crête apparemment dénudée, illuminée, à l'est sur l'horizon, par les lueurs précédant l'aube.

– Je la vois, glissa Delonie dans un murmure rauque en pointant le doigt sur leur droite.

Leaphorn distingua les contours d'une petite maison, toit pentu, haute cheminée de pierre, genévriers qui poussaient tout près. Il immobilisa le pick-up, coupa le moteur, tendit l'oreille. La matinée était calme, sans vent. Au début, seul s'entendit le petit bruit métallique que font les moteurs en refroidissant. Puis l'étrange grincement du rapace nocturne que les habitants de la région appellent la chouette lame-de-scie par référence à sa voix discordante. Son cri ne cessa de se répercuter jusqu'à ce qu'une réponse à peine audible leur parvienne, très loin derrière eux. Puis vinrent les jappements des coyotes sur le relief, derrière la cabane, lesquels cédèrent rapidement la place au silence à l'exception du vague bruit de la brise et de l'écho plus vague encore du cours d'eau.

Leaphorn bâilla en sentant soudain toute la tension refluer et la fatigue accumulée prendre le dessus. Il se frotta les yeux. Le moment était mal choisi pour s'assoupir.

– Et maintenant ? murmura Delonie.

– On attend qu'il fasse un peu plus jour, répondit-il en parlant très bas. Tommy m'a expliqué que M. Delos monte ici seul. D'après la façon dont il m'a exposé sa tactique de chasse, il rejoint l'affût quand il y a tout juste assez de lumière pour y voir un peu. À mon avis, ça va être d'un instant à l'autre.

À moitié debout dans leur dos, Vang se penchait pour mieux voir par le pare-brise.

– Il dit qu'il lui faut une vingtaine de minutes pour aller de la cabane à l'affût qui est de l'autre côté de la colline. Il y a une piste toute tracée qu'il suit, et il s'arrange pour la quitter et se cacher dans l'affût avant que les wapitis sortent des arbres pour s'engager sur la pente et commencer à s'abreuver. Il veut être totalement prêt quand arrive ce moment. Il m'en parlait, avant. Quand j'étais plus jeune. Quand il essayait encore de m'apprendre à devenir chasseur.

Son ton était triste.

– Quand a-t-il arrêté ? interrogea Leaphorn.
– Il y a très, très longtemps. Quand j'avais douze ans peut-être. Il m'a dit qu'il ne voyait rien, chez moi, pour indiquer que je puisse un jour faire partie des prédateurs. Mais qu'il essaierait à nouveau, ultérieurement.
– Et il ne l'a pas fait ?
– Pas encore.

Delonie ne s'intéressait pas à leur conversation.
– Vous pensez qu'il est déjà parti ? demanda-t-il. À condition qu'il soit venu jusqu'ici, bien sûr.
– Oh, je crois qu'il est venu. Je devais le retrouver ici. Après avoir laissé le paquet...
– Après m'avoir laissé le paquet cadeau rempli de cerises empoisonnées. Je suppose que vous deviez venir lui dire combien j'en avais mangé avant qu'elles me tuent.
– Non, non. Je devais simplement vous laisser la boîte.

Leaphorn leur fit signe de se taire.
– Donnez-moi ce fusil, monsieur Vang, dit Delonie. Je veux regarder dans la lunette. Voir si je peux distinguer quelque chose.

Vang recula, chercha à tâtons, lui tendit le 30-30.

Delonie le posa sur ses cuisses, la gueule du canon pointée du côté opposé à Leaphorn, et entreprit de libérer les fixations qui maintenaient la lunette de visée en place. Il la retira, sortit son pan de chemise, essuya la lentille avec le tissu avant de la porter à son œil, en scrutant d'abord la maison puis en parcourant ses environs immédiats.
– Aucun signe de vie, déclara-t-il. Je ne m'attendais pas à en voir.

L'arme reposait maintenant sur le siège à côté de lui. Leaphorn allongea le bras, l'attira à lui, l'appuya contre sa portière. Il jeta un coup d'œil à Delonie qui donnait l'impression de ne pas s'en être aperçu.

– Montrez-moi ce qu'on voit dans cette lunette, sollicita l'ancien lieutenant.

Delonie la lui tendit.

Leaphorn regarda, ne détecta aucun signe de présence, exactement comme il le pensait.

– Personne à la maison, dit-il en se demandant s'il y avait eu quelqu'un précédemment.

– Je commence à nouveau à m'interroger sur tout ça, remarqua Delonie. Vous êtes absolument certain que M. Vang nous a bien dit la vérité ?

– Oh, oui, réagit Vang. Je vous ai bien dit la vérité. Vous voyez cette petite tache blanche au sommet de ce buisson ? À côté de la maison ? Vous la voyez ? Elle bouge un peu quand le vent souffle ? C'est une serviette de toilette.

– Une serviette de toilette ? s'étonna Delonie.

– Où ça ? demanda Leaphorn.

– Regardez les buissons tout près du mur de la maison, du côté de la pente. Plus loin que la terrasse. Sur le buisson.

– Ça pourrait être n'importe quoi, objecta Delonie. Un truc qu'on a jeté et qui est resté accroché là.

Leaphorn orienta la lunette de visée. Trouva les buissons, aperçut un minuscule point blanc au milieu du vert, y regarda à deux fois. Exact.

– Je l'ai, dit-il en tendant la lunette à Delonie. Monsieur Vang, vous avez une vue incroyable. Mais Delonie a raison. Ça pourrait être n'importe quoi.

– Oui, reconnut Vang. Mais je me souviens, M. Delos m'a dit que quand il partirait chasser, il accrocherait une serviette-éponge blanche à cet endroit-là, et quand il reviendrait, il la rentrerait dans la maison. Que c'était pour que je sache qu'il fallait l'attendre.

– Eh bien, reprit Delonie, si M. Vang nous dit la vérité, je pense que nous pouvons y aller franchement et faire comme chez nous.

Leaphorn n'avait rien à ajouter. Il approcha sa montre suffisamment pour pouvoir en distinguer les aiguilles, regarda au dehors le ciel qui s'éclaircissait et prit conscience qu'il était confronté au même besoin d'autoanalyse que plusieurs jours auparavant quand il était seul chez lui et qu'il cherchait à savoir dans quoi il avait mis les pieds en se lançant à la recherche de Mel Bork et de la couverture narrative. Quand il se demandait s'il avait versé prématurément dans la démence sénile. Pourquoi était-il ici et qu'espérait-il accomplir ? Il ne parvenait pas à se l'imaginer. Mais en revanche, il ne pouvait se représenter faisant demi-tour. Par conséquent, autant aller de l'avant.

– Voilà ce que nous devrions faire, à mon avis, dit-il. M. Vang va rester dans le véhicule. Assis au volant. Comme le conducteur qui fait exactement ce que M. Delos s'attend vraisemblablement à voir. Je me trompe, Tommy ?

– Je crois que non. C'est ce qu'il m'a ordonné de faire.

– Dans ce cas, M. Delonie et moi allons sortir pour trouver un endroit où nous pourrons nous poster et surveiller en attendant le retour de M. Delos. Soit nous restons ensemble, soit nous nous positionnons assez près pour que M. Delonie, quand il l'aura suffisamment bien vu pour être sûr de son fait, puisse m'adresser un signal, d'une manière ou d'une autre.

– Hum, fit Delonie. Et après ?

Leaphorn avait espéré qu'il ne poserait pas la question.

– Je pense que ça dépendra de beaucoup de choses.

– Mais encore. Quoi, par exemple ?

– Par exemple si, quand vous l'aurez vu, vous nous dites que c'est le dénommé Shewnack. Ou si vous nous dites que ce n'est pas lui et que vous ne le connaissez pas.

– Si ce n'est pas Shewnack, je serais partisan de partir tout de suite. De prendre directement le chemin du retour.

– Je pense que nous pourrions faire ça, acquiesça Leaphorn. Mais à mon avis, si c'est Delos, vous pourriez avoir des questions à lui poser à propos de ce bocal de cerises empoisonnées qu'il vous a envoyé. Je sais que moi, je suis curieux de lui en poser sur celle qui se trouvait au sommet de la tranche de cake qu'il m'a donnée quand j'ai pris congé.

Delonie rejeta ces mots d'un grognement.

– Il désignera Vang et nous répondra que c'est lui qui a dû faire ça. Il nous racontera que tout gamin déjà, Tommy était un peu cinglé. Complètement déboussolé à cause de toute cette violence qu'il a connue au Laos ou ailleurs.

Tout en écoutant ces paroles, Leaphorn se disait que Delonie avait probablement raison. À peu de chose près, c'était bien ce que Delos leur répondrait. Et ça pouvait même être vrai. Mais s'il voulait aller au bout des choses, il fallait qu'il agisse. Il ouvrit la portière, ce qui alluma le plafonnier. La referma.

– Réduisons la lumière au maximum, expliqua-t-il à Delonie. Quand je donnerai le signal, nous descendrons tous les deux en même temps et nous refermerons rapidement les portières. Après, Vang pourra enjamber pour s'asseoir au volant où il est censé attendre.

– Mais pour commencer, rendez-moi mon fusil.

– Je vais le porter.

– Je veux remettre la lunette de visée dessus. C'était impossible de s'en servir ici, dans cet espace restreint, si elle restait solidaire de l'arme. Mais dès qu'on sera dehors, ce sera mieux.

Leaphorn réfléchit.
– Je vais vous dire autre chose, reprit Delonie. Je ne descends pas de ce véhicule sans mon arme. Si c'est Shewnack, il me descendra à vue. Je veux avoir de quoi me défendre.
– Moi aussi. Je veux me défendre contre le risque d'être envoyé en prison avec vous si vous l'abattez.
– Vous ne me faites pas confiance ?
– Vous croyez que je devrais ?
Delonie rit et décocha un petit coup de poing dans l'épaule de l'ancien policier.
– D'accord, capitula-t-il. Vous gardez le pistolet qui fait cette bosse, dans la poche de votre veste. Moi, je garde mon fusil. Et je vous promets que je ne tuerai pas ce salopard à moins que je me retrouve en position de légitime défense. Que je n'aie pas le choix.
Il avança la main. Leaphorn la serra.
– Prêt ? dit-il. On descend.
Ils le firent, rapidement, et Leaphorn lui tendit le fusil par-dessus le capot.
– Vous me l'avez présenté la crosse en premier, constata Delonie. Je vous en remercie.
– Question de politesse, répondit Leaphorn.

20

L'endroit qu'ils trouvèrent pour leur servir de point d'observation se trouvait au milieu d'affleurements de plaques granitiques où une robuste poussée d'oliviers du Nouveau-Mexique et de saules s'était développée. En plus de ce camouflage, il offrait un épais tapis d'épines de pins et de feuilles de tremble pourries sur lequel s'asseoir. Ils avaient atteint la conclusion que l'affût de chasse desservi par cette cabane devait être sur leur droite, probablement le long de la ligne de crête à quinze cents mètres environ. Là, la pente était plus haute, plus densément boisée de pins ponderosa et de sapins, et elle devait dominer directement le cours d'eau qu'ils avaient suivi.

Ce nouvel emplacement leur permettrait d'être au-dessus du chasseur qui s'en reviendrait de l'affût, et de très bien couvrir tous ses trajets éventuels. Très bien, pensa Leaphorn, mais pas de manière parfaite. Si l'homme qu'ils guettaient avait conscience de leur présence, il serait vraisemblablement assez malin pour trouver un itinéraire lui permettant de leur échapper.

Le lieu que Leaphorn avait choisi pour patienter lui offrait une vue dégagée sur la cabane elle-même et couvrait la majeure partie de l'espace à découvert que la piste traversait forcément entre elle et l'affût. À une dizaine de mètres sur sa gauche, Delonie avait un angle de vue légèrement différent. Le fusil posé sur le bloc rocheux derrière lequel il était caché, il parcourait le paysage en contrebas à l'aide de la lunette. Il semblait tout à fait à son aise.

Ce n'était pas le cas de Leaphorn, ni physiquement ni mentalement. Appuyé contre le granite, il avait le postérieur posé sur un lit de feuilles tassées entremêlées de fragments de roche. Ses pensées n'avaient cessé de retourner en tous sens les divers scénarios qui étaient sur le point d'atteindre leur dénouement. Finissant par décider qu'il ne faisait qu'aller de spéculation en spéculation, ses pensées avaient dérivé vers un domaine plus incertain encore. Si un homme se présentait effectivement en contrebas, avançant en direction de la cabane le fusil à la main, quel patronyme pourrait-il lui associer ? M. Delos, bien sûr, était une évidence. Et peut-être Delonie verrait-il M. Shewnack. Mais qu'en serait-il de M. Totter dont la rubrique nécrologique avait déjà été rédigée, ou de l'agent des opérations spéciales de la CIA qui s'appelait... ? Leaphorn ne parvenait plus à se souvenir du nom que lui avait attribué la rumeur venue du FBI. Cela n'avait en réalité aucune importance puisqu'il en avait sûrement eu un autre auparavant, ainsi qu'une autre personnalité.

L'ancien lieutenant passa le dos de sa main sur ses yeux, agita la tête. Trop fatigué, trop gagné par le sommeil. Mais il ne voulait pas s'assoupir. Il voulait rester aux aguets. Il se rappelait les histoires de Ceux-qui-Changent-de-Forme qu'il avait entendu raconter au fil des ans. Sa grand-mère maternelle leur avait parlé d'une nuit, quand elle était gamine, sur la montagne où elle gardait les moutons, et de l'homme qui portait une cape avec une tête de loup jetée sur ses épaules et qui était venu vers elle en foulant l'herbe, de la façon dont son père était arrivé à cheval, dont l'homme s'était changé en femme avant de prendre la fuite puis, tout en courant, la femme s'était changée en un grand oiseau marron qui avait disparu dans les bois à tire-d'aile.

C'était à l'époque où il était trop jeune pour que le car de ramassage scolaire l'emporte vers les salles de classe, mais année après année il avait entendu des dizaines d'autres récits parlant de rencontres semblables avec les *ye-na-L o si* et les *an't'zi* qui pratiquaient des formes différentes de sorcellerie. La dernière histoire réellement marquante était celle du conducteur d'un camion de forage Kerr-McGee. Un Texan qui n'avait jamais entendu parler de porteurs-de-peau, de changeurs-de-forme, ni ne savait rien des problèmes liés à la sorcellerie navajo. Leaphorn se souvenait de ce jeune homme, debout à côté de son véhicule, qui lui relatait son histoire. Il disait qu'il roulait en troisième, escaladant la longue pente de l'U.S. 163 entre Kayenta et Mexican Hat. Sa charge était lourde et le moteur peinait. Il avait alors remarqué un homme qui courait parallèlement au camion, lui faisant signe de s'arrêter. Il avait donné de cet individu la description habituelle associée aux porteurs-de-peau : il était affublé de ce qui ressemblait à une tête de loup. Le conducteur avait vérifié son compteur et vu qu'il faisait du trente-sept kilomètres-heure. Bien trop rapide pour tout être humain normal de telle sorte que, parvenu au sommet, il avait écrasé l'accélérateur.

Leaphorn le revoyait encore, debout à côté de son énorme camion, à la station-service de Mexican Hat, l'air perplexe et un peu effrayé, racontant son histoire, disant qu'il avait dû pousser sa mécanique aux alentours de quatre-vingts à l'heure, dans la descente, pour que l'homme soit distancé.

– Quand j'ai regardé dans mon rétroviseur, je n'ai rien vu à l'exception d'un gros animal gris au bord de la chaussée. À mes yeux, ça ressemblait à un chien gigantesque. Bon, vous qui êtes un policier indien, comment vous expliquez ça ?

Et, bien sûr, Leaphorn avait été contraint d'avouer qu'il en était incapable.

Delonie bougea.

– Il commence à y avoir assez de lumière pour que les wapitis se manifestent, dit-il. Notre gaillard devrait se...

Une détonation retentit, comparable à une gifle dont le bruit portait loin, très loin dans l'air calme et frais de la matinée. Puis vint un écho, suivi d'un autre, encore plus faible. Un instant plus tard, une deuxième détonation claqua, entraînant une nouvelle série de répercussions sonores.

Ils restèrent immobiles sans rien dire. Les échos s'estompèrent. Il n'y eut pas de troisième coup de feu.

– Qu'est-ce que vous en pensez ? demanda Delonie. Il a touché son wapiti, et après il l'a achevé ? Ou il l'a raté une fois ? À moins qu'il l'ait raté les deux fois ?

Leaphorn revoyait la rangée de trophées accrochés chez Delos.

– Je dirais qu'il a touché son grand mâle à deux reprises.

– J'espérais qu'il l'aurait raté. Le wapiti aurait pris la fuite et lui, il rentrerait à la cabane pour manger un morceau.

– Ça ne fonctionne pas comme ça, ici, précisa Leaphorn. D'après ce que m'a expliqué Tommy, M. Delos n'a pas besoin d'aller saigner le gibier qu'il abat, ni de ramener la carcasse à son pick-up, comme le commun des mortels que nous sommes. Il prend son portable, appelle le bureau du ranch, leur dit qu'il a tué son wapiti. Et ils savent où, évidemment, puisque ce sont eux qui lui ont construit l'affût. Ils y vont et ils font le boulot à sa place.

— Oh, fit Delonie, je ne savais pas qu'ils allaient aussi loin.

— Beaucoup plus, même. Vang m'a raconté qu'ils vont le chercher à l'aéroport de Flagstaff avec leur petit Piper, je ne sais pas quel modèle, ils le ramènent à la piste d'atterrissage du ranch, le déposent à la cabane. Si Vang n'avait pas conduit son pick-up jusqu'ici, il les appellerait, ils viendraient le chercher et le remmèneraient à Flagstaff par la voie des airs. Le tout débité sur la carte de crédit, je suppose.

— Par conséquent, nous attendons ce salaud.

Ce qu'ils firent. Les minutes s'écoulèrent. Le ciel devint de plus en plus lumineux. Les bancs de brouillard, au sommet des crêtes, rosissaient avant de se parer d'un rouge éblouissant qui se réfléchissait avec éclat sur les vitres de la cabane.

— Vang est toujours là-bas, dans le pick-up, à ce que je vois, déclara Delonie en rompant ce long silence. On dirait qu'il s'est endormi.

— Je ne suis pas très loin de m'endormir moi-même.

L'ancien lieutenant se frotta les yeux une nouvelle fois, regarda avec attention vers la cabane, perçut soudain le murmure nerveux de Delonie.

— Le voilà, disait-il en tendant le doigt. En bas, plus loin que le camion, il sort des broussailles près de la rivière. Il avance en se dissimulant.

— Ça y est, je le vois.

Dans la lumière diffuse de l'aube, la silhouette semblait être celle d'un homme de grande taille portant un chapeau à bord mou et ce qui ressemblait à l'uniforme de camouflage gris-ocre-vert qui semble avoir la préférence des chasseurs modernes. Un gros fusil en bandoulière sur l'épaule gauche. Leaphorn se tourna vers Delonie qui ne bougeait pas, le regard rivé dans la lunette de visée.

– Vous le reconnaissez ?

– Ça pourrait être Shewnack. J'aimerais bien qu'il retire ce fichu chapeau. J'ai besoin de plus de lumière pour me prononcer vraiment.

Le chasseur s'approchait très lentement du véhicule, comme s'il voulait prendre sa proie par surprise. Il s'arrêta juste derrière, s'immobilisa. Essayant, pensa Leaphorn, de déterminer s'il pouvait distinguer quelque chose par la vitre arrière.

– Il est grand et robuste comme Shewnack, annonça Delonie en continuant de l'étudier dans la lunette. Ça pourrait être lui. Mais le chapeau cache une trop grande partie de son visage.

– Je crois que nous devrions nous rapprocher. Peut-être y aller carrément.

– Oui, et faire valser cette cochonnerie de chapeau. Voir ce qu'il a à dire pour sa défense.

– Le plus tôt sera le mieux.

Leaphorn se releva avec raideur. Ses jambes lui renvoyèrent le message signifiant qu'il ne rajeunissait pas et que, techniquement du moins, il était à la retraite. Le grognement qu'émit Delonie laissa à penser qu'il souffrait des mêmes symptômes de la vieillesse.

Ils s'éloignèrent avec précaution des affleurements granitiques et des arbustes broussailleux qui les avaient dissimulés. Leaphorn posa la main sur le pistolet, dans sa poche, s'assura avec le pouce et l'index que le cran de sécurité serait facile à retirer. En contrebas, l'homme à la tenue de chasse était maintenant sur le côté du pick-up, il ouvrait la portière, la tenait tandis que Tommy Vang descendait, se tenait face à lui. Pas de geste préludant à une poignée de main, remarqua Leaphorn. Juste des paroles échangées. Un homme de grande taille qui s'adressait à un autre plus petit que lui. Le chasseur eut un geste que Leaphorn interpréta comme irrité. Il saisit Tommy par le bras, peut-être pour le secouer même si l'ancien lieutenant ne pouvait en avoir la certitude. Puis tous deux se dirigèrent vers la maison, le plus grand en premier, Tommy sur ses talons. Et ils échappèrent aux regards en disparaissant sur la terrasse. Probablement en entrant dans l'habitation.

– On accélère, proposa Leaphorn. Il faut qu'on sache ce qui se passe.

Delonie avait dû avoir la même réaction. Il avait déjà pris le pas de course.

Ils s'arrêtèrent au mur nord pour reprendre leur souffle et écouter. Il n'y avait pas de fenêtre de ce côté-là. Leaphorn était content de sentir la présence rassurante de l'arme dans sa poche, et Delonie tenait nerveusement le fusil contre sa poitrine. Ils tournèrent lentement l'angle pour se rapprocher de la terrasse.

– Qu'est-ce que c'est ? interrogea Delonie.

Il désignait un monticule de terre fraîche, de l'humus sombre formé par des siècles de feuilles et d'aiguilles de pins tombées des arbres chaque été avant de se décomposer. Le tas semblait provenir d'un trou, sous une formation de grès inclinée. Une pelle dont le fer portait encore des traces de terre humide reposait contre la roche brisée.

Leaphorn s'en approcha. Un peu moins d'un mètre de profondeur, estima-t-il. Entre un mètre vingt et un mètre cinquante de long, un peu plus de soixante centimètres de large, le tout creusé de manière hâtive et désordonnée.

– À votre avis, murmura Delonie. Qu'est-ce qui va être enterré ici ? Rien de très volumineux.

– Exact. Mais vous voyez avec quelle rapidité il serait possible d'y dissimuler quelque chose. Il suffit de repousser l'humus par-dessus, de faire basculer le bloc de grès, de disséminer quelques poignées de feuilles mortes et de brindilles. Après la première pluie, il n'y aurait plus vraiment de traces pour indiquer que quelqu'un a creusé ici.

– De quoi s'interroger, fit Delonie tandis qu'ils se glissaient au coin de la terrasse.

Le chasseur se tenait sur le seuil, le regard fixé sur eux.

– Ça alors, qu'est-ce qui a pu motiver le légendaire lieutenant à faire tout ce trajet jusqu'à mon lieu de chasse ?

21

Leaphorn regretterait souvent, par la suite, de ne pas avoir consulté sa montre pour noter l'heure exacte à laquelle Delonie et lui s'étaient avancés devant la terrasse pour voir l'homme en tenue de camouflage qui leur souriait d'en haut. À cet instant débuta un épisode qui lui donna l'impression de durer un temps effroyablement long mais qui, en réalité, dut atteindre son dénouement en quelques minutes à peine.

C'était Jason Delos qui se tenait sur la terrasse, plus grand et plus redoutable que Leaphorn n'en gardait le souvenir. Il souriait, rasé de près, les cheveux bien coiffés, les deux mains enfoncées profondément dans les poches d'une très ample veste de chasse. La poche de droite, remarqua l'ancien lieutenant, présentait un renflement qui était pointé sur lui. Mais les yeux de Delos paraissaient amicaux. Ils se reportèrent alors sur Delonie. Le sourire persista sur les lèvres mais disparut des yeux.

– Et mon vieil ami Tomas Delonie. Cela fait de nombreuses, de très nombreuses années que je ne t'ai pas vu. Mais tu ne devrais pas avoir ce fusil entre les mains, Tomas. Il paraît que tu as été libéré sous condition. Le fusil constitue une violation des termes de ta conditionnelle. Le lieutenant Leaphorn serait obligé de te reconduire tout droit en prison. Lâche-le.

Le ton de sa voix n'avait plus rien d'amical. La bosse, dans sa poche, se fit impérieuse.

– C'est un ordre, lâche-le tout de suite.

Le regard de Leaphorn était rivé sur le renflement, dans la poche droite de Delos. Il y dissimulait presque assurément un pistolet. Delonie laissait le 30-30 pendre à bout de bras, le canon vers le sol.

– Si je le lâche, il va se salir. Je n'en ai pas envie.

Delos haussa les épaules.

– Comme tu voudras, dit-il.

Sa main jaillit de la poche avec le pistolet.

Il tira. Delonie tournoya sur place. Le fusil heurta le sol avec un bruit métallique. Delos fit feu à nouveau. Delonie s'écroula sur le flanc, à côté de son arme.

Delos visait maintenant Leaphorn, regard déterminé. Il secoua la tête.

– Qu'est-ce que vous en pensez, lieutenant ? Est-ce que ça vous paraît la bonne décision, au vu des circonstances ? À peu près celle que vous auriez prise, si nos situations avaient été interverties ?

– Je ne suis pas sûr de la situation qui est la vôtre, répondit Leaphorn.

Il se disait que la sienne était encore pire qu'il ne l'avait envisagé. Cet homme, quelle que soit sa véritable identité, était très rapide un pistolet au poing. Et très précis. La main de l'ancien lieutenant se crispa sur celui qui se trouvait dans sa poche.

– Ne faites pas ça, l'avertit Delos. Ne touchez pas cette arme. C'est dangereux. Et ce n'est pas poli. Vous feriez mieux de sortir votre main de cette poche.

– Peut-être que oui, répondit Leaphorn.

– Sans le pistolet.

– D'accord.

Sa main réapparut lentement.

Delos hocha la tête, reporta son regard sur Delonie qui gisait désormais sur le côté, totalement inerte. Puis il étudia Vang, l'air pensif.

– Tommy, pour commencer, je crois que nous devrions mettre ce fusil hors d'atteinte de M. Delonie. Juste au cas où il n'aurait pas été touché aussi gravement qu'il semble l'être.

Il tendit la main.

Vang alla saisir le fusil par le canon, le fit glisser sur le sol en direction de la terrasse et leva les yeux dans l'attente des instructions à venir.

Ce n'était pas ce que souhaitait Delos, pensa Leaphorn. Comment allait-il réagir au fait que Tommy ne lui tende pas l'arme ?

Il sembla hésiter un moment. Mais il hocha la tête.

– Bon, approche-toi du lieutenant Leaphorn et aide-le à retirer sa veste. Place-toi derrière lui, fais-la glisser de ses épaules, assure-toi que son pistolet reste bien dans sa poche, puis apporte-la et donne-la-moi.

Leaphorn se disait que Delos allait peut-être commettre une erreur. Que Tommy allait sans doute délibérément lui laisser sa chance. Qu'il y aurait un moment où il boucherait son champ de vision. Où l'occasion lui serait offerte de sortir son pistolet et de s'en servir.

– Les mains au-dessus de la tête, exigea Delos. Tommy, assure-toi bien d'être toujours derrière lui. Souviens-toi, dorénavant, je t'évalue sur ta capacité à obéir aux ordres. Et souviens-toi, ce lieutenant est un représentant de la loi qui jouit d'une très grande réputation. Il s'inscrit tout à fait dans la classe des prédateurs. Il peut être très dangereux si on lui en laisse la moindre opportunité.

Tommy donnait l'impression de vouloir réussir un examen de passage. Il tâta les poches de la veste pour s'assurer de l'endroit où se cachait le pistolet, puis il fit glisser le vêtement des épaules de Leaphorn pendant que celui-ci baissait les bras. Il plia la veste avec soin, s'approcha du bord de la terrasse, la tendit à Delos.

– Très bien, dit celui-ci. Maintenant, va près de M. Delonie et vérifie son état de santé. Avec ta main, tu cherches l'artère sur le côté de son cou. Sous la mâchoire. Il va probablement falloir que tu appuies un peu. Tu me diras ce que tu sens.

Tommy s'agenouilla à côté de Delonie, regarda le bras qui, au moment où Delos avait fait feu, tenait le fusil.

– Il saigne, au bras. Et l'os est brisé.

– Cherche l'artère du cou. Après, penche-toi sur son visage. Vérifie si tu peux détecter des signes de respiration.

Tommy toucha le cou, sembla réfléchir. Essaya à nouveau.

– Je ne sens rien, là, dit-il.

Puis il se courba sur le visage de Delonie, tout près, encore. S'assit, secoua la tête.

– Je ne sens pas d'air qui sort. Je n'entends rien non plus.

– Bon, fit Delos. Maintenant, relève sa veste et sa chemise pour voir où la deuxième balle l'a touché.

Tommy exécuta l'ordre. Il se tourna ensuite vers Delos, leva sa main pour montrer du sang, se releva, se tourna vers son patron et plaqua sa paume en haut de sa cage thoracique, du côté droit.

– Il l'a reçue à peu près là. C'est de là qu'il saigne. Et je crois qu'il a une côte cassée. Peut-être deux.

– Parfait. Tu t'assieds où tu es et tu surveilles M. Delonie. Attentivement, je veux dire, parce qu'il arrive que les gens ne soient pas aussi morts qu'ils en donnent l'impression. Je vais maintenant poser quelques questions au lieutenant, et je veux que tu écoutes. Tu m'avertis s'il ne me répond pas avec franchise.

Tommy hocha la tête et adopta une position de yoga, les jambes repliées sous lui.

En voyant Tommy qui avait vraiment l'air très confortablement installé, Leaphorn prit conscience qu'il avait mal aux jambes à cause de la fatigue. Il se sentait totalement épuisé. La journée de la veille avait été dure, il n'avait presque pas dormi. Après, il y avait eu le long trajet, et maintenant, ça. Alors qu'il était censé être à la retraite. Au lieu de cela, il se retrouvait planté là comme un idiot, ivre de fatigue. Et pour ne rien arranger, il ne pouvait en rejeter la responsabilité que sur sa propre bêtise.

Delos agita son pistolet.

– Lieutenant Leaphorn, vous allez vous asseoir par terre et étendre les jambes devant vous. Je vais vous interroger, et je ne tiens pas à ce que nous soyons, l'un et l'autre, interrompus par la tentation que vous pourriez avoir de me sauter dessus par surprise. Vous comprenez ?

– C'est très clair.

Il choisit le point où l'herbe et la végétation étaient le plus épaisses, s'assit, inclina son buste vers l'arrière et allongea les jambes. C'était agréable mais, comme Delos l'avait prévu, ça ne lui laissait aucune possibilité de se relever rapidement. Dans le ciel, il remarqua qu'au-dessus des reliefs le soleil colorait les filaments de brouillard en un rouge écarlate lumineux. Le matin était presque là. Et les oiseaux le savaient. Il entendait pépier les merles à plastron roux, percevait l'étrange bruit que fait la gélinotte à queue fine aux changements des saisons.

– D'abord, je vous explique les règles. Très simples. Si je détecte le plus petit indice que vous essayez de gagner du temps, de traîner en longueur, de me jouer un tour, ou le plus petit indice que vous vous apprêtez à tenter une manœuvre désespérée, je vous expédie une balle dans la jambe. Vous comprenez ?

– Oui. C'est très clair.

Delos le regardait avec un large sourire.

– Je vous laisse choisir. Laquelle vous préférez ?

– À vous de décider.

– Parfait. Je commencerai par la gauche. Au-dessus du genou.

Leaphorn hocha la tête.

– Pemière question. Comment Tommy est-il entré en contact avec vous ? Je veux savoir ce qui a pu causer ça.

Leaphorn réfléchit. Tenait-il vraiment à ce que le chasseur le sache ? Tommy allait-il rester loyal à son maître, comme celui-ci avait l'air de le croire ? Était-il logique de conclure que Delos allait le tuer, après Delonie et avant d'abattre Tommy Vang ? Vang aussi ? Pourquoi aurait-il creusé cette petite tombe, sinon ? Vang était l'unique visiteur qu'il s'était attendu à recevoir.

– C'est un peu vous qui en êtes responsable, répondit-il. En envoyant Tommy chez moi, à Shiprock, pour voir s'il pouvait rentrer en possession de cette cerise tout spécialement préparée que vous m'aviez donnée pour mon déjeuner.

Cette réponse provoqua un long silence méditatif.

– C'était ce que je lui avais demandé de faire. Est-ce qu'il est venu vous trouver en vous demandant de lui rendre ?

– Non, fit Leaphorn en riant, il s'est comporté avec prudence. Il a attendu d'être sûr que je sois parti, et même jusqu'à ce qu'il voie une amie enseignante qui habite chez moi partir elle aussi. Ensuite il s'est introduit dans mon garage, mais comme elle avait oublié quelque chose, elle est revenue et elle l'a vu en sortir. Elle lui a demandé ce qu'il faisait. Il a répondu qu'il me cherchait, et elle lui a dit qu'il pouvait me trouver à Crownpoint. Il a donc pris à son tour la même route.

– Tommy. Est-ce ainsi que les choses se sont passées ? Ça laisse à penser que tu as été assez négligent.

– Oh, j'ai essayé de prendre toutes les précautions, affirma le Hmong d'un ton penaud. Mais j'ai joué de malchance. Les deux fois. À Crownpoint, j'ai trouvé le camion du lieutenant sur le parking. J'ai aussi trouvé le sac avec le déjeuner, mais il m'a vu le reprendre.

– Tu accuses la malchance les deux fois, Tommy. Tu te souviens de ce que j'ai essayé de t'apprendre ? La chance, on ne lui laisse pas l'occasion de se retourner contre soi. Et je ne veux plus t'entendre débiter ce genre d'excuse. Maintenant, explique-moi comment tu t'y es pris pour qu'on en arrive là.

Il décrivit avec le pistolet un cercle englobant Delonie et Leaphorn avant de préciser :

– Tu avais l'ordre de venir seul, pour me délivrer ton rapport.

– C'est le lieutenant Leaphorn, il...

Ce dernier l'interrompit.

– Vous allez devoir en endosser la responsabilité, monsieur Delos, et ce pour plusieurs raisons.

– Oh, tiens donc. C'est ce que j'ai envie d'entendre depuis longtemps. Si on ne comprend pas ses erreurs, on a toutes les chances d'être condamné à les reproduire.

Il souriait à Leaphorn en braquant son pistolet sur lui.

L'ancien policier remua les jambes, adoptant une position plus confortable et se ménageant une possibilité un peu plus grande de bouger rapidement si l'occasion d'agir venait à se présenter. À l'instant présent, cela ne semblait pas très vraisemblable. Même si quelque chose détournait l'attention de Delos, un puma qui passerait par là, peut-être, ou un tremblement de terre de faible intensité, il n'avait rien imaginé d'intelligent pour en tirer parti. Le seul plan qu'il avait paraissait sans espoir. Quand Delos lui avait ordonné de s'asseoir, il avait repéré une pierre d'aspect prometteur, de la taille d'une pomme à peu près. En se baissant vers le sol, il avait fait bien attention de la recouvrir avec ses mains. Finalement, pendant que Delos regardait Tommy, il l'avait rapprochée de lui. Maintenant, son poing était crispé dessus. Elle était d'une taille assez convenable, pour un éventuel projectile. Et dans ce cas, il y aurait peut-être une chance sur un million qu'il atteigne Delos avec avant que celui-ci ne l'abatte. Mais c'était mieux que rien.

– Crownpoint, reprit Delos. Ça semble être là-bas que vous vous êtes, en quelque sorte, acquis le soutien de Tommy, ou que vous avez essayé, si j'ai bien compris. Comment s'y est-il pris pour rendre pareille chose possible ?

– En réalité, là encore le mérite vous en revient.

Delos le dévisagea.

– Expliquez-moi.

– C'est à cause de cette vieille carte dépassée que vous lui aviez donnée. Depuis l'époque où elle a été établie, tracés et numéros de routes ont pas mal changé.

– Bon, mais pourquoi Tommy vous a-t-il dit où il allait ?

Leaphorn jeta un coup d'œil au Hmong qui le fixait du regard et paraissait extrêmement tendu.

– Vous savez, je crois que nous devrions revenir au tout début, quand tout a commencé. C'est là que vous avez commis votre première erreur.

– Au tout début ? À quoi pensez-vous exactement, lieutenant ?

– Je sais où ça a commencé pour moi. Quand vous avez volé ces deux récipients de vingt litres de résine de pin pignon appartenant à Grand-Mère Peshlakai.

Delos avait les sourcils froncés.

– Vous allez remonter jusqu'à cet incendie du comptoir d'échanges ? Comment cela...

Il s'interrompit :

– Vous gagnez du temps, lieutenant. Souvenez-vous de ma promesse. (Il pointa le pistolet.) C'est la jambe gauche que vous avez choisie ?

– Si pour vous ce n'était pas une erreur, laissez-moi en relever une autre. Plus grave, celle-là.

Il se tut avec un large sourire, essayant désespérément d'en trouver une qu'il pourrait exploiter.

– Dépêchez-vous, alors. Je perds...

Delonie émit une sorte de grognement étranglé en bougeant une jambe.

Le pistolet de Delos abandonna Leaphorn pour se reporter sur son complice d'autrefois. Il visa avec beaucoup de soin.

Puis il releva l'arme et concentra son regard sur Tommy Vang.

– On dirait que ton diagnostic était beaucoup trop pessimiste, Tommy. Tu vas avoir l'occasion d'y remédier.

– Je pense que c'est son bras qui le fait souffrir, répondit Vang. L'os est brisé. Je pense...

– Arrête de penser, Tommy. Prends le fusil. Tu tiens ta chance de démontrer que tu possèdes, comme j'ai toujours essayé de te l'enseigner, l'étoffe suffisante pour trouver place dans la classe des prédateurs.

– Oh, fit Tommy.

– Ramasse-le.

Tommy prit le 30-30, le regarda, regarda Delonie.

– Assure-toi qu'il est chargé.

– Il l'est.
– Alors souviens-toi de ce que je t'ai enseigné. Quand une chose doit être faite, ne perds pas de temps à y réfléchir, décide simplement du meilleur moyen de t'en acquitter et finis-en tout de suite. Là, par exemple, où dois-tu tirer pour soulager M. Delonie de ses souffrances et résoudre le problème qu'il représente ? Je suggérerais le milieu de la poitrine. Mais le choix t'appartient. À toi de décider.

Vang leva l'arme, lui fit décrire un arc de cercle sans s'arrêter sur Delonie et tira dans la poitrine de Delos. Puis, alors que celui-ci reculait en titubant, il fit feu à nouveau.

22

La première étape, pour Leaphorn, consistait maintenant à régler le problème de Tommy Vang qui se tenait au bord de la terrasse, le fusil à bout de bras, aussi pâle et livide que la couleur de sa peau le permettait, et apparemment saisi de stupeur. L'ancien lieutenant grimpa les marches, prit le fusil, le jeta au loin et donna l'accolade au jeune Hmong.

– Tommy, Tommy. Vous avez fait exactement ce qu'il fallait. Vous nous avez sauvé la vie. Pas seulement celle de M. Delonie, mais la mienne et la vôtre aussi. Il s'apprêtait à nous tuer tous. Vous l'aviez compris, ça, non ?

– M. Delos est sûrement mort. Est-ce que je l'ai tué ?

– Il est mort, confirma Leaphorn en serrant à nouveau Tommy Vang contre lui. Et nous vous en remercions.

– Je ne voulais tirer sur personne, marmonna-t-il. Même pas sur M. Delos.

– Écoutez, vous n'avez rien à vous reprocher. Nous sommes très fiers de vous. M. Delonie et moi.

– Mais maintenant... qu'est-ce que je fais ? Qu'est-ce que je vais faire ?

– D'abord, vous allez m'aider à porter M. Delonie dans la maison, ensuite nous lui poserons une attelle, nous banderons son bras et nous verrons comment nous pouvons lui procurer une assistance médicale. Après, nous y réfléchirons.

Ce ne fut pas un problème d'emmener Delonie dans la maison. Comme Delos l'avait soupçonné, il était loin d'être aussi grièvement touché qu'il avait voulu le faire croire. Il grimpa sur la terrasse en grimaçant et en évitant, avec son autre bras, que le membre brisé encaisse les chocs, marqua un temps d'arrêt pour contempler Delos.

– Hé bien, Shewnack, espèce de saloperie, tu as fini par récolter ce que tu mérites.

Il poussa l'épaule du mort avec le bout de son pied, entra dans la cabane où ils entreprirent de nettoyer la blessure.

Vang fonça au pick-up chercher la trousse de premiers secours que Delos gardait en permanence dans la boîte à gants, et Leaphorn retira avec mille précautions la veste de Delonie et sa chemise tachée de sang. La cabane contenait le nécessaire pour répondre aux besoins de chasseurs sales et fatigués. Leaphorn remplit une poêle d'eau prélevée dans le bidon de quatre-vingts litres sur lequel figurait l'inscription POUR LA CUISINE et qui se trouvait derrière le réchaud. Il sortit des serviettes-éponges du tiroir d'un meuble de rangement, dit à Delonie de s'asseoir près de la table et commença précautionneusement à laver le sang séché aux orifices d'entrée et de sortie que la balle avait laissés, environ huit centimètres en dessous du coude. Le temps qu'il en termine avec Delonie qui suivait ses gestes d'un œil sombre en serrant les dents, l'eau bouillait et Vang avait rapporté la trousse.

– Tenez, pour calmer la douleur, annonça Vang en tendant un petit flacon et un sachet. Et ça, c'est pour tuer les microbes.

– Donnez-moi ça, fit Delonie en jetant un coup d'œil sur le flacon avant de le reposer sur la table. Ce n'est pas le type d'alcool que je veux.

– Ah, fit Vang. Je l'ai pris dans l'armoire à pharmacie. Je vais chercher le whisky.

Leaphorn versa le contenu du petit flacon sur les blessures, bras et poitrine, puis appliqua les baumes préconisés aux endroits appropriés. Vang tendit au blessé une grande bouteille marron dont le bouchon était déjà retiré.

– Tommy, Tommy, dit Delonie avec un immense sourire, si vous décidez de ne pas repartir tout de suite pour vos montagnes hmong, vous pouvez venir vous installer chez moi. C'est du Johnny Walker Black Label que vous venez de me donner. Exactement ce que le médecin m'a prescrit.

Il leva la bouteille, l'admira, inclina la tête en arrière et engloutit une grande lampée. Puis une autre. Poussa un soupir. Sourit à nouveau.

Vang le regardait faire, l'air désespéré.

– Ce serait mieux que je retourne avec mon peuple hmong. Mais je pense que ce n'est plus possible, maintenant. (Il soupira.) Je pense que ça ne l'a jamais été. Il faut croire que je n'ai jamais été assez intelligent pour m'en rendre compte.

Delonie qui, jusque-là, regardait Leaphorn envelopper l'attelle et son bras de bandes qui provenaient d'une serviette de toilette déchirée, se tourna vers Vang.

– Il y a un moyen pour vous d'y retourner, si c'est ce que vous voulez. Récupérez simplement une partie de tout cet argent que Delos vous doit et achetez-vous un billet.

Vang le regardait avec incompréhension.

– Allez tout de suite sur la terrasse et regardez si ce salopard a un portefeuille dans la poche de son pantalon. Ou dans sa veste. Prenez-le et apportez-le ici. D'après mes calculs, il vous doit environ vingt-cinq années de salaire. Il n'aura vraisemblablement pas une somme pareille sur lui, mais jetons un coup d'œil sur ce qu'il a.

Tommy secouait la tête.

– Je ne ferais jamais ça. Prendre le portefeuille de M. Delos. Je ne fais pas des choses comme ça.

Delonie ne répondit rien. Leaphorn non plus, qui attachait le dernier lambeau de tissu autour de son bras. Il se demandait ce que Delonie pensait, réfléchissait à la situation dans laquelle il se retrouvait. Un mort, victime d'un homicide volontaire quoique commis en état de légitime défense. Un blessé à la suite d'une tentative d'homicide. Deux témoins de l'homicide, deux témoins de la tentative d'homicide, un des intervenants étant l'auteur de tout ce désastre. Et lui-même qui était membre des forces de l'ordre assermenté, à la retraite mais toujours détenteur de badges d'adjoint du shérif de plusieurs comtés.

– Bon, dit-il à Delonie. Je crois que c'est le mieux que je puisse faire pour vous soigner. Vous auriez des idées sur ce...

Delonie se leva brusquement, franchit le seuil et sortit sur la terrasse, fit suffisamment rouler le cadavre de Delos pour tâter sa poche de pantalon, palpa le tissu de la veste. Finalement il en retira un grand portefeuille en cuir qu'il ramena dans la cabane.

– Et voilà, Tommy. Voyons ce que votre employeur vous a laissé.

Il sortit du portefeuille un assortiment de billets qu'il posa sur la table avant de les séparer en plusieurs tas sous le regard du Hmong.

– Ici, vous avez cinq billets de cent dollars, déclara-t-il en posant l'index sur la pile. Là, vous en avez neuf de cinquante, quatre de vingt, cinq de dix plus un assortiment de billets de cinq et de un dollars. Faites l'addition à ma place, mais je vous parie que ça devrait s'élever à mille dollars, peut-être un petit peu plus.

Tommy Vang comptait les billets un à un.

– Ça devrait faire mille cent quatre-vingt-treize dollars, précisa-t-il.

– Assez pour prendre l'avion à destination du pays où vous trouverez votre famille, vous pensez ? Peut-être pas. Mais vous pourriez mettre la luxueuse carabine de Delos chez un prêteur sur gages. Ça vous rapporterait dans les deux cents dollars de plus, au moins.

Tommy réfléchissait, droit et rigide, en frottant ses mains sur ses jambes de pantalon. Inquiet, plongé dans ses pensées.

Leaphorn aussi réfléchissait. Une accusation d'homicide, de tentative d'homicide, et maintenant de vol à main armé. Quoi d'autre ? De quoi pouvait-on l'accuser, lui ? D'incitation et de complicité pour chacun de ces crimes, conclut-il. Une liste qui serait moins marquée par la violence en ce qui le concernait, mais qui s'allongerait sérieusement quand les avocats s'en mêleraient. Mais à quoi bon s'en inquiéter dans l'immédiat ?

– Si vous êtes prêts à partir d'ici, nous ferions mieux de nettoyer un peu et de filer.

– Et M. Delos ? Interrogea Tommy. Nous le laissons ?

– Je pense que M. Delos mérite une sépulture décente, déclara Delonie. Il a creusé une jolie petite tombe à votre intention, dehors, Tommy. Je crois que nous devrions lui permettre de l'occuper.

Leaphorn avait eu la même idée.

– C'est mieux que de l'abandonner aux coyotes et aux corbeaux, dit-il. Nous pourrions dire une petite prière pour lui.

– Je ne pense pas qu'il l'aurait souhaité, déclara Tommy.

Le Hmong le prit par les jambes, Leaphorn par les épaules, et ils le portèrent au pied de la terrasse, le déposèrent en position assise à côté de la fosse avant de le faire basculer sur le côté. Le corps reposait maintenant sur le flanc droit, jambes repliées. Delonie ramassa la pelle qu'il tendit à Leaphorn.

– Je pense que nous devrions laisser M. Delos emporter ses bagages avec lui, suggéra l'ancien lieutenant.

– Oh, fit Delonie avec un rire. C'est que nous ne tenons pas à ce que l'équipe de nettoyage du ranch s'inquiète qu'il soit parti en laissant toutes ses affaires derrière lui. Cela serait ennuyeux. Tommy, vous voulez bien aller jeter un coup d'œil à l'intérieur et rapporter son sac, ses affaires de toilette, ce qu'il a apporté en venant ? Ce serait sage de laisser les lieux propres et bien rangés.

Sans un mot, Tommy Vang remonta sur la terrasse et disparut dans la cabane. Leaphorn le suivit, prit le 30-30, revint avec et le jeta dans la fosse avec le corps.

– Hé ! se récria Delonie. C'est à moi.

– Ah bon ? fit Leaphorn en le regardant fixement. Les détenus qu'on libère sous condition ne sont pas autorisés à être détenteurs d'armes à feu. Ça s'inscrit en violation des termes de leur libération. Si vous descendez dans la fosse pour le récupérer, je crois que je serai tenu de vous livrer aux autorités. De vous traîner devant votre responsable de conditionnelle.

– Dans ce cas, fit Delonie avec un haussement d'épaules.

Tommy revint, une grosse serviette dans une main, une mallette dans l'autre. Il déposa la première sur la terrasse, hocha la tête à destination de Leaphorn et lui présenta la mallette.

– Quand il voyage, c'est ça qu'il emporte pour ranger l'argent correspondant à ses frais spéciaux, expliqua-t-il. Il y en a dedans.

Leaphorn s'en empara, fit jouer les fermoirs, ouvrit et vérifia le contenu. L'argent y était, en liasses retenues par des élastiques. Il en prit une, l'étudia. Uniquement des billets de cinquante.

– Ça alors ! fit Delonie qui avait suivi ses gestes.

Leaphorn tira la serviette à lui, l'ouvrit et en identifia le contenu. Il trouva des vêtements, des articles de toilette, un rasoir électrique, une paire de chaussures de rechange, rien d'inhabituel. Il se tourna vers Delonie dont les yeux étaient toujours rivés sur la mallette.

– Je pense que nous n'allons pas la jeter dans le trou.

– Je suis d'accord, déclara l'ancien condamné avec un grand sourire.

– Il y a peut-être assez dedans pour que Tommy Vang ait un peu d'argent d'avance quand il arrivera dans ses montagnes du Laos. Et je vais prélever deux de ces billets de cinquante dollars pour rembourser Grand-Mère Peshlakai de la résine de pin pignon qu'il lui a volée, et deux de plus qui correspondent à environ vingt ans d'intérêts cumulés.

La tâche consistant à remettre l'humus à l'aide de la pelle prit moins de cinq minutes. Faire basculer le bloc rocheux, avec Delonie pour les aider de son bras valide, n'exigea que quelques secondes. Leaphorn recula d'un pas. Ça s'était encore mieux déroulé qu'il ne l'avait espéré. Il consacra encore quelques minutes à rassembler des feuilles, des aiguilles de pin et divers débris qu'il répartit aux endroits qui semblaient avoir été retournés récemment. Puis il s'écarta pour contempler l'ensemble.

– Fini, annonça-t-il.

– Qu'est-ce qu'on fait, maintenant ? s'enquit Tommy.

– Nous allons conduire M. Delonie chez un docteur et ensuite, rentrer chez nous.

— À Flagstaff ?
— Là-bas pour commencer car il faut que vous prépariez vos affaires, que vous réserviez vos billets et tout ça. Après...
— Après, je rentre chez moi, compléta Tommy.

23

Il faisait grand jour maintenant, le soleil venait de se lever, et Tommy Vang conduisait. Un peu trop vite pour cette route, pensait Leaphorn, mais il était trop épuisé pour protester. Ils suivirent le cours de la rivière en cahotant, traversèrent le petit pont, franchirent la barrière qu'ils avaient vandalisée et reprirent la chaussée de gravier bosselée. Assis derrière eux, Delonie émettait un faible gémissement quand ils étaient fortement secoués à cause d'une portion défoncée. Autrement, le silence régnait dans le véhicule. Non pas qu'ils n'aient rien à se dire. Ils étaient seulement trop fatigués pour soutenir une conversation.

Leaphorn bâilla, se frotta les yeux.

– Si je m'assoupis, Tommy, souvenez-vous bien qu'en arrivant à Lumberton il faudra tourner à droite. En direction de Dulce où nous nous arrêterons à la clinique Jicarilla. Pour leur confier M. Delonie.

– Pas question, protesta celui-ci. Si vous partez en me laissant là-bas, comment je fais pour rentrer chez moi ?

– Quelqu'un se proposera pour vous raccompagner, le rassura Leaphorn. Ce sont des gens généreux.

– Ben voyons. Ce n'est pas ce que je vous ai entendu dire sur les Apaches, à vous autres Navajos.

– Proposez-leur simplement un petit dédommagement, alors.

Delonie le fatiguait. Ou peut-être s'agissait-il uniquement d'un état de lassitude généralisée. Il s'appuya contre sa portière. Bâilla à nouveau. Somnola. Se réveilla en sursaut quand Tommy freina à un stop.

– Je tourne à droite ici, c'est ça ? demanda-t-il.

– C'est ça, confirma Leaphorn.

Quand il se réveilla la fois suivante, Tommy lui touchait le bras.

– Dulce, annonça-t-il. Voilà la clinique.

Leaphorn ouvrit la portière, descendit, raide et endolori mais heureux de constater que Delonie mettait lui aussi pied à terre. Il s'était attendu à une opposition.

– Vous avez sans doute raison. Mon bras me fait juste un peu mal, maintenant, mais là, au niveau des côtes, c'est vraiment douloureux. Qu'est-ce qu'on leur dit ? Un accident de chasse ?

– C'est exactement ce à quoi ils vont s'attendre. Si on leur expliquait que vous étiez en train d'escalader des rochers quand le fusil est tombé, le coup est parti, vous avez été atteint au bras et, après, vous avez dégringolé sur d'autres rochers. Et vous vous êtes cogné violemment au niveau des côtes.

– Ça me paraît défendable.

L'infirmière des urgences qui enregistra son entrée dans l'établissement ne parut pas entretenir de soupçons. Mais le jeune médecin apache qui prit les choses en main sembla en avoir, lui. Il haussa les sourcils, inspecta les papiers de Leaphorn au même titre que ceux de Delonie, secoua la tête, fit allonger le blessé sur un lit roulant et inspecta à nouveau attentivement les dégâts causés au niveau du torse.

– Vous êtes tombé sur des rochers, hein ? fit-il en cessant d'étudier sa cage thoracique pour lever les yeux vers Leaphorn et en donnant à ses mots une intonation interrogative. Vous étiez là quand c'est arrivé ?

– Je n'ai vu que le résultat, après.

– Dites-moi, son fusil ne l'aurait pas blessé accidentellement deux fois de suite ?

Leaphorn lui opposa un faible sourire acompagné d'un geste de la tête négatif.

– Bon, comme vous voudrez, conclut le médecin en poussant le lit dans le couloir vers la salle où il avait l'intention de raccommoder son patient.

***

Leaphorn dormait quand Tommy trouva la route pour sortir de Dulce. Il reprit momentanément ses esprits lorsqu'ils s'arrêtèrent la fois suivante. Il resta conscient assez longtemps pour demander où ils se trouvaient et quelle heure il était. Farmington, et presque midi.

– Plein sud, maintenant, jusqu'à Crownpoint, dit l'ancien lieutenant.

Et Tommy rit en répondant :

– Vous pouvez recommencer à dormir. Je me souviens de l'endroit où nous avons laissé votre pick-up.

Il replongea effectivement dans le sommeil et, quand ils s'engagèrent sur le parking de la sous-agence de la Police Tribale Navajo, il émergea tout à coup, un peu hébété mais tout à fait éveillé.

Il consulta sa montre.

– Vous n'avez pas traîné, Tommy, remarqua-t-il. Vous avez allégrement dépassé les limites de vitesse, il me semble.

– Oui. J'ai roulé très vite par moments, répondit le Hmong avec un large sourire. Je suis pressé de rentrer chez moi. Ça fait à peu près trente ans que j'en suis parti.

Et il exprima cette hâte en démarrant sur les chapeaux de roue alors que Leaphorn n'avait pas achevé de se hisser lourdement dans son propre véhicule. Mais il prit quand même le temps de se pencher à la portière pour lui adresser un geste d'adieu de la main.

24

Trois jours de repos et de récupération avaient passé. Le légendaire lieutenant Joe Leaphorn, désormais à la retraite, goûtait un grain de raisin prélevé dans le panier cadeau qu'il avait apporté pour fêter le retour de Bernadette Manuelito, ex-membre de la Police Tribale Navajo, devenue Mme Jim Chee, et de son sergent de mari, après leur voyage de noces à Hawaii. Et Bernadette le regardait en fronçant les sourcils, visage incrédule.

– Vous dites que c'est la dernière fois que vous avez vu ce Tommy Vang ? Il est parti comme ça ? Et vous êtes monté dans votre pick-up ?

– Euh, oui. Bien sûr, avant, nous avons échangé une poignée de main. Il m'a dit qu'il m'appellerait. Il a noté mon numéro, mon adresse, etc. Et nous nous sommes souhaité bonne chance. Voilà.

Bernie, plus jolie encore que dans son souvenir, remplissait sa tasse de café, mais pour l'heure elle n'appréciait pas franchement la façon dont il s'était comporté, ce qui lui était égal au demeurant car il se sentait bien. Reposé, rafraîchi, il profitait de l'odeur douce que la brise d'automne apportait en s'insinuant entre les jolis rideaux blancs, bordés de dentelle, qui remplaçaient les stores crasseux obstruant autrefois les fenêtres. Il remarqua que cette petite pièce paraissait plus grande et n'offensait plus ses narines avec ce qu'il avait pris coutume d'identifier comme l'odeur de Jim, associant cette dernière à il ne savait quel produit lubrifiant qu'employait régulièrement le sergent pour son pistolet, son étui, sa ceinture, ses lanières d'uniforme, ses chaussures probablement, et peut-être même sa brosse à dents. Maintenant l'habitation sentait... il ne parvenait pas à trouver le mot juste. Elle sentait bon, tout simplement. Un peu comme le parfum subtil que Bernie mettait parfois. Et par la fenêtre ouverte, le vent apportait le roucoulement d'une tourterelle, le pépiement des merles migrateurs qui nichaient près de la rivière, ainsi que l'assortiment de sifflements et de gazouillis provenant des différentes espèces que les saisons, dans leur diversité, attiraient dans ce méandre de la San Juan. Il percevait même le bruit affaibli de la rivière qui murmurait en contrebas de la vieille maison mobile de Chee. Ah, se disait-il, comme il est bon d'être de retour sur son territoire. Comme il est bon d'être à la retraite.

Mais Bernie pensait encore à Tommy Vang.

– Vous ne vous interrogez pas sur la façon dont il peut s'en tirer seul ? Je veux dire, il veut retourner au Laos, non ? Est-ce qu'il ne risque pas de rencontrer toutes sortes de problèmes pour les visas ? Ce genre de choses. Je parie qu'il n'avait même pas de passeport. Et l'argent ? Ça, vous ne nous l'avez pas expliqué.

– Euh, fit Leaphorn, qui aurait poursuivi si Chee n'était pas intervenu à son tour.

– Bernie pense tout le temps aux autres, dit-il. Elle est adepte du dévouement inquiet.

– Peut-être aurait-elle dû s'inquiéter un peu plus tôt, avança Leaphorn. S'inquiéter sérieusement de ce dans quoi elle mettait les pieds en s'installant ici.

Bernadette Manuelito-Chee éclata de rire.

— Non. Maintenant, j'ajoute simplement Jim à la liste des gens pour lesquels je dois m'inquiéter.

— Ce qui aiguise ma curiosité, reprit Jim en changeant de sujet, c'est la raison pour laquelle vous avez accepté de vous impliquer là-dedans à l'origine. Cet appel que vous nous avez passé, à propos de la rubrique nécrologique, par exemple. Vous ne nous l'avez toujours pas expliqué. J'aimerais bien savoir ce qu'il y avait derrière ça.

— Je vais essayer de vous l'expliquer. Mais d'abord, laissez-moi rassurer quelque peu Bernie sur les capacités de Vang à s'occuper de lui-même. Depuis des années, Tommy tenait plus ou moins le rôle d'agent de voyage pour Delos, en même temps qu'il était son cuisinier, domestique, employé chargé de lui faire ses plis de pantalon, etc. C'était lui qui organisait les déplacements de son patron, qui s'occupait des réservations, qui prenait les billets, tout ça. Il s'en chargeait par téléphone, ou parfois en ligne, sur l'ordinateur, je suppose. Payait avec les cartes de crédit de Delos. Je crois qu'il travaillait avec une agence de voyages de Flagstaff. Ils le connaissaient. Delos bénéficiait même de l'accès prioritaire pour monter à bord. Il n'était pas homme à faire la queue.

Bernie n'était pas totalement rassérénée.

— Mais pour les papiers officiels ? Les documents de voyage ? Il n'avait sûrement pas besoin de passeport pour se déplacer à l'intérieur de notre pays, mais quand on prend un billet pour l'étranger, est-ce que la compagnie aérienne n'exige pas qu'on présente les papiers nécessaires en prévision du débarquement à destination ?

Leaphorn confirma de la tête en se disant que c'était exactement la question qui l'avait tourmenté. C'était toujours un peu le cas, d'ailleurs. Mais Vang, lui, n'avait pas paru s'en inquiéter. Quand il lui avait posé la question, l'ancien domestique avait répondu que M. Delos était détenteur de quantités de passeports et de quantités de visas officiels. De quels pays ? Il possédait des tas de formulaires en blanc provenant de nombreux pays, avait répondu Vang, et onze ou douze passeports différents rangés dans le classeur qu'il consacrait à ses voyages, chez lui.

— De différents pays et avec des photos différentes, glissées dans les pages mais pas collées de manière définitive, de telle sorte qu'il pouvait en mettre une autre s'il voulait avoir une tête différente.

Bernie ne semblait pas convaincue. Leaphorn confirma ses dires d'un signe de tête. Mais elle voulait une réponse plus détaillée.

— C'est comme ça qu'il monte dans l'avion, alors. Simplement en utilisant des faux papiers. Même chose à son arrivée en Thaïlande, au Laos ou ailleurs ?

— Eh bien, Tommy ne donnait pas l'impression de s'en soucier. En tout cas, il m'a affirmé que ça ne le tracassait pas.

— Juste avec des faux papiers, insista-t-elle.

— Allez, Bernie, intervint Chee. Ce Tommy Vang sait se débrouiller. Je ne m'inquiéterais pas trop pour lui. Mais moi, je voudrais des précisions sur d'autres points. Où il s'est procuré l'argent pour le voyage, par exemple, et ce qu'il est arrivé exactement à M. Delos ? Je devine qu'il doit être mort. Mais comment cela s'est-il produit ? Et qu'est-il advenu du camion que Tommy Vang conduisait ?

— Le camion ! fit Bernie en riant.

— Je ne sais pas trop, pour le camion, avoua Leaphorn. Il l'a peut-être pris pour se rendre à l'aéroport de Phoenix où il l'a garé sur le parking longue durée, ou alors il l'a laissé à la maison de Delos, à Flagstaff, avant d'appeler le service de limousines auquel son patron avait recours pour se faire conduire à l'aéroport. Dans un cas comme dans l'autre, je suppose qu'en fin de compte il sera enlevé et saisi. Quant aux autres questions, il faut que je marque une petite pause pour expliquer quelque chose. Quelque chose de personnel.

– Oh, fit Bernie.

Pendant qu'il réfléchissait à la façon dont il allait présenter les choses, il remarqua que Chee le fixait du regard, l'air sévère et résolu, toujours préoccupé par le sort du camion.

– Pas d'héritiers, à votre avis ? Pas de famille Delos dans la nature, quelque part ?

– J'espère que non. S'ils se présentent pour réclamer sa vaste demeure et ses biens, j'aimerais énormément leur parler. Découvrir qui était cet homme. D'où il venait. Tout ça.

– Vous ne le savez pas ?

Leaphorn secoua la tête.

– Vous ne nous avez pas dit grand-chose sur ce qui est arrivé à M. Delos, lieutenant, insista le sergent. Nous en concluons qu'il doit être mort. Mais comment ?

Leaphorn dégusta son café. Meilleur, bien meilleur que celui qu'il se souvenait d'avoir bu ici avant l'arrivée de Bernie.

– Écoutez, dit-il, Bernie n'a pas encore prêté serment pour redevenir l'agent Bernadette Manuelito. Mes excuses, je voulais dire l'agent Bernadette Chee. Mais j'ai le sentiment qu'elle aura bientôt revêtu l'uniforme de la Police Tribale Navajo et repris ses fonctions. Par conséquent, vous serez tous les deux des représentants de la loi assermentés. Exact ?

Ces paroles provoquèrent des haussements de sourcils mais pas de réponse.

– Par conséquent, il faut que vous sachiez que si vous parvenez à me soutirer toute l'histoire, alors que je suis un ancien policier à la retraite, avec le statut de citoyen normal *soumis* à la loi, vous pourriez vous retrouver confrontés à des décisions à prendre. Et si vous preniez les mauvaises, je pourrais me retrouver, euh, devant de graves ennuis.

Chee semblait d'humeur sombre. Bernie avait l'air horrifié.

– Un homicide ? Un meurtre ? Mais qu'est-ce qui a bien pu se passer ?

– Laissons-nous dériver un peu, disons, au gré de notre imagination. Gardez de ce qui va suivre le souvenir d'une sorte de récit métaphorique. Un exercice où l'imagination se donne libre cours. Bon, maintenant, tournez-vous vers le futur. Imaginez que vous avez prêté serment et que vous êtes soumis à un interrogatoire. On vous demande ce que Joe Leaphorn vous a raconté sur cette affaire Delos. Je veux que vous soyez en mesure de répondre que, passablement gâteux et possédant la réputation, parmi les représentants du maintien de l'ordre, d'être un grand affabulateur, il venait de divaguer tout au long d'un récit fantastique faisant intervenir des porteurs-de-peau dans leur version changeurs-de-forme, des cerises empoisonnées et autres éléments du même style. Complètement délirant, absolument pas le genre de chose que l'on puisse prendre au sérieux.

Chee ne semblait pas satisfait de ce préambule.

– Autrement dit, vous n'allez pas nous dire si Delos a été tué et, s'il l'a été, par qui. Ni rien d'autre non plus.

– En d'autres termes, corrigea Leaphorn en se calant confortablement sur son siège, je vais vous suggérer d'imaginer que le dénommé Delos s'est rendu dans l'un de ces endroits où il existe des chasses privées, sur la frontière entre le Colorado et le Nouveau-Mexique, pour tirer un wapiti mâle digne d'être monté en trophée, qu'il a ordonné à Tommy Vang de commencer par se charger d'une course avant de venir le rechercher à la cabane de chasse en lui faisant son rapport sur la façon dont il avait accompli sa mission. Vous me suivez ?

– Je crois, répondit Chee qui paraissait mécontent.

– Bon. Nous allons maintenant imaginer que Leaphorn, désormais à la retraite, qui s'ennuie et est privé de ses repères, a décidé qu'il voulait faire amende honorable auprès d'une vieille femme qu'il avait offensée à l'époque où il débutait dans le métier de policier. Et imaginons que ça lui a fait croiser le chemin d'un porteur-de-peau, appartenant à la variété de Ceux-qui-Changent-de-Forme, qui, environ vingt ans plus tôt, avait volé quarante litres de résine de pin pignon à cette femme appelée Grand-Mère Peshlakai. Ce changeur-de-forme avait, à une époque plus ancienne, porté le nom de Perkins avant d'en adopter probablement d'autres, inconnus, puis celui de Ray Shewnack. Quand leurs chemins se sont croisés pour la première fois, il se faisait appeler Totter. Vous me suivez toujours ?

– Continuez, l'encouragea Bernie. Nous vous écoutons.

Leaphorn poursuivit donc ce récit imaginaire. La seule interruption majeure se produisit quand Chee objecta que des cerises ne peuvent être utilisées pour empoisonner des gens parce que le poison leur donnerait un goût trop désagréable pour qu'ils puissent les avaler. Leaphorn régla la question en le renvoyant au manuel traitant de l'empoisonnement criminel dans lequel sont décrits les poisons dépourvus de goût, d'odeur, et solubles dans l'eau, et de là au meurtre toujours non élucidé de Mel Bork, lequel avait succombé à l'ingestion d'une cerise empoisonnée. Arrivé là, il repartit de l'avant et ni Chee ni Bernie ne lui posèrent plus aucune question.

Environ dix minutes plus tard, et après avoir bu une nouvelle tasse de café, il se tut un court instant. Avala une dernière gorgée avant de reposer la tasse dans la soucoupe avec un petit tintement.

– Voilà où nous en étions, dit-il. Le soleil se levait, M. Delos avait tué son énorme wapiti et l'avait laissé aux bons soins des employés du ranch. Tommy Vang avait obtenu l'argent pour financer son voyage et moi, plusieurs billets de cinquante dollars pour rembourser Grand-Mère Peshlakai de sa résine de pin pignon. Delonie ayant un bras cassé et une côte meurtrie qui nécessitaient des soins, nous avons pris le chemin du retour.

Il écarta tout non-dit du geste :

– Fin de l'épisode. Le moment est venu pour vous de m'en dire plus sur votre lune de miel.

– Une minute, protesta Chee. Et ce Delos, alors ? Vous l'avez laissé là-bas comme ça ? Ou quoi ?

– Vous vous souvenez, c'était une histoire de Ceux-qui-Changent-de-Forme. Delos en était un. Vous vous souvenez comment ça se passe. On en voit un qui fait quelque chose de terrifiant alors on lui tire dessus et, tout à coup, il se change en chouette, en coyote ou il disparaît.

Chee réfléchit.

– Je crois que vous vous moquez de moi, en fait. Parce que je voudrais devenir shaman.

Il eut un sourire contraint avant d'ajouter :

– Mais bon, ça ne fait rien. C'est votre manière polie de nous dire que vous refusez de nous expliquer ce qu'il est advenu de M. Delos.

– S'il s'agissait bien de lui. Mais je vais vous faire une promesse, à tous les deux. L'été prochain, ce sera le premier anniversaire de votre mariage. Si vous nous y invitez, le professeur Bourebonette et moi, nous viendrons. Et s'il ne s'est rien passé de grave entre-temps, je veux dire, en ce qui concerne

M. Delos et tout ça, je finirai de vous raconter cette histoire fantastique. Vous aurez droit au dernier chapitre.

Chee soupesa ces paroles. Il paraissait toujours insatisfait mais secoua la tête.

– Nous allons bien être obligés de nous en contenter, pas vrai, Bernie ? Ça te va, à toi ?

– Pas franchement, répondit-elle. Parlez-nous de votre visite à Grand-Mère Peshlakai. Je parie qu'elle a été surprise de vous voir. Et contente. Qu'est-ce qu'elle a dit ?

– Euh, surprise, oui, fit l'ancien lieutenant avec un rictus. Je lui ai annoncé que nous avions trouvé l'homme qui avait volé sa résine de pin pignon. Et que nous lui avions demandé de la dédommager. Cinquante dollars pour chaque seau. Je lui ai donc remis deux billets de cinquante, plus deux autres pour les arriérés, et j'ai dit quelque chose du genre : « Eh bien, j'ai quand même fini par résoudre l'affaire. »

» Ce sur quoi elle m'a rétorqué : « Ce qu'il y a de sûr, jeune homme, c'est que vous y avez mis le temps. »

Glossaire

Acoma (ou la Cité du Ciel) : pueblo bâti au sommet d'une mesa, à une vingtaine de kilomètres au sud de Laguna, au Nouveau-Mexique. Grâce aux revenus des casinos, ses responsables viennent de finaliser le rachat d'une enseigne de renommée mondiale.

Adobe : briques de boue et de paille séchées au soleil.

An'n ti (an' t I') : terme générique navajo pour désigner la sorcellerie.

An't'zi : terme navajo désignant les sorciers qui utilisent de la poudre de cadavre pour causer des maladies fatales.

Apache : dans le Sud-Ouest on recense généralement huit tribus apaches aux traditions nomades et guerrières (*apachu* signifie « ennemi » en zuñi) dont les plus importantes sont les Chiricahuas, les Jicarillas, les Kiowas et les Mescaleros.

Arroyo : terme espagnol désignant le lit à sec, en général au fond d'une gorge ou d'un canyon, d'une rivière dont l'eau se tarit en été.

Bâtiment administratif : la réserve navajo est divisée en 78 *chapters* ou divisions administratives ; on trouve donc 78 sièges administratifs locaux, ou *chapter houses*, placés sous l'autorité du Conseil Tribal (v. ce terme).

Belagaana : homme blanc.

Bourse à medicine ou **bourse des Quatre Montagnes** (*jish* en navajo) : indispensable pour assurer les rites guérisseurs, elle symbolise l'harmonie avec le monde et les autres, la substance de la vie et la force de vie (v. Dualisme), et est constituée d'un ensemble d'objets sacrés parmi lesquels des échantillons provenant du sol des Quatre Montagnes sacrées.

Butte : v. Mesa.

Ceux-dont-la-Main-Tremble : Celui (ou Celle)-dont-la-Main-Tremble, Celui (ou Celle)-qui-Écoute, Celui (ou Celle)-qui-Lit-dans-le-Cristal (ou dans-les-Étoiles), autant de voyants que l'on consulte pour déterminer le rite guérisseur nécessaire afin de redonner l'harmonie à un malade, avant de faire appel à un chanteur (v. ce mot) qui exécutera le rite.

Ceux-qui-Changent-de-Forme (ou Changeurs-de-Forme) : terme plus approprié que porteurs-de-peau pour maints sorciers navajo puisque l'appellation ne limite pas leur présence tangible à une tentative de dissimulation sous une peau d'animal.

Chant : v. Chanteur et Rites guérisseurs.

Chanteur (*hatalii* ou *yataalii* en navajo) : chez les Navajos il est celui que l'on appelle pour tenir les rites guérisseurs car il est le dépositaire de ces procédures extrêmement complexes destinées à libérer le malade de l'emprise d'un sorcier (par exemple), au moyen de prières et de chants associés à des peintures de sable. Un chanteur ne peut donc connaître que plusieurs « chants », et certains rites disparaissent actuellement car ils appartiennent exclusivement à la tradition orale. Mais le chanteur n'est ni un *medicine-man* ni un shaman : la guérison est collective, profite d'abord au patient puis, par voie de fait, à l'univers tout entier qui retrouve l'harmonie (*hohzho*). Encore convient-il de comprendre qu'il s'agit souvent davantage d'un retour à la sérénité morale du patient au sein de son environnement que d'une véritable guérison au sens médical du terme.

Chindi : mot navajo désignant le fantôme. Les Navajos ne croient pas à l'au-delà. Au mieux, ils trouvent le néant. Au pire, la partie malsaine et malfaisante de l'individu (le vent sombre) revient hanter les vivants et leur apporter la maladie et la mort.

Clan (ou peuple) : concept familial très élargi. Chez les Navajos, on en dénombre 65 (v. Famille). La quatrième partie du *Diné bahané* (transcription par Paul G. Zolbrod du cycle relatant les origines des Navajos) retrace leur création et la façon dont ils ont reçu leur nom.

Comanche : tribu des Plaines (ouest du Texas actuel), repoussée par l'intrusion des Blancs, finalement « pacifiée » vers 1875.

Conseil tribal : créé vers 1930, il siège à Window Rock et administre la Grande Réserve et ses richesses naturelles. Ses membres, élus au suffrage universel à bulletin secret, représentent les 78 divisions administratives.

Couverture (ou tapisserie) : les tisserandes navajo sont réputées dans le monde entier pour la qualité et la variété de cet art pratiqué sur d'immenses métiers. Autrefois, ces couvertures servaient à se vêtir, à s'asseoir ou à s'allonger sur le sol, à protéger l'entrée du hogan bien plus qu'elles n'avaient vocation décorative. Au fil de l'histoire elles ont beaucoup changé mais les motifs en demeurent les lignes droites ou en zigzag associées aux losanges, et les couleurs, le rouge, jaune, marron, noir, blanc et gris presque exclusivement. Les différents styles avec leurs couleurs et motifs dominants prennent aujourd'hui le nom de la région d'où ils proviennent.

Coyote : un des membres du Peuple Sacré, qui jaillit lors de la rencontre quasi fusionnelle de la terre et du ciel, auteur de nombreux tours pendables entraînant fréquemment le chaos. C'est lui notamment qui, trouvant trop longue la décoration nocturne des cieux, rassemble au creux de sa patte les fragments de mica préparés par Premier Homme avant de les jeter vers le ciel en les accompagnant de son souffle, engendrant le désordre de la voûte céleste. À l'aide de son souffle, là encore, il procède au transfert de poils prélevés sur son menton pour rendre plus attrayants le pénis chez le garçon et le vagin chez la fille lors de la création des sexes marquant l'arrivée à l'âge nubile, ce qui contraint Première Femme à rendre obligatoire le port de vêtements.

Dine, Dinee ou **Dineh** : le Peuple (également le Clan) ; tel est le nom que se donnent les Navajos. Ils habitent la région qu'ils appellent Dinetah, la plus grande réserve des USA, d'une superficie de 64 750 kilomètres carrés.

Dualisme : Dieu-qui-Parle et Dieu-qui-Appelle, Premier Homme et Première Femme, Garçon Abalone et Fille Abalone, la source de vie qui contient à la fois la « matière » nécessaire à la vie et le moyen lui permettant de passer l'épreuve du temps, la forme non physique dissimulée à l'intérieur de la forme physique des choses, tous ces éléments de la mythologie navajo relèvent d'un dualisme presque systématique pouvant être associé à un pôle positif et à un pôle négatif, un caractère masculin et un caractère féminin ; ces contraires complémentaires sont ensuite regroupés pour donner des séquences de quatre dont le premier couple est à son tour considéré comme « positif », le second comme « négatif », l'association des « contraires » pouvant culminer dans la fusion finale et le recommencement symbolisés par le chiffre neuf.

Emergence : v. Origines.

Famille : système matrilinéaire chez les Navajos ; les jeunes époux se mettent en quête d'un endroit où construire leur hogan (v. ce mot), tant pour s'isoler que pour avoir suffisamment d'espace afin de pratiquer l'élevage des moutons. Il faut ici distinguer la notion de clan de ce que Hillerman appelle *outfit* en américain et que nous avons traduit par famille élargie : une sorte de clan géographique au sens large permettant aux Navajos isolés de se regrouper à trois ou quatre « familles » afin de coopérer pour certains travaux ou certains rites. Cet *outfit* peut regrouper de 50 à 200 personnes. Le terme peut également s'appliquer aux habitations et installations attenantes.

Four Corners : la région des États-Unis où, fait unique dans le pays, les frontières séparant quatre États (Arizona, Utah, Colorado, Nouveau-Mexique) se coupent à angle droit.

Grand-père : terme qui, du fait du système clanique des Navajos, s'applique aux hommes âgés appartenant au clan de la mère. De même, des termes comme oncle, voire père ou mère n'ont qu'un rapport très lointain avec le sens que nous leur donnons quotidiennement.

Harmonie : v. Hozho.

Havasupai : v. Supai.

Hogan : la maison du Navajo, structure au toit arrondi faite de rondins et de boue séchée. Un abri et un corral au minimum viennent la compléter. Le hogan d'été utilisé pendant le pacage des moutons est de facture plus grossière. Des règles précises commandent l'orientation de l'habitation traditionnelle.

Hopi : dans la langue de ces Indiens pueblo, *hopitu* signifie « le peuple qui suit la voie du bien ». Leur réserve se trouve enclavée dans la réserve navajo du nord de l'Arizona : ils ne seraient pas plus de trois mille à vivre réellement dans les villages ancestraux des trois mesas. Ce sont avant tout des cultivateurs et des chasseurs. Leur mythologie est proche de celle des autres pueblos et ils sont célèbres pour leur Danse du Serpent (septembre-octobre), leurs cérémonies religieuses et leurs statuettes kachinas.

Hosteen ou **hostiin** : mot navajo qui exprime le respect dû à la personne (en général l'homme adulte) à laquelle on s'adresse.

Hozho ou **hohzho** : mot navajo qui signifie la beauté, l'harmonie de l'individu avec le monde qui l'entoure.

Jumeaux Héroïques : dans la mythologie navajo, Premier Homme et Première Femme donnent naissance à Femme-qui-Change. Celle-ci s'accouple avec Jóhonaa'ei le Soleil-Père et engendre les jumeaux Tueur-de-Monstres et Fils-Né-des-Eaux (ou Né-de-l'Eau, son nom changeant à plusieurs reprises durant le cycle des origines ou selon la version considérée) qui anéantissent presque tous les ennemis mortels du Peuple (v. Mort).

Laguna : village pueblo situé à une cinquantaine de kilomètres à l'ouest d'Albuquerque, sur la réserve laguna.

Longue Marche : en 1864, vaincus par Kit Carson, les 8000 Navajos rescapés furent acheminés en plusieurs convois au cours d'une « Longue Marche » de près de 500 kilomètres, puis parqués à Bosque Redondo, à côté de Fort Sumner (Nouveau-Mexique) jusqu'en 1868, date à laquelle les 7 000 survivants purent regagner leur territoire.

Mesa (mot espagnol) : montagne aplatie caractéristique des États du Sud-Ouest. Lorsqu'elle ressemble plus à une colline qu'à un plateau elle devient une butte. Et une butte au sommet arrondi est une colline. Parmi les mesas les plus connues, citons Mesa Verde, dans le Colorado, haut lieu archéologique, et les Première, Deuxième et Troisième Mesa sur lesquelles se perchent les villages hopi ancestraux.

Mort : les Navajos ont une crainte maladive de la mort au point de s'entourer de toutes sortes de précautions et d'éprouver une intense répugnance à toucher un cadavre qu'ils enterrent le plus rapidement possible dans un lieu secret. Dans le cycle des origines, deux hommes plongent le regard dans le monde inférieur dont ils sont issus. Ils voient une morte qui peigne ses cheveux et meurent quatre jours plus tard. « Dès lors, le Peuple refusa de poser les yeux sur les cadavres (...). Et c'est pourquoi les Navajos ont toujours peur, depuis, de fixer un fantôme du regard. » Par la suite, les Jumeaux Héroïques, après avoir obtenu du Soleil les armes nécessaires pour triompher des monstres qui apportaient la mort au Peuple (ils les lui dérobent dans certaines versions), épargnent plusieurs maux nécessaires : Sa, Celle-qui-Apporte-le-Grand-Age, et d'autres qui correspondent à la Misère, à la Faim et au Froid. Puis Tueur-de-Monstres conclut : « Et maintenant, l'ordre et l'harmonie règnent en ce monde. »

Navajo : les prêtres espagnols les appelaient *Apaches del nabaxu* ; le terme actuel est donc la corruption espagnole du mot pueblo signifiant « grands champs cultivés », *apachu* signifiant ennemi en zuñi. Arrivés tardivement en Arizona, ils se rendirent odieux par leur violence et leurs rapines avant d'acquérir, au contact des autres civilisations, nombre de techniques et de connaissances. Leur faculté d'adaptation s'est une nouvelle fois vérifiée dans le domaine des transmissions lors de la Seconde Guerre mondiale. Ils habitent la plus grande réserve des USA, la terre de leurs ancêtres, et exploitent eux-mêmes les ressources naturelles d'un sous-sol riche par l'intermédiaire du Conseil Tribal. Ils constituent la nation indienne la plus importante du pays (près de 200 000 membres).

Oiseaux : chouette lame-de-scie (*saw-whet owl, aegolius acadicus,* terme français usuel *petite nyctale*), colin de Gambel (*Callipepla gambelii*), corbeau, corneille, dindon sauvage (*meleagris gallopavo*), gélinotte ou tétras à queue fine (*tympanuchus phasianellus*), héron, merle migrateur ou merle à plastron roux (*turdus migratorius*), oiseau-mouche, tourterelle, troglodyte.

Origines : avant d'atteindre la surface de la terre, les hommes durent émerger des mondes inférieurs (de quatre à douze suivant les mythologies) en suivant le tronc d'une plante ou d'un arbre perçant les différentes couches successives. Les Navajos émergent du dernier monde souterrain, alors envahi par les eaux, en empruntant un roseau (*sipapu*). Le monde actuel est la fusion des mondes précédents.

Ours : à l'origine créature maléfique sous la forme d'*Asdzáni shash nádleehé*, Femme-qui-Devient-un-Ours, puis de *Shash na'alkaahii*, il se change, une fois occis, en ours pacifique mais autorisé à défendre les siens dans le premier cas, en fruit, plante du yucca et fibre du mescal dans le second (nourriture, savon, fil), et réapparaît plus tard sous le nom de *Shash*, Ours Sans Peur, protecteur, pourvoyeur de nourriture et compagnon du Peuple avant de partir rejoindre ses semblables.

Peuple : le nom que se donnent les Navajos.

Peuple Sacré (*Haashch'ééh dine'é*) : concept navajo. Ils sont capables du bien comme du mal et l'on peut arriver à les manipuler à l'aide de chants et de prières appropriés ; le Peuple de l'Esprit de l'Air, issu des mondes souterrains, qui donnera naissance au Peuple de la Surface de la Terre à Cinq Doigts, peut avoir l'aspect d'animaux (Grand Serpent, Grande Mouche, Coyote...), d'êtres humains (Femme-qui-Change, Premier Homme...) ou d'éléments naturels (le Peuple du Vent, le Peuple du Tonnerre...).

Porteur-de-peau : les sorciers navajos, hommes ou femmes, décidés à apporter le mal à leurs congénères, commettent leurs méfaits la nuit en se dissimulant souvent sous des peaux d'animaux (v. Ceux-qui-Changent-de-Forme).

Potawatomi (diverses orthographes) : tribu appartenant au groupe algonquin, vivant à l'origine dans l'Illinois, puis déportée en dépit de services rendus lors de la guerre de 1812, dans le Kansas d'abord puis dans l'Oklahoma, moins fertile.

Premier Homme : sa création, associée à celle de Première Femme, est l'œuvre du Peuple Sacré, à partir de deux épis de maïs, et avec l'aide du Vent (v. Dualisme et Peuple Sacré).

Pueblo : village en espagnol. Au contraire des bergers navajo, semi-nomades, les Indiens Pueblos (Hopis, Zuñis, Jemez, Lagunas, Acomas, etc.), sont des agriculteurs sédentaires. On les trouve exclusivement dans le sud-ouest des USA. Taos, au Nouveau-Mexique, est le plus visité des pueblos.

Quatre : ce chiffre joue un grand rôle chez les Navajos qui dénombrent quatre montagnes sacrées, quatre plantes sacrées, quatre bijoux sacrés, etc. (v. également Dualisme).

Religion : pour l'essentiel, les Indiens du Sud-Ouest croient à l'interdépendance des choses de la nature ou à l'harmonie (ou beauté), *hohzho* en navajo, qui doit régner dans leur réserve et, par suite, dans l'univers tout entier.
Mais les rites navajo sont, à l'exception de la Voie de la Bénédiction, destinés à guérir alors que, chez les pueblos, les cérémonies religieuses ont pour but d'appeler les bienfaits que les kachinas, ou esprits ancestraux, pourront leur apporter sous la forme de nuages de pluie.
Des Navajos convertis au christianisme, on dit qu'ils suivent la route de Jésus. Certains se convertissent à la foi mormone. D'autres adhèrent par exemple aux croyances de la Native American Church, organisation religieuse regroupant plusieurs tribus; elle adapte le christianisme à des croyances et à des rites locaux, autorisant en particulier l'utilisation sacramentelle du peyotl hallucinatoire.
Chez les pueblos, il existe une pluralité de prêtrises et de fraternités qui se partagent l'administration du sacré en renforçant la cohésion de la tribu et ses principes moraux.

Réserve commune navajo-hopi : la réserve hopi est incluse dans une zone d'occupation conjointe, navajo-hopi, elle-même insérée dans la grande réserve navajo. La situation de ces territoires revendiqués par les deux tribus est historiquement d'une grande complexité, et les différentes tentatives de règlement (en 1996, le Navajo-Hopi Land Dispute Settlement Act avait semblé régler définitivement le problème) n'ont fait que contribuer à envenimer les relations, provoquant beaucoup de heurts et de profonds ressentiments au fil des années.

Riche : le désir de posséder est, chez les Navajos, le pire des maux, pouvant même s'apparenter à la sorcellerie. Citons Alex Etcitty, un Navajo ami de l'auteur : « On m'a appris que c'était une chose juste de posséder ce que l'on a. Mais si on commence à avoir trop, cela montre que l'on ne se préoccupe pas des siens comme on le devrait. Si l'on devient riche, c'est que l'on a pris des choses qui appartiennent à d'autres. Prononcer les mots " Navajo riche " revient à dire " eau sèche ". » (*Arizona Highways*, août 1979.)

Rites guérisseurs : chez les Navajos, à chaque maladie correspond un rite guérisseur qui peut durer jusqu'à neuf jours. Parfois, pour un seul chant, plusieurs centaines de prières et d'incantations doivent être exécutées au mot près. Si le chanteur est à la hauteur, le patient retrouvera l'harmonie. Par exemple, la Voie de l'Ennemi permet de guérir celui qui est sous l'emprise d'un sorcier, la Voie du Sommet de la Montagne celui qui s'est trop approché d'un ours...

Séminoles : tribu du sud de la Géorgie et du nord de la Floride qui, après deux guerres (la première débutant en 1812 et s'intensifiant à la fin de la décennie, la seconde durant huit ans à partir de 1834), s'est retrouvée divisée entre ceux qui avaient accepté de partir dans les Territoires indiens de l'Oklahoma et ceux qui avaient décidé de résister en s'enfonçant dans les marais des Everglades.

Shaman : terme quelque peu impropre (de même que *medicine-man*) pour désigner le chanteur navajo.

Sorcier : homme ou femme décidé à faire le mal.

Supai (ou **Havasupai**) : tribu de cultivateurs de l'Arizona, appartenant au groupe yuma. Sa réserve épouse le cours de Havasu Canyon et abrite environ 600 personnes, notamment dans le village de Supai.

Ute : tribu du Colorado formée de sept nations, originaire des Rocheuses, ennemie des Navajos, qui vécut en relative bonne harmonie avec les Blancs jusqu'en 1878, lorsque ceux-ci les spolièrent de leurs territoires pour en exploiter les précieuses ressources.

Végétation : genévrier, olivier du Nouveau-Mexique (ou olivier du désert, *forestieria neomexicana, new mexican privet*), pin pignon (*pinus pinea*), pin ponderosa (*pinus ponderosa*), sapin, saule, tremble, pour les arbres.
Pour herbes et buissons : cactus, graminées en touffe (*bunch grass* en américain, terme collectif), herbes-aux-lapins (nom local *chamisa*), herbes-

aux-serpents (*snakeweed* en américain, terme collectif désignant des plantes associées aux reptiles par la forme, les vertus curatives, etc.), herbes-qui-roulent (*tumbleweeds* en américain, appelation commune qui désigne ces plantes que le vent arrache et fait rouler sur le sol). Pour certaines de ces plantes nous avons préféré le terme local souvent imagé au terme scientifique ou usuel français (quand il en existe un).

Voie (de l'Ennemi, etc.) : un des nombreux rites (v. ce mot) guérisseurs navajo. La Voie de la Bénédiction est seule à posséder un but préventif en enseignant comment le Peuple Sacré a créé le Peuple de la Surface de la Terre à Cinq Doigts et comment il lui a communiqué les techniques nécessaires pour y vivre.

Voie Navajo : ce terme désigne l'ensemble de la culture et des coutumes traditionnelles des Navajos.

Wash : le lit, souvent asséché, d'un cours d'eau d'importance variable que des pluies torrentielles, parfois tombées très loin en amont, peuvent soudain transformer en un fleuve ou en un torrent en furie.

Ya eeh teh ou **ye eeh teh**, **ya-ta-hey** : salutation navajo.

Yei : mot navajo désignant les membres du Peuple Sacré.

Ye-na-L o si : terme désignant les sorciers sous leur aspect porteur-de-peau.

Zuñi ou **Zuni** : peu nombreux, vivant en accord avec leurs coutumes ancestrales, ils ont su préserver leur identité au fil des siècles. Ce sont avant tout des agriculteurs travaillant une terre aride. Ils sont 5 500 à vivre sur la réserve du pueblo le plus important du Nouveau-Mexique.

Rivages / noir
Dernières parutions

Petits Romans noirs irlandais (n° 505)
Sherlock Holmes dans tous ses états (n° 664)

Eric Ambler	*Au loin le danger* (n° 622)
	Je ne suis pas un héros (n° 661)
	Le Masque de Dimitrios (n° 680)
Claude Amoz	*Bois-Brûlé* (n° 423)
	Étoiles cannibales (n° 487)
	Racines amères (n° 629)
Paul Argemi	*Le Gros, le Français et la Souris* (n° 579)
	Les morts perdent toujours leurs chaussures (n° 640)
Olivier Arnaud	*L'Homme qui voulait parler au monde* (n° 547)
Ace Atkins	*Blues Bar* (n° 690)
Cesare Battisti	*Terres brûlées* (n° 477)
	Avenida Revolución (n° 522)
William Bayer	*Tarot* (n° 534)
	Le Rêve des chevaux brisés (n° 619)
	Pèlerin (n° 659)
	La Ville des couteaux (n° 702)
Marc Behm/Paco Ignacio Taibo II	
	Hurler à la lune (n° 457)
A.-H. Benotman	*Les Forcenés* (n° 362)
	Les Poteaux de torture (n° 615)
	Marche de nuit sans lune (n° 676)
Joseph Bialot	*La Ménagerie* (n° 635)
James C. Blake	*L'Homme aux pistolets* (n° 432)
	Les Amis de Pancho Villa (n° 569)
	Crépuscule sanglant (n° 637)

Lawrence Block	*Moisson noire* (n° 581)
Michel Boujut	*La Vie de Marie-Thérèse qui bifurqua quand sa passion pour le jazz prit une forme excessive* (n° 678)
Marc Boulet	*L'Exequatur* (n° 614)
Frederic Brown	*La Nuit du Jabberwock* (n° 634)
	La Fille de nulle part (n° 703)
Edward Bunker	*L'Éducation d'un malfrat* (n° 549)
Declan Burke	*Eight Ball Boogie* (n° 607)
James Lee Burke	*Vers une aube radieuse* (n° 491)
	Sunset Limited (n° 551)
	Heartwood (n° 573)
	Le Boogie des rêves perdus (n° 593)
	Purple Cane Road (n° 638)
James Cain	*Au bout de l'arc-en-ciel* (n° 550)
Daniel Chavarría	*Le Rouge sur la plume du perroquet* (n° 561)
George Chesbro	*Le Chapiteau de la peur aux dents longues* (n° 411)
	Chant funèbre en rouge majeur (n° 439)
	Pêche macabre en mer de sang (n° 480)
	Hémorragie dans l'œil du cyclone mental (n° 514)
	Loups solitaires (n° 538)
	Le Rêve d'un aigle foudroyé (n° 565)
	Le Seigneur des glaces et de la solitude (n° 604)
Andrew Coburn	*Sans retour* (n° 448)
	Des voix dans les ténèbres (n° 585)
	La Baby-sitter (n° 712)
Piero Colaprico	*Kriminalbar* (n° 416)
	La Dent du narval (n° 665)
Michael Connelly	*Moisson noire* (n° 625)
Christopher Cook	*Voleurs* (n° 501)
Robin Cook	*Quelque Chose de pourri au royaume d'Angleterre* (n° 574)
Peter Craig	*Hot Plastic* (n° 618)
David Cray	*Avocat criminel* (n° 504)
	Little Girl Blue (n° 610)
Jay Cronley	*Le Casse du siècle* (n° 468)
A. De Angelis	*Les Trois Orchidées* (n° 481)
	Le Banquier assassiné (n° 643)

J.-P. Demure	*Noir Rivage* (n° 429)
	La Culotte de la mort (n° 682)
J.-C. Derey	*Toubab or not toubab* (n° 379)
	L'Alpha et l'Oméga (n° 469)
Pascal Dessaint	*Une pieuvre dans la tête* (n° 363)
	On y va tout droit (n° 382)
	Les Paupières de Lou (n° 493)
	Mourir n'est peut-être pas la pire des choses (n° 540)
	Les hommes sont courageux (n° 597)
	Loin des humains (n° 639)
Peter Dickinson	*L'Oracle empoisonné* (n° 519)
	Quelques Morts avant de mourir (n° 537)
Tim Dorsey	*Florida Roadkill* (n° 476)
	Triggerfish Twist (n° 705)
	Stingray Shuffle (n° 706)
James Ellroy	*Le Dahlia noir* (n° 100)
	Crimes en série (n° 388)
	American Death Trip (n° 489)
	Destination morgue (n° 595)
	Revue POLAR spécial Ellroy (n° 662)
	Moisson noire (n° 668)
V. Evangelisti	*Anthracite* (n° 671)
Howard Fast	*Un homme brisé* (n° 523)
	Mémoires d'un rouge (n° 543)
François Forestier	*Rue des rats* (n° 624)
Kinky Friedman	*Le Chant d'amour de J. Edgar Hoover* (n° 507)
	Passé imparfait (n° 644)
B. Garlaschelli	*Alice dans l'ombre* (n° 532)
	Deux Sœurs (n° 633)
Doris Gercke	*Aubergiste, tu seras pendu* (n° 525)
A. Gimenez Bartlett	*Les Messagers de la nuit* (n° 458)
	Meurtres sur papier (n° 541)
	Des serpents au paradis (n° 636)
Joe Gores	*Privé* (n° 667)
James Grady	*Comme une flamme blanche* (n° 445)
	La Ville des ombres (n° 553)
	Les Six Jours du condor (n° 641)
Davis Grubb	*Personne ne regarde* (n° 627)
Wolf Haas	*Silentium !* (n° 509)
	Quitter Zell (n° 645)

Joseph Hansen	*Le Poids du monde* (n° 611)
	À fleur de peau (n° 631)
	Promesses non tenues (n° 681)
Cyril Hare	*Meurtre à l'anglaise* (n° 544)
	Quand souffle le vent (n° 686)
John Harvey	*Eau dormante* (n° 479)
	Couleur franche (n° 511)
	Now's the Time (n° 526)
	Derniers Sacrements (n° 527)
	Bleu noir (n° 570)
	De chair et de sang (n° 652)
	De cendre et d'os (n° 689)
M. Haskell Smith	*À bras raccourci* (n° 508)
Tony Hillerman	*Le Premier Aigle* (n° 404)
	Blaireau se cache (n° 442)
	Le Peuple des ténèbres (n° 506)
	Le Vent qui gémit (n° 600)
	Rares furent les déceptions (n° 605)
	Le Cochon sinistre (n° 651)
	L'Homme squelette (n° 679)
	Le Chagrin entre les fils (n° 713)
Craig Holden	*La Rivière du Chagrin* (n° 685)
	Les Quatre Coins de la nuit (n° 447)
Rupert Homes	*La Vérité du mensonge* (n° 699)
Philippe Huet	*L'Inconnue d'Antoine* (n° 577)
Fergus Hume	*Le Mystère du Hansom Cab* (n° 594)
Eugene Izzi	*Chicago en flammes* (n° 441)
	Le Criminaliste (n° 456)
Bill James	*Raid sur la ville* (n° 440)
	Le Cortège du souvenir (n° 472)
	Protection (n° 517)
	Franc-Jeu (n° 583)
	Sans états d'âme (n° 655)
	Mal à la tête (n° 684)
	Club (n° 708)
Hervé Jaouen	*Les Moulins de Yalikavak* (n° 617)
Stuart Kaminsky	*Il est minuit, Charlie Chaplin* (n° 451)
	Biscotti à Sarasotta (n° 642)
Thomas Kelly	*Le Ventre de New York* (n° 396)
Helen Knode	*Terminus Hollywood* (n° 576)
Jake Lamar	*Le Caméléon noir* (n° 460)

Michael Larsen	*Le Serpent de Sydney* (n° 455)
	Le Cinquième Soleil (n° 565)
Hervé Le Corre	*L'Homme aux lèvres de saphir* (n° 531)
Alexis Lecaye	*Einstein et Sherlock Holmes* (n° 529)
Cornelius Lehane	*Prends garde au buveur solitaire* (n° 431)
	Qui sème le vent (n° 656)
Dennis Lehane	*Un dernier verre avant la guerre* (n° 380)
	Ténèbres, prenez-moi la main (n° 424)
	Sacré (n° 466)
	Mystic River (n° 515)
	Gone, Baby, Gone (n° 557)
	Shutter Island (n° 587)
	Prières pour la pluie (n° 612)
	Coronado (n° 646)
Christian Lehmann	*La Folie Kennaway* (n° 406)
	Une question de confiance (n° 446)
	La Tribu (n° 463)
Robert Leininger	*Il faut tuer Suki Flood* (n° 528)
Elmore Leonard	*Duel à Sonora* (n° 520)
	Valdez arrive ! (n° 542)
	Be Cool (n° 571)
	Retour à Saber River (n° 588)
	La Brava (n° 591)
	Killshot (n° 598)
	Les Fantômes de Detroit (n° 609)
	La Loi de la cité (n° 632)
	Bandits (n° 674)
	Médecine apache (n° 675)
	3 heures 10 pour Yuma (n° 701)
Bob Leuci	*L'Indic* (n° 485)
Ted Lewis	*Billy Rags* (n° 426)
Chuck Logan	*Presque veuve* (n° 696)
Steve Lopez	*Le Club des Macaronis* (n° 533)
J.-P. Manchette	*Chroniques* (n° 488)
	Cache ta joie (n° 606)
D. Manotti	*Kop* (n° 383)
	Nos fantastiques années fric (n° 483)
	Lorraine connection (n° 683)
Thierry Marignac	*Fuyards* (n° 482)
	À quai (n° 590)

Ed McBain	*Leçons de conduite* (n° 413)
	Le Paradis des ratés (n° 677)
	Alice en danger (n° 711)
Stéphane Michaka	*La Fille de Carnegie* (n° 700)
Bill Moody	*Sur les traces de Chet Baker* (n° 497)
R. H. Morrieson	*L'Épouvantail* (n° 616)
Tobie Nathan	*613* (n° 524)
Jim Nisbet	*Sombre Complice* (n° 580)
	Comment j'ai trouvé un boulot (n° 710)
Jean-Paul Nozière	*Le Silence des morts* (n° 596)
	Je vais tuer mon papa (n° 660)
Jack O'Connell	*Et le verbe s'est fait chair* (n° 454)
	Ondes de choc (n° 558)
Renato Olivieri	*Fichu 15 août* (n° 443)
	Ils mourront donc (n° 513)
	L'Enquête interrompue (n° 620)
J.-H. Oppel	*Chaton : trilogie* (n° 418)
	Au Saut de la Louve (n° 530)
	French Tabloïds (n° 704)
Abigail Padgett	*Poupées brisées* (n° 435)
	Petite Tortue (n° 621)
Hugues Pagan	*Tarif de groupe* (n° 401)
	Je suis un soir d'été (n° 453)
Robert B. Parker	*Une ombre qui passe* (n° 648)
David Peace	*1974* (n° 510)
	1977 (n° 552)
	1980 (n° 603)
	1983 (n° 672)
Pierre Pelot	*Si loin de Caïn* (n° 430)
	Les Chiens qui traversent la nuit (n° 459)
	Pauvres Zhéros (n° 693)
Anne Perry	*Un plat qui se mange froid* (n° 425)
Andrea G. Pinketts	*Le Vice de l'agneau* (n° 408)
	La Madone assassine (n° 564)
Gianni Pirozzi	*Hôtel Europa* (n° 498)
Philip Pullman	*Le Papillon tatoué* (n° 548)
Michel Quint	*À l'encre rouge* (n° 427)
Rob Reuland	*Point mort* (n° 589)
John Ridley	*Ici commence l'enfer* (n° 405)
Christian Roux	*Les Ombres mortes* (n° 575)
Marc Ruscart	*L'Homme qui a vu l'homme qui a vu l'ours* (n° 657)

D. Salisbury-Davis	*L'Assassin affable* (n° 512)
James Sallis	*Drive* (n° 613)
Louis Sanders	*Passe-Temps pour les âmes ignobles* (n° 449)
G. Scerbanenco	*Le sable ne se souvient pas* (n° 464)
	Les Amants du bord de mer (n° 559)
	Mort sur la lagune (n° 654)
John Shannon	*Le Rideau orange* (n° 602)
Roger Simon	*Final Cut* (n° 592)
Pierre Siniac	*Ferdinaud Céline* (n° 419)
	Carton blême (n° 467)
	La Course du hanneton dans la ville détruite (n° 586)
Maj Sjöwall/Per Wahlöö	
	Roseanna (n° 687)
	L'Homme qui partit en fumée (n° 688)
	L'Homme au balcon (n° 714)
	Le Policier qui rit (n° 715)
Jerry Stahl	*À poil en civil* (n° 647)
Richard Stark	*Comeback* (n° 415)
	Backflash (n° 473)
	Le Septième (n° 516)
	Flashfire (n° 582)
	Firebreak (n° 707)
Jason Starr	*La Ville piège* (n° 698)
	Mauvais Karma (n° 584)
Rex Stout	*Le Secret de la bande élastique* (n° 545)
Paco I. Taibo II	*Rêves de frontière* (n° 438)
	Le Trésor fantôme (n° 465)
	Nous revenons comme des ombres (n° 500)
	D'amour et de fantômes (n° 562)
	Adios Madrid (n° 563)
Paco I. Taibo II/Sous-Commandant Marcos	
	Des morts qui dérangent (n° 697)
Hake Talbot	*Le Bras droit du bourreau* (n° 556)
Josephine Tey	*Le Plus Beau des anges* (n° 546)
Tito Topin	*Photo Finish* (n° 692)
Nick Tosches	*Dino* (n° 478)
	Night Train (n° 630)
Jack Trolley	*Ballet d'ombres à Balboa* (n° 555)
Cathi Unsworth	*Au risque de se perdre* (n° 691)
E. Van Lustbader	*Tableau de famille* (n° 649)

Marc Villard	*Personne n'en sortira vivant* (n° 470)
	La Guitare de Bo Diddley (n° 471)
	Entrée du diable à Barbèsville (n° 669)
M. Villard/J.B. Pouy	*Ping-Pong* (n° 572)
	Tohu-Bohu (n° 673)
J.-M. Villemot	*Ce monstre aux yeux verts* (n° 499)
	Les Petits Hommes d'Abidjan (n° 623)
M. Wachendorff	*L'Impossible Enfant* (n° 653)
John Wessel	*Le Point limite* (n° 428)
	Pretty Ballerina (n° 578)
Donald Westlake	*Le Couperet* (n° 375)
	Smoke (n° 400)
	361 (n° 414)
	Moi, mentir ? (n° 422)
	Le Contrat (n° 490)
	Au pire qu'est-ce qu'on risque ? (n° 495)
	Moisson noire (n° 521)
	Mauvaises Nouvelles (n° 535)
	La Mouche du coche (n° 536)
	Jimmy the Kid (n° 554)
	Dégâts des eaux (n° 599)
	Pourquoi moi ? (n° 601)
	Pierre qui roule (n° 628)
	Adios Shéhérazade (n° 650)
	Personne n'est parfait (n° 666)
	Divine Providence (n° 694)
	Les Sentiers du désastre (n° 709)
J. Van De Wetering	*L'Ange au regard vide* (n° 410)
	Mangrove Mama (n° 452)
	Le Perroquet perfide (n° 496)
	Meurtre sur la digue (n° 518)
	Le Cadavre japonais (n° 539)
Charles Willeford	*L'Île flottante infestée de requins* (n° 393)
	Combats de coqs (n° 492)
	La Différence (n° 626)
John Williams	*Gueule de bois* (n° 444)
Colin Wilson	*L'Assassin aux deux visages* (n° 450)
	Meurtre d'une écolière (n° 608)
	Le Doute nécessaire (n° 670)
Daniel Woodrell	*La Mort du petit cœur* (n° 433)
	Chevauchée avec le diable (n° 434)

Achevé d'imprimer en octobre 2008
sur les presses de Normandie Roto Impression s.a.s.
61250 Lonrai
pour le compte des Éditions Payot & Rivages
106, bd Saint-Germain – 75006 Paris
N° d'imprimeur : 08-3654
Dépôt légal : novembre 2008

Imprimé en France